Rote Krimi

Von Erle Stanley Gardner – A. A. Fair
sind außerdem im Goldmann Verlag lieferbar:

Alles oder nichts. 4117
Der dunkle Punkt. 3039
Heiße Tage auf Hawaii. 3106
Lockvögel. 3114
Sein erster Fall. 2291
Ein pikanter Köder. 3129
Ein schwarzer Vogel. 2267
Der schweigende Mund. 2259
Treffpunkt Las Vegas. 3023
Der zweite Buddha. 3083

ERLE STANLEY GARDNER – A. A. FAIR

Wo Licht im Wege steht

BEDROOMS HAVE WINDOWS

Kriminalroman

Wilhelm Goldmann Verlag

Die Hauptpersonen

Amelia Jasper	eine wohlhabende Witwe
Claire Bushnell	ihre Nichte
Stanwick Carlton	Ingenieur
Minerva Carlton	seine Frau
Rosalind Hart	seine ehemalige Verlobte
Lucille Hollister	Rosalinds Schwester
Dover Fulton	Makler
Robert Elgin	Manager eines Nachtklubs
Susie Irwin	Haushälterin bei Amelia Jasper
Frank Sellers	Kriminalbeamter
Bertha Cool Donald Lam	Privatdetektive

Der Roman spielt in Los Angeles

1. Auflage Januar 1968 · 1.–15. Tsd.
2. Auflage August 1976 · 16.–25. Tsd.
3. Auflage Dezember 1983 · 26.–33. Tsd.

Made in Germany

Umschlagentwurf: Atelier Adolf & Angelika Bachmann, München
Aus dem Amerikanischen übertragen von Johannes Mario Simmel
Herausgegeben von Friedrich A. Hofschuster
Umschlagfoto: Richard Canntown, Stuttgart
Satz: Presse-Druck, Augsburg
Druck: Elsnerdruck GmbH, Berlin
Krimi 3048
Lektorat: A. B. · Herstellung: Harry Heiß
ISBN 3-442-03048-X

I

Sie war ein zierliches Geschöpf, ein kleines, wohlgeformtes Paket Dynamit. Mit ihrer schmalen Taille und den sanft gerundeten Hüften wirkte sie wie die Taschenausgabe einer Venus. Ihre Augen waren von einem intensiven Braun, und ihre Haare schimmerten honigfarben. Sie konnte kaum mehr als neunzig Pfund wiegen, aber trotzdem war alles an ihr perfekt und gut proportioniert.

In dem Augenblick, als ich sie zum erstenmal sah, war sie zornig, so zornig wie eine Hornisse, die man von der Zuckerdose verjagt.

Der Barmanager kam mit ihr in die Hotelhalle. Er führte sie höflich am Arm, während er unentwegt auf sie einsprach.

Mir schien es unnötig, dieser Frau etwas erklären zu wollen. Man sah ihr an, daß sie genau wußte, was sie wollte. Jede Autofirma hätte sie neben ihre gewagtesten Stromlinienmodelle stellen können, und trotzdem hätte man sie nicht übersehen. Andererseits konnte ich sie mir auch als perfekte Stewardess vorstellen. Ein Blick in ihre braunen Augen würde jeden Fluggast seine Magenbeschwerden vergessen lassen, ihm statt dessen jedoch Herzklopfen bereiten.

Ihre Augen blitzten den Manager wütend an.

»Halten Sie mich eigentlich für ein Straßenmädchen?«

»Aber ich bitte Sie«, versicherte er ihr, »darum handelt es sich doch nicht. Es ist eine polizeiliche Anordnung, ein Gesetz. Damen ohne Begleitung ist es nun einmal nicht erlaubt, die Bar zu betreten.«

»Sie machen mich ganz schwach«, erwiderte sie. »Ich hörte diese Geschichte von den ›Damen ohne Begleitung‹ nun schon zu oft, ich werde allmählich seekrank davon!«

Der Manager wußte nichts mehr zu sagen. Nun, da er sie sicher in die Hotelhalle abgeschoben hatte, trat er den Rückzug an. Er verbeugte sich und ging schnell in die Bar zurück.

Einen Augenblick lang stand sie zögernd, unentschlossen und ärgerlich da. Als sie mit dem Manager die Halle betreten hatte und ich ihre Stimme vernahm, hatte ich meine Zeitungslektüre unterbrochen. Unsere Blicke waren einander begegnet. Danach versuchte ich, möglichst uninteressiert zu erscheinen.

Ich fühlte nun, wie sie mich prüfend betrachtete. Als ich aufblickte, wandte sie den Kopf zur Seite. Ihr Gesicht trug einen nachdenklichen Zug.

Bedächtig faltete ich meine Zeitung zusammen, während sie sich plötzlich auf einem Stuhl niederließ, der am Tisch mir gegenüber stand.

Noch immer hielt ich meine Augen auf die Zeitung gesenkt. Wieder fühlte ich ihren Blick. Ich ließ ihr ein wenig Zeit für ihre Studien.

Dann setzte sie sich in ihrem Sessel zurecht. Es schien, daß sie zum Angriff überging.

Jetzt legte ich die Zeitung auf den Tisch und sah sie an.

Ihr Lächeln war einfach bezaubernd.

»Hallo!« sagte sie.

»Hallo!« antwortete ich.

»Ehrlich gesagt«, begann sie, »habe ich mir gerade überlegt, ob ich ein Taschentuch fallen lassen – oder vielleicht meine Geldbörse im Sessel liegenlassen soll ... Aber ich finde es einfacher, Sie zu fragen, ob Sie etwas Zeit haben. Diese anderen Mätzchen sind zu töricht, nicht wahr?«

»Sie möchten gern in die Bar?« fragte ich.

»Ja.«

»Und warum?«

»Weil ich vielleicht gern etwas trinken möchte.«

»Vielleicht, sagten Sie.«

»Nun, vielleicht gefallen Sie mir sogar!«

»Wie reizend«, antwortete ich.

Sie öffnete ihre Geldbörse und entnahm ihr eine Zwanzigdollarnote. »Aber es ist wohl selbstverständlich, daß ich diese Expedition finanziere.«

»Glauben Sie, daß es so teuer wird?«

»Ich weiß es nicht.«

»Darüber sprechen wir später«, antwortete ich und stand auf.

»Später?« Ihr Blick war fragend. »Wird diese Aussprache sehr schwierig werden?«

»Ich glaube nicht.«

Wir gingen in die Bar, und wie ich es erwartet hatte, stand der Manager gleich hinter der Tür.

»Warum haben Sie meiner Schwester gesagt, daß sie hier nicht herein kann?« fragte ich ihn.

»Es tut mir leid«, antwortete er, »aber wir müssen gewisse Vorschriften bei Damen ohne Begleitung befolgen.«

Er verbeugte sich kühl und begleitete uns zu einem Tisch. Dann ging er zu dem Barmixer hinüber und sprach mit ihm. Ein Kellner kam und nahm unsere Bestellung an.

»Martini trocken«, sagte sie.

»Das gleiche«, sagte ich in befehlsmäßigem Ton.

Der Kellner verbeugte sich und verschwand.

Sie sah mich lächelnd an und sagte: »Ich finde Sie einfach nett.«

»Seien Sie vorsichtig«, antwortete ich ihr. »Sie können sich auch täuschen. Vielleicht findet man morgen Ihre Leiche an irgendeinem verborgenen Ort. Sie sollten sich nicht so bedenkenlos mit Fremden einlassen.«

»Ich weiß«, antwortete sie, »dasselbe trichterte mir meine Mutter auch ein.«

Sie schwieg ein paar Sekunden, dann fuhr sie fort: »Ich versuchte in einem Autohotel unterzukommen, aber sie sagten mir, daß sie Damen ohne Begleitung nicht aufnehmen können.«

Ich schwieg, und sie sprach weiter.

»Jede Frau, die hier ohne männlichen Schutz auftritt, muß anscheinend unmoralisch sein – jedenfalls steht sie stark im Verdacht . . .«

»Ich kann mir nicht vorstellen, daß es Ihnen schwerfallen sollte, einen männlichen Beschützer zu finden.«

»Nein, das nicht gerade . . .« Und dann fügte sie hastig hinzu: »Aber ich wollte es eben nicht. Sie gefallen mir. Wie heißen Sie eigentlich?«

»Lam«, sagte ich, »Donald Lam.«

»Ich heiße Lucille Hart. Da wir nun einmal Bruder und Schwester geworden sind, wäre es vielleicht besser, wir würden uns mit unseren Vornamen ansprechen.«

Der Kellner kam und stellte die Martinis auf unseren Tisch. Gleichzeitig legte er die Rechnung daneben und wartete. Sie versuchte, mir unter dem Tisch die Zwanzigdollarnote zuzuschieben, aber ich übersah ihre Bemühungen. Ich nahm meine Brieftasche und bezahlte mit einem Zweidollarschein. Der Kellner gab mir zwei 25-Cent-Stücke heraus. Eins davon nahm ich, und der Kellner nahm sich das zweite.

Lucille ergriff ihr Glas und sah mich an. »Auf Ihr Verbrechen!«

Ich hielt ihr mein Glas entgegen und trank.

Es schmeckte abscheulich. Der Drink bestand mindestens aus sechzig Prozent Eiswasser, einem kleinen Schuß Gin, wenigen Tropfen Wermut und einer Olive.

Lucille setzte ihr Glas nieder und verzog das Gesicht.

»Ich vermute, daß wir hier nicht sehr willkommen sind«, sagte sie dann.

»Anscheinend nicht.«

»Auf jeden Fall liegt ihnen daran, daß wir nicht zuviel trinken!«

»Stimmt!«

Ich lehnte mich im Sessel zurück und sah mich ein wenig um. Ich interessierte mich nun dafür, warum es Lucille so wichtig gewesen war, hier hereinzukommen.

Es war Sonnabend nachmittag. Ich hatte den Mann, den ich beschatten sollte, bis in dieses Hotel verfolgt und wollte draußen warten, bis der Nachtportier kam, um noch einige Informationen zu erhalten. Aber dazu blieb noch Zeit. Die ganze Nacht lag ja noch vor mir.

Das Geschäft in der Bar schien zu florieren. An einem der Tische saß ein schwerfälliger, dicker Herr, Ende der Fünfzig, der augenscheinlich sehr verliebt war in seine junge, platinblonde Begleiterin. Sie schien Ende Zwanzig zu sein und hart wie ein Diamant. Noch war sie sich offenbar nicht sicher, ob sie ihn erhören werde, denn während sie ab und zu fast gequält über seine Bemerkungen lächelte, blieben ihre Augen kalt. Sie taxierte ihn nur ab.

An einem andern Tisch saßen vier Personen. Ein junger Mann mit langen Haaren und seelenvollen Augen gab in leidenschaftlichem Ton seine politischen Überzeugungen preis, während das junge Mädchen nicht gerade sehr interessiert zuhörte. Sie vernahm diese Bekenntnisse anscheinend nicht zum erstenmal. Andererseits bewunderte sie ihn aber auch und zeigte nach außen hin eine gewisse höfliche Aufmerksamkeit. Daneben saß ein Ehepaar mittleren Alters. Beide waren bemüht, ihr gegenseitiges Desinteresse voreinander zu verbergen. Sie waren sicher nur hierhergekommen, um der Monotonie ihres Alltagslebens zu entfliehen. Schließlich bemerkte ich ein anderes Paar, und ich wußte instinktiv, daß es nur dieses sein konnte, für das sich Lucille interessierte.

Der Mann war ungefähr 42 oder 43 Jahre alt, ein Typ, zu dem man Vertrauen haben konnte. Die Linien um seinen Mund zeigten, daß er gewöhnt war, Entscheidungen zu treffen. Er hatte diese bestimmte Art rücksichtsvoller Beharrlichkeit, die versierte Kaufleute charakterisiert. Aber irgendwie schien er irritiert. Entweder hatte er eine Trennung oder eine Verführung vor. Jedenfalls merkte man ihm eine gewisse Nervosität und Besorgnis an.

Die Frau war fünf oder sechs Jahre jünger, rothaarig, mit

grauen Augen, und erweckte einen nachdenklichen, zurückhaltenden Eindruck. Sie war nicht auffallend hübsch, aber sie hatte ein gutgeschnittenes Gesicht und war sich dessen auch bewußt. In ihrem Blick lag Zuneigung, wenn sie mit dem Mann sprach. Es war aber mehr Zuneigung aus Respekt als Leidenschaft.

Ich trank ein paar Schluck von der geschmacklosen Mixtur. Das Zeug war so dünn, daß man die Olive mehr herausschmeckte als den Gin.

Allmählich stellte ich fest, daß es die rothaarige Frau war, der Lucilles Interesse galt.

Ich schob mein Glas zurück und winkte dem Kellner.

»Ich kann dieses Gesöff auch nicht trinken«, sagte Lucille lachend, »es ist wirklich scheußlich.«

Der Kellner stand bereits neben uns, er hüstelte, um sich bemerkbar zu machen.

»Noch zwei Martinis, bitte«, sagte ich zu ihm. »Wir haben uns zu lange unterhalten, und dabei sind diese zu warm geworden. Ich hasse Martinis, wenn sie nicht eisgekühlt sind.«

»Jawohl, mein Herr.« Er nahm die Gläser mit sich.

»Warum machen Sie das, Donald?« fragte Lucille.

»Was?«

»Sie wollen sie ärgern, wie?«

»Ich würde es schon gern versuchen.«

Plötzlich fragte sie: »Hätten Sie mich eigentlich angesprochen, draußen in der Halle, wenn ich nicht den Anfang gemacht hätte?«

»Ich weiß es nicht genau, aber sehr wahrscheinlich nicht.«

»Und nun fragen Sie sich, warum ich hier herein wollte?«

»Nein.«

»Wieso nicht?« rief sie erstaunt. »Aber natürlich!«

»Nein, weil ich es bereits weiß. Es handelt sich um die rothaarige Frau mit den grauen Augen. Nicht wahr?«

Sie sah mich mit erstaunten, weitgeöffneten Augen an und runzelte die Stirn ein wenig.

»Wer sind Sie?« fragte sie, und ich spürte dabei ihr Mißtrauen.

»Ach, vergessen Sie es«, antwortete ich, »es war dumm von mir, das zu sagen.«

»Nein, jetzt möchte ich wissen, was das bedeuten soll.«

»Spülen Sie es ’runter«, forderte ich sie auf.

Der Kellner brachte zwei Martinis und legte die Rechnung daneben. Ich nahm zwei Dollar aus meiner Brieftasche und gab sie ihm. Wieder gab es zwei 25-Cent-Stücke heraus. Diesmal suchte ich in meinem Geldbeutel 12 Cents zusammen, legte sie auf den Tisch und nahm die beiden Fünfundzwanziger an mich. Als der Kellner überrascht auf die 12 Cents schaute, sagte ich zu Lucille: »Iß deine Olive, bevor sie Wasser zieht.«

Der Kellner strich das Dutzend Cents ein. Ich beobachtete dann, wie er drüben mit dem Manager sprach.

Einen Augenblick später stand der Manager neben unserem Tisch.

»Ist alles in Ordnung?« fragte er.

»Alles, vielen Dank – du bist doch mit dem Wagen hier, Lucille?«

Sie nickte.

»Ich würde dir raten, dann nicht mehr als zehn bis zwanzig dieser Cocktails zu trinken.«

Sie lächelte, und wir tranken.

Der Geschäftsführer stand abwartend neben mir. Nachdem ich mein Glas niedergesetzt hatte, benetzte ich meine Lippen mit der Zunge.

»Köstlich«, sagte ich, und er entfernte sich zögernd.

»Sprechen Sie weiter«, ermahnte mich Lucille. »Erzählen Sie mir, was los ist.«

»Sie würden es mir doch nicht glauben, wenn ich es erklärte.«

»Seien Sie nicht so zimperlich. Was steckt dahinter?« forschte sie weiter.

Ich nahm meine Brieftasche heraus und überreichte ihr eine meiner Geschäftskarten. Sie las: »Cool und Lam, Privatdetektive. Überreicht von Donald Lam.«

Sie sprang auf.

»Regen Sie sich doch nicht auf«, sagte ich zu ihr. »Es ist reiner Zufall.«

»Was heißt das?«

»Es ist Sonnabend nachmittag. Ich hatte meinen letzten Auftrag erledigt und saß draußen, um vor dem Abendessen noch die Rennberichte zu lesen. Ich bin weder verlobt noch verheiratet, und mein Beruf ist alles andere als romantisch. Es ist ein Geschäft wie jedes andere auch. Ich habe Sie vorher nie gesehen, und ich glaube auch nicht, daß einer unserer Klienten an Ihnen interessiert ist. Niemand bezahlt mich dafür, wenn ich hier mit Ihnen sitze, und ich gebe auch keinen Bericht über unsere Gespräche weiter. Sie suchten einen Begleiter, um in die Bar zu gelangen, und Sie haben sich nun ausgerechnet einen Detektiv herausgefischt. Vielleicht erinnern Sie sich, daß ich mich überhaupt nicht um Sie bemüht habe.«

»Nun, Sie musterten immerhin meine Beine.«

»Wer würde das nicht tun?«

»Wer ist dieser Cool?«

»Bertha Cool heißt sie.«

»Ein weiblicher Geschäftspartner?«

»Genauso ist es.«

»Oh«, meinte sie und hob ein wenig die Augenbrauen, »wenn das so ist . . .«

»Aber es ist nicht so«, erklärte ich ihr. »Bertha Cool ist eine Dame mittleren Alters, sie wiegt mindestens 160 Pfund, sie ist ausladend und breit wie ein Schlachtschiff, hat glitzernde, gierige Augen und kann bläffen wie eine bissige Bulldogge, außerdem ist sie so anschmiegsam und umgänglich wie eine Rolle Stacheldraht. Bertha betrieb dieses Geschäft schon einige Jahre, als ich zufällig mit ihr zusammentraf. Ich war Jurist, und Bertha ermöglichte mir eine schwere Lehrzeit. Später machte sie mich zu ihrem gleichberechtigten Geschäftspartner.«

»Und welche Arbeiten verrichten Sie?«

»Bertha Cool bearbeitet vor allem Unfälle, Scheidungssachen und viele Kleinigkeiten, mit denen sich andere Detektivbüros gar nicht abgeben würden. Es hängt davon ab, welche Aufträge wir gerade haben, es ist Zufallssache. Aber wir hatten bisher eigentlich recht viel Glück.«

»Sie meinten geschäftlich«, sagte sie, »Sie wollen damit sagen, daß Sie finanziell erfolgreich waren, oder?«

»Ja, das ist ein Teil. Aber auch sonst haben wir Erfolge.«

»In welchen Fällen?«

»In allen eigentlich.«

»Sie sind ein scheußlicher Schnüffler«, sagte sie und zog dabei das Wort ›scheußlich‹ in die Länge.

»Wie Sie meinen, aber Sie sollten Bertha Cool kennenlernen. Ich finde, Sie beide haben viel Gemeinsames.«

»Das halte ich nicht für ein Kompliment!« rief sie aus. »Breit wie ein Schlachtschiff und bissig wie eine Bulldogge!«

»Nur in der Mentalität, meinte ich natürlich, wenn ich mich auf meine psychologische Begabung stützen darf«, antwortete ich.

Und dann sagte sie langsam: »Und Sie glauben nun, ich sei an der Rothaarigen mit den grauen Augen interessiert?«

»Ja.«

Sie lachte fast zornig. »Kommen Sie, verlassen wir diese Bruchbude. Der einzige Grund, warum ich hier hinwollte, war der, zu beweisen, daß es doch ginge, nachdem man mir erklärt hatte, es ginge nicht. Wenn Sie es genau wissen wollen ... Nun, ich hatte Liebeskummer und wollte mich beschwipsen. Der Mann, in den ich verliebt war, hat sich schurkisch benommen, und der einzige andere Mann, den ich gut genug kenne, um mit ihm auszugehen, würde das Gefühl haben, ich nehme ihn nur als Notnagel. Das wollte ich nicht. Und ich weiß, wenn ich ein paar Wochen warten kann, wird er von allein kommen. Ich war reichlich verrückt, und meine ganze Narrheit schmeckt mir ein bißchen bitter auf der Zunge.«

Sie sah mich von der Seite an. »Das Schlimme an euch Detektiven ist halt, daß ihr hinter jedem Laternenpfahl einen Mordfall wittert. Als ich mich nach einem Begleiter umsah, fand ich, daß Sie sympathisch wirkten. Und nun versuchen Sie mich auszuhorchen!«

»Sie wollten also nur ausgehen, um sich einen Schwips einzuhandeln?«

»So war es. Und soweit es Sie betrifft ... Nein, lassen wir das. Ach, kommen Sie, verschwinden wir doch endlich von hier!«

Wir standen auf und schlenderten langsam auf die Tür zu, die auf die Straße hinausführte.

»Waren Sie zufrieden, meine Herrschaften?« fragte der Manager und verbeugte sich.

»Sehr«, versicherte ich ihm. »Ich habe bisher noch nie so gute Oliven genossen.«

»Wir würden uns freuen, Sie wieder bei uns begrüßen zu können«, sagte er.

»Es könnte aber eine Überraschung für Sie werden«, antwortete ich ihm.

Wir kamen an dem Tisch vorbei, an dem der Kaufmann saß, der sich mit der rothaarigen Dame unterhielt. Ihr Blick streifte uns zunächst ohne Interesse – aber dann plötzlich sah sie mich an, und zwar ganz aufmerksam. Der Mann sprach währenddessen weiter auf sie ein.

Lucille zeigte nicht die geringste Anteilnahme, als sie an den beiden vorüberging.

Draußen auf der Straße sagte ich: »Also, Lucille, ich wünsche Ihnen einen schönen Schwips und ...«

Aber sie unterbrach mich impulsiv. »Wollen wir nicht zusammen noch etwas Schönes trinken?«

Ich zögerte. Da ergriff sie meinen Arm. »Es ist meine Party, Sie wissen es.«

»Werden Sie mir auch alles von Ihrer Liebesenttäuschung erzählen?«

»Alles«, sagte sie. »Und nichts werde ich verschweigen! Ich werde wie jenes Mädchen in den ›Arabischen Nächten‹ sein, das Geschichten erzählte, um seinen Herrn und Meister zu unterhalten. Ich habe Ihren Stolz verletzt, weil ich Sie einen elenden Schnüffler nannte. Nun, mein Temperament ging mit mir durch. Aber ich brauche eine Begleitung, und wenn ich Sie jetzt gehen lasse, besteht die Gefahr, daß die nächste zu einem Reinfall wird. Als Mensch gefallen Sie mir, wenn auch Ihr Beruf einen unangenehmen Beigeschmack hat. Und ich werde Ihnen alles über mein gebrochenes Herz und die zerstörte Romanze erzählen – oder möchten Sie lieber etwas über die psychologische Reaktion hören?«

»Das würde mich noch mehr interessieren«, antwortete ich.

»Sie sind aber kompliziert!«

»Ich bin es nicht. Sie sind es! Erinnern Sie sich bitte daran, daß es Ihre Party ist. Ich wollte eigentlich in ein Kino, aber vielleicht ist es mit Ihnen spannender.«

»Romantischer«, versprach sie. »Und das Drehbuch zu diesem Film wurde nicht zensiert.«

Nachdem wir etwa zwei Häuserblocks weitergegangen waren, fanden wir eine Cocktailbar. Die Cocktails hatten dort tatsächlich Alkohol in sich. Lucille bemühte sich sehr, eine romantische Geschichte zu erfinden. Die Einzelheiten paßten keineswegs zusammen, aber sie überzeugte mich insofern doch, als ich erkannte, daß sie, sobald sie etwas zu erzählen begonnen hatte, es auch vollendete!

Sie war ein bezauberndes Ding mit einer verlockenden Figur, aber trotz ihrer ausdrucksvollen Augen hatte ich schon nach dem zweiten Cocktail herausgefunden, daß sie nach einem Plan arbeitete.

Wir gingen zum Abendessen über. Lucille wollte aber immer noch weitertrinken. Schließlich verfiel sie auf Whisky und Soda.

Plötzlich stand sie auf, um zur Toilette zu gehen. Ich beobachtete, wie sie dabei dem Kellner einen Geldschein in die Hand drückte und ein paar Worte mit ihm sprach.

Ich rief den Kellner an meinen Tisch. »Was wollte die junge Dame von Ihnen?« fragte ich ihn.

»Nichts«, sagte er und versuchte, sein Gesicht in unschuldige Falten zu legen.

»Sie gab Ihnen doch fünf Dollar«, erklärte ich, »und wozu das?«

Er hüstelte verlegen.

Da nahm ich meine Brieftasche heraus und zeigte ihm einen Zehndollarschein. Nun grinste er. »Sie bat mich, wenn Sie Whisky und Soda bestellen, soll ich ihr statt dessen ein helles Ingwerbier bringen.«

Ich gab ihm die Zehndollarnote und sagte: »Und mir bringen Sie das gleiche!«

»Sie wollen dann auch Ingwerbier?«

»Ja.«

»Aber der Preis wird der von Whisky und Soda sein«, warnte er mich.

»Natürlich«, sagte ich.

Wir beendeten unser Abendessen, bestellten Whisky und Soda und tranken statt dessen Ingwerbier. Allmählich gab sie vor, ein bißchen beschwipst zu sein, aber ich spürte, wie sie mich sehr nüchtern von der Seite beobachtete, so wie ein Habicht seine Beute. Ich wollte ihr so gefällig sein und tat so, als wirkte der Whisky auch bei mir.

Inzwischen war es Nacht geworden. Unsere Feier war wesentlich teurer als ein Kinobesuch, aber sie war zweifellos auch spannender. Und, wie gesagt, das Drehbuch zu unserem Privatfilm war von keiner Zensurbehörde geprüft worden.

Als die Tanzschau auf der kleinen Bühne begann, entschuldigte sich Lucille und verschwand. Sie ging auf den Waschraum zu, aber dann machte sie einen Umweg, und ich beobachtete aus den Augenwinkeln heraus, wie sie durch die Tür zur Straße hinausging.

Ich blickte auf die Uhr. Es dauerte zwanzig Minuten, bis sie wieder zurückkehrte.

»Es tut mir leid«, sagte sie, »haben Sie mich vermißt? Mir war ein wenig übel; so geht es, wenn ich zu schnell trinke.«

»Natürlich habe ich Sie vermißt«, versicherte ich ihr. »Aber es war gerade so ein aufregender Striptease! Das Mädchen sah sehr gut aus.«

»Oh, Sie lieben wohl Striptease?«

»Ja, warum nicht?« fragte ich mit unschuldigem Blick.

»Und was reizt Sie dabei mehr, die Spannung oder – die Enthüllungen?«

»Ich habe mir das noch nicht so genau überlegt . . .«

»Wenn Sie eine Frau wären, würden Sie das sicher getan haben«, sagte sie. »Wollen wir noch etwas unternehmen? Aber ich werde jetzt etwas langsamer trinken.«

2

Lucille Hart lächelte mich an. Es war ein aufmunterndes, kleines und freches Lächeln, das gar nicht zu ihr paßte.

»Ich mag Sie«, sagte ich.

Sie legte ihre Hand auf meine. »Haben Sie ein gutes Herz«, bat sie.

»Gern, Miss Hart.«

Sie lachte. »Wissen Sie, was?«

»Nein, was kommt nun?«

»Ich muß nach Hause!«

»Dann werde ich Sie heimbringen.«

»Ich habe den Wagen meiner Schwester dabei, und ich sollte ihn eigentlich um acht Uhr abliefern. Ich fürchte, es ist schon viel später, was?«

»Fünf nach neun!«

»O weh, die Zeit verfliegt so schnell. Schauen Sie«, sagte sie, »Sie sind nüchterner als ich, nicht wahr?«

Ich stellte mich ein wenig dumm. »Halb und halb«, antwortete ich.

Wieder lachte sie. »Bitte steuern Sie den Wagen, ja? Wir fahren zum Haus meiner Schwester, und mein Schwager wird uns dann wieder in die Stadt zurückbringen.«

»Glauben Sie, daß ich Ihrem Schwager auf Anhieb sympathisch sein werde?«

Sie wiegte den Kopf lächelnd hin und her.

»Wie heißt er?«

»Dover Fulton.«

»Sie glauben also nicht, daß ich ihm sympathisch sein werde?«

»Sehr wahrscheinlich nicht. Er gefällt sich selbst zu gut. Aber Sie fahren mit, ja?«

»Gut«, sagte ich. »Wo wohnen Sie?«

»In San Robles.«

»Das ist ziemlich weit draußen.«

»Nicht so schlimm! Und bitte, Donald, lassen Sie mich diesmal die Rechnung bezahlen!«

»Nein.«

»Es ist meine Party.«

»Still.«

Ich rief den Kellner und bezahlte. Wir gingen etwa einen Straßenblock weiter zu einem Parkplatz. Sie gab mir den Parkzettel, und ich folgte dem Parkwächter. Dann gelang es mir, heimlich einen Blick auf den Registrierschein zu werfen, der an dem Lenkrad des Wagens befestigt war. Und tatsächlich! Der Wagen war unter dem Namen »Dover Fulton« eingetragen, und die Adresse lautete: San Robles, 6285 Orange Avenue.

Soweit stimmt es also. Das überraschte mich. Ich hatte angenommen, der Wagen sei so heiß wie ein Knallfrosch. Langsam fuhr ich ihn zur Straße, dann stieg Lucille ein.

Die Situation gefiel mir gar nicht. Ich wollte gern einen Zeugen haben, deshalb hielt ich an einer Tankstelle und bat den Wärter, die Luft in den Reifen zu überprüfen. Während er damit beschäftigt war, ging ich zu ihm hin und drückte ihm zwei Dollar in die Hand. Dann rief ich Lucille zu: »Kommen Sie, Lucille, fahren Sie doch. Es ist immerhin der Wagen Ihrer Schwester, und da wäre es mir wirklich lieber!«

Sie schüttelte den Kopf und ließ ihr Kinn auf die Brust niedersinken.

»Sie sind doch nüchtern, Sie können ruhig fahren.«

»Stimmt, ich bin nicht betrunken, aber ich mag nicht.«

»Gut, wenn Sie darauf bestehen, fahre ich, aber ich tue es unter Protest!« Ich winkte dem Tankwart zu. Er würde sich bestimmt unseres Gesprächs erinnern.

»Das ist doch der Wagen Ihres Schwagers.«

»Nein, der von meiner Schwester«, sagte sie, »aber Dover bestand darauf, daß er unter seinem Namen eingetragen wurde. Er tut immer so großspurig – der Wagen ist mit dem Geld meiner Schwester bezahlt worden«, sagte sie dann, und in ihrem Ton lag so etwas wie Abscheu. Nachdem der Wärter die Windschutzscheibe blankgerieben hatte, blendete ich die Lichter auf und trat auf den Gashebel.

Lucille beobachtete mich aufmerksam von der Seite.

»Sie sind nicht betrunken?«

»Sobald ich meine Hände an dem Lenkrad eines Autos habe, bin ich sofort nüchtern.«

»Dann ist es gut.« Sie rückte sich auf ihrem Sitz zurecht und lehnte ihren Kopf gegen meine Schulter.

Als wir in die Nähe des Valey Boulevards kamen, sagte sie plötzlich: »Bitte langsam fahren.«

»Warum?«

»Ich fühle mich einsam.«

Ich fuhr langsamer.

Sie lehnte sich dichter an mich und hielt meinen Arm fest. »Gib mir einen Kuß.«

Ich hielt den Wagen an und gab ihr einen Kuß. Es war ein flüchtiger Kuß.

Vor uns auf der rechten Seite der Straße sah ich die Neonbuchstaben ›Kozy Dell Auto-Hotel‹, und darunter stand: ›Zimmer frei!‹

»Fahr langsam weiter.«

Kaum war ich jedoch angefahren, befahl sie: »Bitte halten!«

»Was ist los?« fragte ich.

»Ich fühle mich nicht gut. Oh, Donald, ich glaube, ich werde morgen einen schrecklichen Kater haben. Da, fahr in diesen Hof hinein!«

»Aber das ist ein Autohotel!«

»Sie werden wohl einen Waschraum haben«, meinte sie.

Ich steuerte den Wagen in den Autohof.

»Bitte frag doch mal, wo der Waschraum ist«, bat sie.

Ich ging in das Büro. Die Dame, die hinter dem Schalter saß, warf mir einen prüfenden Blick zu und sagte mir, daß sie keine Waschräume hätten, außer in den Übernachtungskabinen. Eine Kabine sei noch frei, teilte sie mir mit und fragte, ob ich sie haben möchte.

»Ich werde erst mal nachfragen«, antwortete ich ihr.

Ihre Augen belauerten mich mißtrauisch.

Ich ging zum Wagen zurück. »Leider keine Toiletten in diesem Haus! Die Waschräume gehören zu den Kabinen, aber eine Kabine ist noch frei.«

»Gut«, sagte sie. »Nehmen wir diese Kabine.«

Ich kehrte in das Büro zurück und schrieb uns als Mr. und Mrs. Dover Fulton ein. Ich gab die Adresse in San Robles an und legte die Lizenznummer des Wagens auf den Tisch.

Die Frau zeigte mir den Raum. Lucille war währenddessen wieder auf ihren Sitz im Wagen zurückgesunken. Die Kabinen lagen um den Hof herum. Unsere trug die Nummer elf. Nachdem mir die scharf dreinblickende Dame den Schlüssel überreicht hatte, half ich

Lucille aus dem Wagen und führte sie in die Kabine. Sie ging sofort ins Badezimmer, und nach allem zu urteilen, mußte man annehmen, daß es ihr wirklich übel war. Als sie herauskam, legte sie sich aufs Bett.

Ich setzte mich neben sie und schaute auf sie hinab.

»Mach bitte das Licht aus«, bat sie, »es tut meinen Augen weh.«

Ich löschte die Lichter. Sie griff nach einer Zigarette.

»Ich glaube, frische Luft wird mir guttun«, sagte sie dann plötzlich und stand auf.

»Ich kann ja die Tür öffnen.«

»Nein, ich will lieber hinausgehen.«

»Ich komme mit.«

»Nein«, sagte sie, »bleib! Ich fühle mich schlecht, und mein Anblick ist nicht gerade anziehend. Sag nur, unter welchem Namen sind wir hier eingetragen, Donald?«

»Als Mr. und Mrs. Fulton natürlich, sonst hätte sie uns die Kabine nicht gegeben.«

»Du hältst mich wohl für eine schreckliche Person?«

»Nein, ich finde dich nett!«

»Warte hier, Donald, ich habe einige Taschentücher im Wagen. Wo ist der Schlüssel?«

Ich gab ihr den Schlüssel.

»Ich glaube, es wird mir allmählich besser. Und wie geht es dir?«

»Mäßig.«

»Wir sollten das eigentlich nicht tun«, meinte sie dann.

»Was?«

»Hierbleiben.«

»Wir bleiben ja auch nicht hier«, antwortete ich ihr. »Erinnerst du dich nicht, daß wir den Wagen zu deiner Schwester fahren müssen? Dein Schwager wird uns dann zurückbringen. Wir hielten doch nur hier an, weil du dich in einem Waschraum erfrischen wolltest!«

»Oh«, sagte sie, und es schien mir, als sähe ich ein Blitzen in ihren Augen. – Sie ging hinaus.

Ich stellte mich ans Fenster und beobachtete den Wagen. Nichts geschah. sie ging gar nicht in die Nähe des Wagens, sondern spazierte um das Haus herum.

Zehn Minuten später war sie noch nicht zurückgekommen.

Nach zwanzig Minuten ging ich hinaus, um sie zu suchen. Unser Autohotel lag ziemlich weit in den Außenbezirken der Stadt. Drum herum war etwas freies Feld.

Über die Autostraße, die von rötlichem Neonlicht beleuchtet wurde, sausten die Wagen. Ich ging um das Gebäude herum. Die meisten Kabinen lagen dunkel und still da. Nur in einer der vorderen schien eine Party stattzufinden. Man hörte Gelächter und die Stimme eines Mannes, der wohl gerade einen Witz erzählte. Aus einer anderen Kabine drangen die streitenden Stimmen eines Ehepaars. Ich konnte nicht alles verstehen, aber es handelte sich darum, daß er seine Stieftochter schlecht behandle. Die Frau sprach mit hoher, eintöniger Stimme und so schnell, daß ich in wenigen Sekunden einiges darüber erfuhr, wie unfreundlich ihr Mann schon immer zu Rose gewesen sei und stets in ihr das Gefühl erweckt habe, daß sie unwillkommen sei, und daß Rose, ein scheues und sensibles Kind, sich selbstverständlich gegen eine solche Behandlung auflehnen müsse. Und außerdem war ihr erster Gatte, den Rose so sehr verehrte, ein wirklicher Gentleman gewesen ...

Dann war ich außer Hörweite.

Von Lucille Hart konnte ich weit und breit nichts entdecken. In einer der Kabinen wurde ein Radio auf Überlautstärke gedreht. Ich ging um den Wagen herum. Er war verschlossen.

Schließlich lief ich auch an der Rückseite des Hauses vorbei, aber ich fand sie nicht. Womöglich lag sie irgendwo auf der Wiese und dachte über die nächste Szene ihres Theaters nach. Ich suchte sie überall. Kein Zeichen von Lucille.

Als ich mich zum Haus zurückwandte, hörte ich einen Ton, der wie die Fehlzündung eines Motors klang.

Ich blieb abwartend stehen und lauschte. Dann hörte ich noch zweimal denselben Ton, aber es war kein Auto in der Nähe.

Etwas eiliger ging ich zur Kabine zurück. Lucille hatte ein Päckchen Zigaretten zurückgelassen und eine Schachtel Streichhölzer. Auf der Schachtel stand ›Cabanita Klub‹. Ich steckte sie in meine Tasche und nahm auch die Zigaretten an mich. Das Päckchen war noch zu zwei Drittel voll. In der äußeren Zellophanhülle klemmte ein weißer Zettel, der offensichtlich von einer Menükarte abgerissen war. Ich faltete ihn auseinander.

Auf der leeren Rückseite stand mit Bleistift geschrieben: »Kozy Dell Slumber Court, Valey Boulevard.« Sonst nichts.

Nachdem ich auch die Zigaretten und den Zettel in meine Tasche versenkt hatte, blickte ich mich im Zimmer um. Aber ich konnte sonst nichts entdecken.

Nun begann ich sämtliche Fingerabdrücke von den Türklinken zu wischen. Nur im Baderaum hinterließ ich Lucilles Abdrücke.

Dann wischte ich auch noch den Schlüssel ab und legte mein Taschentuch über die Klinke, während ich die Tür öffnete. Leider mußten meine Fingerabdrücke auf dem Lenkrad des Autos bleiben, denn die Türen waren verschlossen. Das Radio in der Kabine nebenan spielte noch immer laut. Ich machte einen Umweg um das Büro und ging zur Autostraße hinauf.

Dort hielt ich mich am äußersten Straßenrand, damit ich sowenig wie möglich in den Lichtkegel der vorbeifahrenden Autos geriet. Nach einem längeren Fußmarsch kam ich zu einem kleinen Restaurant, das noch geöffnet war. Ich fand auch sogleich die Telefonzelle und wählte die Nummer von Bertha Cools Wohnung. Es dauerte eine Weile, bis sie sich meldete. Diese nächtliche Störung war nicht nach ihrem Geschmack.

»Was gibt's?« fragte sie kurz.

»Hier ist Donald, Bertha«, sagte ich, »ich möchte, daß du mich abholst.«

»Den Teufel werd' ich tun«, erwiderte Bertha. »So eine Unverschämtheit ... Ich soll dich abholen? Was denkst du dir eigentlich ...?«

»Es könnte noch wichtig werden«, sagte ich. »Ich bin hier draußen auf dem Valey Boulevard in einer kleinen Straßenkneipe, und es ist nicht nötig, daß man mich hier sieht. Ich warte vor der Tür. Komm so schnell, wie du kannst!«

»Zum Teufel mit dir. Nimm dir ein Taxi ...«

»Wenn ich mir ein Taxi nehme, könnte sich der Fahrer morgen an mich erinnern. Womöglich würdest du dann meinen Namen in den Zeitungen finden.«

»Laß doch deinen Namen in der Zeitung stehn, wen kümmert's schon«, fauchte Bertha in den Hörer.

»Es könnte ein schlechtes Licht auf unsere Agentur werfen, dachte ich mir.«

»Zum Teufel mit der Reputation! Was ist das schon? Es ...«

»Es könnte uns aber auch finanziell schaden ...«

Bertha verstummte. Es war, als hätte ich ihr meine Hand auf den Mund gelegt. Zwei oder drei Sekunden schwieg sie, aber ich hörte ihr erregtes Atmen. Ihr Ärger war groß, denn sie begann allmählich zu keuchen, als sei sie drei Treppen hinaufgestiegen.

»Nun?« fragte ich schließlich.

»Also gut, ich komme. Wie ist die Adresse?«

Nachdem ich sie ihr gegeben hatte, legte ich den Hörer auf.

3

Es dauerte gut dreißig Minuten, bis Bertha Cool erschien. Sie hielt den Wagen mit einem Ruck an, dann ging ich hinten herum, öffnete die Tür und setzte mich neben sie. Bertha streckte ihr Kinn kriegerisch nach vorn. Ihre kleinen, tiefliegenden Augen funkelten mich bösartig an.

»Was zum Teufel, hast du nur wieder angestellt?« fragte sie.

»Weiß ich noch nicht.«

»Dann ist es höchste Zeit, daß du es herausbekommst.«

Sie schaltete derart kurz durch sämtliche Gänge, daß der Motor laut aufheulte, und bog schließlich in einer wilden U-Kurve auf die freie Straße.

»Schönes Wetter haben wir eigentlich noch für diese Jahreszeit«, bemerkte ich so nebenbei.

»Zum Teufel mit dir«, antwortete sie.

So fuhren wir dann schweigend weiter.

Nach einer Weile konnte sie ihre Neugier nicht mehr bezähmen.

»Also gut, erzähl mir. Worum handelt es sich?«

»Laß mich von Anfang an berichten. Du erinnerst dich, daß ich heute nachmittag diesen Mann beschattet habe?«

»Ja, wir sollten im Auftrag einer Klientin den Namen und die Identität dieses Burschen feststellen, der versucht, irgendwelche Aktien zu verkaufen. Gab es Schwierigkeiten?«

»Nein, keineswegs«, antwortete ich. »Es war sehr einfach. Ich erwartete ihn dort, wo ich ihn angeblich finden würde, und ich hatte auch keine Schwierigkeiten, ihm zu folgen. Er fuhr von dort aus auf direktem Weg zu dem Westchester-Arms-Hotel, ging zum Portier und bekam seinen Zimmerschlüssel. Es war dann ziemlich einfach, herauszubekommen, daß er unter dem Namen Thomas Durham seit zwei Tagen in diesem Hotel wohnt. Von seinem Beruf wußte man allerdings nichts. Ich entschloß mich dann, noch auf den Nachtportier zu warten. Er sollte um sechs Uhr seinen Dienst antreten. Vielleicht konnte er mir noch nähere Auskünfte geben. Und da es bereits halb sechs war, setzte ich mich in die Halle und las Zeitungen.«

»Weiter«, drängte Bertha, »erzähl mir doch nicht all diese unwichtigen Einzelheiten. Ich habe selbst mein Sitzfleisch schon zu Tode gefoltert mit dem Herumlungern in Hotelhallen und dem Warten auf Nachtportiers. Wenn ich richtig verstanden habe, sitzt du wieder bildschön in der Tinte, und dann spielt doch stets bei dir eine Frau die Hauptrolle. Wo steckt das Pflänzchen also?«

»Wenn ich das nur selbst wüßte!«

»Sicherlich wieder so eine rothaarige Circe. Konntest du sie nicht in Ruhe lassen?«

»Diesmal ist es aber ein honigblondes Bienchen, eine seidenhäutige . . .«

»Hör schon auf!« stöhnte Bertha. »Wenn ich mir je wieder einen Partner nehme, dann muß er über Sechzig sein und . . .«

»Damit würdest du dich nicht verbessern, Bertha«, belehrte ich sie. »Die Knaben über Sechzig sind noch viel anfälliger. Die kann jedes halbwegs gutaussehende Mädchen spielend um den Finger wickeln und . . .«

»Dann meinetwegen über Siebzig«, sagte Bertha grimmig.

»Das wäre auch kein Vorteil. Die fangen dann an, in sentimentalen Jugenderinnerungen zu machen. Du müßtest schon über Achtzig gehen! Aber die können meist kaum noch richtig laufen!«

»Immer steckt bei euch Männern so ein Weibsbild dahinter. Nun erzähl schon von der Kleinen. Was ist los mit ihr?«

»Ich muß wieder auf diesen Tom-Durham-Fall zurückkommen, weil ich fast glaube, daß meine Anwesenheit in dieser Hotelhalle nicht ganz so zufällig war, wie es mir selbst zu sein schien.«

»Was willst du damit sagen?« fragte Bertha, und dann begann sie plötzlich zu schimpfen. »Wenn dieser elende Bursche doch nur abblenden würde!«

Dreimal blendete sie ärgerlich ihre Scheinwerfer auf. Der entgegenkommende Fahrer blieb jedoch ungerührt. Bertha Cool drehte mit unglaublicher Behendigkeit das linke Fenster herunter, und als der andere Wagen vorbeischoß, brüllte sie zornig los. Es war völlig sinnlos, denn der andere konnte sie gar nicht hören; aber das Schimpfen beruhigte Bertha anscheinend, und das war wichtig.

»Sag, warum redest du eigentlich die ganze Zeit um die Sache herum?« fragte sie dann.

»Ich erzähle doch, du mußt eben zuhören. Also – ich saß in der Hotelhalle, als ein Mädchen auftauchte. Lucille Hart hieß sie, so stellte sie sich jedenfalls vor. Wir tranken zusammen, und dann erzählte sie mir, daß sie einen Wagen dabei habe, der ihrer Schwester gehöre; allerdings sei er auf den Namen ihres Schwagers eingetragen, denn der Schwager sei eine jener Typen, die in der Familie gern als Respektsperson auftreten.«

»Ehemänner wollen immer bedeutend sein«, sagte Bertha lakonisch. »Und was geschah weiter?«

»Als wir unser letztes Lokal verließen, in dem wir gegessen und getrunken hatten, stand der Wagen zufällig nur etwa einen Block entfernt von uns.«

»Hm«, meinte Bertha.

»Ja – und kurz bevor wir gingen, war Lucille längere Zeit verschwunden gewesen, so etwa 20 Minuten, denke ich.« Da ich erkannte, daß Bertha nun bald explodieren würde, fuhr ich rascher fort: »Nun, eines führte zum andern ...«

»Mein Gott!« rief Berta. »Ich kenne das Leben! Du solltest eben nicht ständig mit Frauen anbandeln, aber du tust es immer wieder, und es kommt stets so, wie es kommen muß; der Anfang ist der gleiche und das Ende auch. Aber nun erzähl mir endlich, was sich in der Mitte ereignete.«

»Wir fuhren mit ihrem Wagen hier raus. Ich sollte sie zu ihrer Schwester hinaus nach San Robles bringen – und der Schwager würde uns dann wieder zurück in die Stadt fahren und schließlich den Wagen wieder mit nach Hause nehmen.«

»Oh, wie kompliziert«, murmelte Bertha.

»Sie hatte ziemlich viel Ingwerbier getrunken und sagte plötzlich, daß es ihr übel sei und daß sie einen Waschraum aufsuchen wolle. Sie bat mich, den Wagen anzuhalten. Es war ganz zufällig in der Nähe eines Autohotels.«

Bertha verlangsamte ihr Tempo und warf mir einen mitleidsvollen Blick zu. »Was muß eigentlich so ein Mädchen mit dir noch anstellen? Bevor dir nicht irgend so ein schweres Ding auf den Schädel gehauen wird, wirst du wohl nicht schlauer.«

»Nachdem ich eine Kabine in dem Motel gemietet hatte, sagte sie, daß sie dringend frische Luft schöpfen müsse. Sie ging hinaus, und ich sah sie nicht wieder.«

»Ich glaube, du bist derjenige, der frische Luft nötig gehabt hätte. Ich habe dir schon so oft gesagt, daß die Frauen nach dir geradezu verrückt sind, Donald – aber du kannst sie nicht so behandeln, wie du es stets tust, indem du dich zuerst interessiert zeigst und dann plötzlich den vollendeten Gentleman spielst! Sicherlich war sie wütend auf dich. Es ist nur verwunderlich, daß sie dir nicht eine 'runtergehauen hat. Warum nahmst du denn nicht ihren Wagen – oder nahm sie ihn mit?«

»Nein, sie benutzte ihn nicht. Er war verschlossen. Sie nahm nur die Schlüssel mit. Ich hege den Verdacht, sie hat vielleicht die Polizei angerufen, um dort zu melden, daß der Wagen gestohlen sei und daß man danach Ausschau halten solle. Ich weiß nicht, was los ist, aber ich bin sicher, daß ich zu irgend etwas benutzt wurde, und das ärgert mich.«

»Feine Geschichte«, meinte Bertha. »Wir haben ein schönes Detektivbüro! Und weiß der Himmel, es reicht mir nun. Ich habe keine Lust, nachts für dich den Taxichauffeur zu spielen. Ich kann es mir nicht leisten, meinen Schlaf zu opfern. Und ich kann dir auch nicht ständig ein Vorschriftenbuch vor die Nase halten, in dem geschrieben steht, was du tun und was du lassen sollst. Das nächste Mal nimm deinen Wagen oder sieh zu, wie du ein Taxi findest, wenn deine galanten Abenteuer platzen.«

»Ich wollte aber kein Taxi. Es schien mir nicht ratsam, daß mich jemand hier draußen sah. Denn gerade, als ich das Autohotel verlassen wollte, hörte ich einige merkwürdige Geräusche. Sie klangen wie Fehlzündungen eines Motors.«

»Was soll das?« Bertha war plötzlich wach.

»Ich sagte ja, es klang wie Fehlzündungen, aber es war kein fahrendes Auto in der Nähe.«

Nun fuhr Bertha noch langsamer, um mein Gesicht betrachten zu können. Sie schwieg.

»Ich glaube, wir müssen wieder auf diesen Tom-Durham-Fall zurückkommen. Erzähl mir noch mehr von der Frau, die dir den Auftrag gab«, bat ich sie.

»Sie hieß Bushnell und war ein hübsches Mädchen. Ich dachte mir, als ich sie näher betrachtete, wie gut es sei, daß du nicht in der Nähe bist. Wenn sie dich angetroffen hätte, würdest du zwar das ganze Büro auf den Kopf gestellt, aber sicherlich keine zweihundert Dollar im voraus von ihr kassiert haben.«

»Und was wollte sie von uns?«

»Sie erzählte von einer Tante, ihrer einzigen noch lebenden Verwandten. Sie sei im Augenblick wegen eines Autounfalls etwas behindert, empfinge aber ständig die Besuche eines Mannes, der ihr etwas merkwürdig vorkäme. Sie habe den Verdacht, daß dieser relativ junge Mann es auf das Geld ihrer Tante abgesehen habe. Als das Bushnell-Mädchen einmal versuchte, die Haushälterin ihrer Tante ein bißchen über diesen Mann auszufragen, geriet die Tante außer sich. Sie erklärte ihrer Nichte, sie sei durchaus imstande, sich allein um ihre Angelegenheiten zu kümmern. Die Nichte wiederum war darüber so aufgebracht, daß sie uns den Auftrag gab, wir sollten feststellen, wer dieser Mann sei. Vielleicht sucht sie etwas, womit sie ihn bei ihrer Tante in Mißkredit bringen kann.«

»Glaubst du, sie befürchtet, dieser junge Mann habe unehrenhafte Absichten?«

Bertha brummte. »Sie zahlte mir 200 Dollar. Ich nehme nicht an, daß man soviel Geld nur aus moralischen Gründen investiert. Sie wird Angst haben, daß eine ernsthafte Sache daraus wird, womöglich eine Ehe. Die Tante ist reich, und die Nichte ist ihre einzige Erbin.«

»Nun, es gibt immerhin noch eine andere Möglichkeit. Beispielsweise, daß die ganze Geschichte nur eine Falle war. Wünschte sie mich persönlich zu beauftragen?«

»Das mag sein«, sagte Bertha, »aber nimm dich doch nicht immer so verdammt wichtig. Du glaubst wohl, alle denken nur an dich?«

Ich schwieg, und nach einer Weile fuhr Bertha fort:

»Sie erklärte mir, es komme ihr darauf an, daß der Fall so delikat wie möglich behandelt werde. Jener Mann dürfe auf keinen Fall merken, daß er beobachtet werde. Falls er es mitbekäme, würde er sicherlich mit ihrer Tante darüber sprechen, und dann wäre der Teufel los. Denn sobald die Tante erfahre, daß sie einen Privatdetektiv beauftragt habe, gäbe es eine folgenschwere Entfremdung zwischen ihnen.«

»Du meinst, sie wird enterbt?«

»Was hast du dir gedacht? Ich versicherte ihr deshalb auch, daß wir ihren Fall mit äußerster Vorsicht bearbeiten würden.«

»Mir hast du das alles nicht gesagt.«

»Warum sollte ich? Du weißt schon, was du zu tun hast. Andererseits zahlte sie ja im voraus!«

»Wenn ich das Ganze nur verstehen könnte«, erwiderte ich.

»Aber du hast es doch gerade gehört.«

»Und du sagtest ihr dann, daß ich den Fall persönlich übernehmen werde?«

»Ja, so war es. Und darum sei es auch teurer, da du ein Detektiv mit Köpfchen seist.« Sie warf mir einen ironischen Blick zu. Dann schwieg sie eine Weile und dachte nach. »Ja, wirklich«, sagte sie dann, »wenn man es richtig überlegt, ist alles schon ein bißchen seltsam.«

»Wie alt ist das Mädchen, ich meine unsere Klientin?«

»Um die Dreiundzwanzig herum.«

»Wie heißt sie mit Vornamen?«

»Claire.«

»Und wo wohnt sie?«

Bertha wurde ärgerlich. »Ich bin doch keine wandelnde Kartei! Da holst du mich mitten in der Nacht aus meinem Bett, damit ich dich von deinen Abenteuern nach Hause bringen kann, und erwartest außerdem noch von mir, daß ich sämtliche Adressen von unseren Klienten im Kopf habe!«

Ich gab ihr keine Antwort, und Bertha verfiel wieder in Nachdenken. Dann sprach sie weiter: »Eigentlich wäre es in diesem Fall normal gewesen, daß sie dich hätte sprechen wollen! Aber sie tat nichts dergleichen. Sie erklärte mir, sie vertraue auf unsere Fähigkeiten, von denen sie bereits gehört habe, und zückte widerstandslos ihr Scheckbuch. Wenn ich nun so richtig darüber nachdenke, kommt es mir wirklich mysteriös vor.«

»Man muß gar nicht so lange darüber nachdenken, um das Ganze seltsam zu finden!« antwortete ich. »Was berichtete sie dir denn Näheres über ihre Familie?«

»Schau, Donald, in dieser Beziehung sind wir eben verschieden«, sagte Bertha abwehrend. »Du willst stets die unbedeutendsten Dinge wissen, die keinerlei Beziehung zu dem Auftrag haben.«

»Mit anderen Worten also: Sie hat dir von der Tante so gut wie nichts erzählt?«

»Sie gab mir die Adresse der Tante, und sie sagte mir, dieser Bursche habe um vier Uhr heute nachmittag eine Verabredung mit der alten Schachtel.«

»Aber sie erzählte dir nichts über die anderen privaten Verhältnisse der Tante? Wovon sie lebt, was sie tut und dergleichen?«

»Hör doch auf! Mir war der Scheck über zweihundert Dollar wichtiger. Erzähl mir nicht, was ich sonst noch alles hätte aus ihr herausquetschen sollen.«

»Na gut«, besänftigte ich sie, »ich wollte ja nur ein bißchen nachdenken.«

Bertha lachte schrill. »Nachdenken? Du gehst jetzt schön nach Hause in dein Bett und träumst von einem kleinen Mädchen, das dir eine Lektion erteilt hat. Es ist zu drollig! Wie war es noch? Du solltest sie bis in den Vorort hinaus begleiten. Und dann sollte dich der Schwager wieder zurückfahren. Wie nett! Und du fährst und fährst, brav beide Hände am Steuer. Ich nehme an, du unterhieltest dich mit ihr über Bücher, Astronomie oder die Theaterstücke, die du zuletzt gesehen hast. Dem armen Ding fiel schließlich nichts anderes mehr ein, als dir diesen Vorschlag mit dem Autohotel zu machen, und . . .«

»Das tat sie wirklich«, unterbrach ich sie.

»Nun, laß dir das endlich mal eine Lehre sein.«

»Wenn du durch die Stadt kommst, fahr bitte durch die Siebente Straße. Ich möchte ins Westchester-Arms-Hotel. Ich glaube, ich muß diesem Mr. Thomas Durham ein bißchen mehr Aufmerksamkeit widmen.«

»Du mußt aber sehr vorsichtig sein und nicht gleich die Katze aus dem Sack lassen«, mahnte Bertha. »Es scheint mir fast so, als hättest du schon Unheil angerichtet. Und wenn dieser Durham erst merkt, daß er beschattet wird . . .«

»Wenn er es gemerkt hat, dann ist er geradezu ein Hellseher.«

»Na gut, immerhin scheint es so, als habe er kaum zehn Minuten nachdem du ihn zum Hotel begleitet hast, bereits seinen Köder nach dir ausgeworfen.«

»Nicht zehn, zwanzig Minuten waren es.«

»Also gut, zwanzig Minuten. Während dieser Zeit kann er ganz bequem ans Telefon gegangen sein, um sich das Mädchen herbeizurufen und es auf dich zu hetzen. Schließlich sieht dir ja jeder sofort an, daß du jederzeit zu einem Flirt aufgelegt bist. – Und dann hatte sie von ihm den Auftrag erhalten, in der Nähe des Autohotels zu parken und dir die Geschichte von ihrer Übelkeit vorzuführen. Ist das so schwer?«

Ich erwiderte nichts. Was sollte ich auch dazu sagen?

Bertha fuhr die Siebente Straße entlang und wollte gerade vor dem Westchester-Arms-Hotel halten.

»Aber doch nicht hier direkt vor dem Haus«, sagte ich rasch, »fahr ein Stückchen weiter. Wenn ich fertig bin, komme ich zurück.«

»Jetzt habe ich aber genug. Ich fahre jetzt nach Hause und lege mich hin, damit du es ganz genau weißt! Ich habe dich aufgelesen, und nachher nimmst du dir gefälligst ein Taxi. Und laß dir ja eine Quittung von dem Taxifahrer geben, damit ich die Kosten der Klientin aufbrummen kann.«

Ich stieg aus. Bertha knallte die Gänge 'rein und hinterließ eine Wolke von Auspuffgasen.

Ich ging in das Westchester-Arms-Hotel.

Es waren zu dieser nächtlichen Stunde nur ein paar Leute in der Halle. Durham war nicht unter ihnen. Ich blickte in die Bar. Auch dort war er nicht. Dann ging ich zur Telefonzelle und rief von da aus die Portierloge an.

»Ich möchte einen Herrn Jerome K. Durham aus Massachusetts sprechen. Ist er bei Ihnen abgestiegen?«

Ich konnte von der Zelle aus beobachten, wie der Nachtportier langsam das Gästebuch durchsah.

»Nein, er wohnt nicht hier.«

»Komisch. Sind Sie ganz sicher?«

»Natürlich.«

»Es ist niemand mit Namen Durham bei Ihnen eingetragen?«

»Im Augenblick nicht«, antwortete er. »Ein Herr Thomas B. Durham wohnte einige Tage bei uns, aber er ist vor ungefähr einer Stunde abgereist.«

»Danke sehr«, sagte ich, »das genügt mir«, und hängte ein.

Meine diskreten Nachforschungen bei dem Liftboy und dem Türsteher bestätigten ebenfalls, daß Durham ausgezogen war. Er hätte eine Aktentasche, einen kleinen Handkoffer und einen größeren Koffer mit zwei Vorhängeschlössern bei sich gehabt. Der Liftboy hatte das Gepäck vor die Tür gebracht. Und der Türsteher erinnerte sich auch daran, es gesehen zu haben. Er war gerade damit beschäftigt, ein paar Leute in ein Taxi zu verfrachten, und während dieser Zeit waren die Gepäckstücke und Mr. Durham von der Bildfläche verschwunden. Der Mann wußte genau, daß Durham kein Taxi genommen hatte. Ich fragte ihn, ob er vielleicht in einen Privatwagen gestiegen sei. Davon hatte er nichts bemerkt. Auf meine Frage, wohin denn Durham so rasch verschwunden sein könnte, wußte er keine Antwort.

Der Eingang zu der Hotelbar war nur wenige Meter von dem Haupteingang entfernt. Aber ich suchte erst gar nicht nach dem Manager. Er würde sicherlich kaum Verständnis dafür zeigen, wenn ich einige Fragen an ihn richtete.

Andererseits konnte ich mir auch nicht denken, daß er Durham freundlich empfangen hätte, wenn dieser mit soviel Gepäck in der Bar erschienen wäre.

Tom Durham war also spurlos verschwunden. Entweder er war wesentlich gerissener, als ich es ihm zugetraut hatte – oder ich war wesentlich ungeschickter, als Bertha von mir annahm.

Ich sah auf meine Uhr. Es war schon spät, aber es gab noch etwas, was ich klären mußte. Wieder ging ich in die Telefonzelle. Ich suchte unter San Robles und fand schließlich die Nummer von Dover Fulton, 6285 Orange Avenue. Die Adresse stimmte also auch. Ich wählte die Nummer der Fultons. Das Fräulein vom Amt meldete sich und forderte mich auf, zwanzig Cent für ein Vorortgespräch einzuwerfen. Dann vernahm ich eine schläfrige weibliche Stimme am anderen Ende der Leitung.

»Es tut mir sehr leid, Sie zu dieser späten Stunde zu stören«, begann ich höflich, »aber es ist wichtig, daß ich noch mit Mr. Fulton spreche. Ist er zu Hause?«

»Nein«, antwortete die Frau, »er ist noch nicht hier. Er wurde in der Stadt aufgehalten, aber ich erwarte ihn jeden Augenblick zurück.«

»Könnten Sie mir eine Auskunft geben?«

»Ja, bitte, worum handelt es sich?«

»Ist dort Mrs. Fulton?«

»Ja.«

»Dann erlauben Sie die Frage, haben Sie eine Schwester?«

»Eine Schwester?« fragte sie verwundert.

»Ja, eine Schwester.«

»Aber nein, ich habe keine Schwester!«

»Eine Miss Lucille Hart?« forschte ich.

»Ich habe niemals diesen Namen gehört.«

»Dann tut es mir leid, Sie gestört zu haben. Sicherlich handelt es sich um einen Irrtum.« Ich hängte rasch ein, bevor sie noch irgendwelche Fragen an mich richten konnte.

4

Die Morgenzeitungen veröffentlichten das Geschehnis der Nacht. Einzelheiten waren wohl bei Redaktionsschluß noch hereingekommen. So, wie es die Presse beschrieb, handelte es sich um einen der üblichen Doppelselbstmorde. Aber der Fall schien noch einige Hintergründe zu haben. Sobald man diese erst einmal aufgeklärt hatte, erhofften sich die Zeitungen womöglich einen sensationellen Skandal mit einer Liebesaffäre im Hintergrund. Vorläufig ließen die Blätter allen Vermutungen freien Lauf.

Die Überschriften lauteten: Makler aus San Robles begeht Doppelselbstmord ... Tötet seine frühere Sekretärin. Richtet dann die Pistole gegen sich ... Stelldichein in Autohotel endet tragisch ...

Die Schilderung des Falles war wie üblich aufgezogen, man betonte aber, daß es ›gewisse Umstände‹ gäbe, die von der Polizei noch aufgeklärt werden müßten.

Die tote Frau, eine Mrs. Carlton, war lange Jahre Dover Fultons Sekretärin gewesen. Vor drei Jahren hatte sie sich mit dem Bergwerksingenieur Stanwick Carlton verheiratet und lebte seitdem in Colorado.

Vor zwei Wochen hatte sie ihrem Mann gegenüber den Wunsch geäußert, Verwandte in Kalifornien besuchen zu wollen. Sie war mit ihrem Wagen losgefahren und vor zehn Tagen hier angekommen. Während dieser Zeit war sie anscheinend häufiger in der Begleitung von Dover Fulton aufgetreten. Der Besitzer von ›Kozy Dell Slumber Court‹ erinnerte sich, das gleiche Paar in der vergangenen Woche bereits in seinem Hotel gesehen zu haben.

Eine Tatsache gab es, über die sich die Polizei den Kopf zerbrach. Der Besitzer von ›Kozy Dell‹ behauptete, die beiden seien in ihrem Wagen mit der Colorado-Nummer angekommen. Andererseits stand aber auch der Wagen von Dover Fulton auf einem Parkplatz des Autohotels. Dieser Wagen war verschlossen, und bei der Leiche von Dover Fulton fand man keine Schlüssel. Innen auf dem Boden des Autos lag die Geldbörse einer Dame. Sie enthielt über zehn Dollar in Kleingeld und eine Geschäftskarte.

Eine weitere Komplikation sah die Polizei darin, daß jemand, kurze Zeit bevor der Selbstmord sich ereignet haben mußte, bei der Polizei angerufen hatte, um Anzeige zu erstatten, daß Dover Fultons Wagen gestohlen sei.

Der Selbstmord mußte sich etwa zwischen zehn und zehn Uhr dreißig abends ereignet haben. Verschiedene Bewohner anderer Kabinen des Motels hatten die Schüsse gehört, jedoch angenommen, es handle sich um Fehlzündungen eines Motors.

Die Leichen fand man, als sich die Bewohner einer benachbarten Kabine über das kreischende Radio beklagten.

Es gab noch einen weiteren Punkt, in dem die Polizei ebenfalls noch nicht klarsah. Warum waren drei Schüsse abgefeuert worden? Mit der ersten Kugel hatte Dover Fulton anscheinend seine Freundin durch einen Schuß in den Hinterkopf getötet. Dann hatte er die Waffe gegen sich gerichtet. Aber zwei Zeugen bestanden darauf, drei Schüsse gehört zu haben. Und nach langem Suchen war es der Polizei auch gelungen, die dritte Kugel zu finden. Sie war in den Koffer gedrungen, der Minerva Carlton gehörte.

Stanwick Carlton, der Gatte der Toten, war etwa eine Stunde vor dem Selbstmord in der Stadt eingetroffen, wie sich nachträglich herausstellte. Er kam mit einem Flugzeug und erklärte, er habe das Gefühl, daß irgend etwas nicht in Ordnung sei. Als man ihn in einem Hotel auffand und die Nachricht von dem Tod seiner Frau überbrachte, war er stark angetrunken.

Dover Fulton, ein bekannter Makler aus San Robles, hinterließ eine Witwe, Irene Fulton, und zwei Kinder, ein Mädchen von etwa vier und einen Jungen von sechs Jahren. Es schien, daß er glücklich verheiratet gewesen war. Mrs. Fulton war völlig niedergeschmettert durch die entsetzliche Nachricht. Sie konnte sich einfach nicht mit der Tatsache abfinden, daß ihr Mann Selbstmord begangen hatte.

Unerklärlich an dem ganzen Fall blieb jedoch folgendes: Während sich Dover Fulton und Mrs. Carlton als Mr. und Mrs. Carlton für die Kabine Nummer drei eingetragen hatten, war gleichzeitig ein zweites Paar in dem Autohotel abgestiegen, das unter dem Namen von Mr. und Mrs. Dover Fulton die Kabine Nummer elf mietete. Diese beiden hatten die Autopapiere von Dover Fultons Auto, Marke Buick-Sedan, vorgezeigt.

Die Besitzerin des Autohotels sagte aus, es sei eine hübsche junge blonde Frau gewesen, die ihr recht nervös vorgekommen sei. Ihren Begleiter beschrieb sie als einen mittelgroßen Mann mit dunklem, welligem Haar und, was am meisten an ihm aufgefallen sei, mit sehr ausdrucksvollen Augen. Bei diesem Paar hätte sie gleich ein etwas sonderbares Gefühl gehabt.

Abschließend stellte die Zeitung fest: Es könne kein Zweifel darüber bestehen, daß es sich bei dieser Tragödie um einen der üblichen Doppelselbstmorde handle: zwei Menschen, die aus ihrer hoffnungslosen Liebe keinen anderen Ausweg mehr fanden, als gemeinsam in den Tod zu gehen. Allerdings trage dieser Fall einige Merkmale, denen die Polizei noch ihre Aufmerksamkeit werde schenken müssen.

Unter anderem erwähnte der Bericht noch, daß die Polizei Stanwick Carlton sehr genau ausgefragt habe. Seine Antworten seien jedoch nicht so recht zufriedenstellend gewesen. Es werde noch überprüft, was er in der Zeitspanne zwischen seiner Landung und seiner Ankunft im Hotel getan habe.

Der Revolver, aus dem die tödlichen Schüsse abgefeuert wurden, war Kaliber 32. Er gehörte Dover Fulton.

Mrs. Fulton bestätigte, ihr Mann sei während der vergangenen zehn Tage jeden Abend sehr spät von seiner Arbeit nach Hause gekommen. Ungefähr vor zehn Tagen habe er seinen Revolver an sich genommen und seither bei sich getragen. Die bedauernswerte Mrs. Fulton habe sich inzwischen noch nicht von dem Schock erholt, den sie bei der Nachricht vom Tode ihres Mannes erlitten habe.

Die Zeitungen brachten Fotos von Dover Fulton und Minerva Carlton, außerdem Bilder der Leichen in der Kabine. Auf dem letzten Bild sah man die beiden Körper am Boden liegend, im Hintergrund die geöffnete Badezimmertür. Auf einem Handtuchhalter hingen zwei kleinere Handtücher über dem oberen Gestänge, auf dem unteren ein Frottierhandtuch.

Bedächtig faltete ich die Zeitung wieder zusammen und ging auf und ab. Wie man den Fall auch betrachtete, er erschien mir aus jeder Perspektive schief.

Ich rief Bertha an. »Hast du schon die Zeitungen gelesen?«

»Du Narr!« zeterte Bertha. »Ich habe inzwischen nur versucht, meinen Schlaf nachzuholen.«

»Schau dir mal die Morgenblätter an«, sagte ich lakonisch, »letzte Ausgabe, Titelseite. In der unteren Ecke, rechts, mit Fortsetzung auf der dritten Seite!«

»Was ist denn nun schon wieder los?«

»Etwas, was du wissen solltest. Ruf mich an, wenn du es gelesen hast. Aber sei ein bißchen vorsichtig am Telefon.«

Ich konnte noch hören, wie Bertha fauchte und dann den Hörer auf die Gabel warf. Es dauerte ziemlich lange, fast fünfzehn Minuten, ehe sie mich wieder anrief.

Anscheinend wollte auch sie mir eine Lektion erteilen. Aber nachdem sie dann die Zeitung gelesen hatte, war ihr Ärger wohl verflogen.

»Donald«, sagte sie, »was soll das bedeuten?«

»Ich weiß es auch nicht.«

»Du fuhrst den zweiten Wagen, nicht wahr?«

»Vorsichtig!« unterbrach ich sie.

»Und der Name auf dem Hotelmeldezettel – ist es deine Handschrift?«

»Ja, das ist es.«

»Warum gabst du denn seinen Namen an?«

»Weil ich meinen nicht hinschreiben wollte!«

»Und du hast die richtige Nummer hingeschrieben, die auch in den Wagenpapieren stand?« fragte sie nach einer Pause.

»Ja.«

»Und warum?«

»Ich hatte so meine Gründe.«

»Glaubst du, daß noch irgendwelche Rückfragen deswegen kommen werden?«

»Ich nehme es durchaus an!«

»Du hast dich ja in eine schöne Situation gebracht.«

»Leider weißt du erst die Hälfte«, sagte ich vorsichtig. »Es besteht die Möglichkeit, daß die Geschäftskarte in jener Geldbörse eine von meinen ist.«

»Du lieber Himmel!«

»Ich weiß es nicht bestimmt, aber möglich ist es. Nun halte du dich nach Möglichkeit aus allem heraus, aber sag mir, wo ich diese Claire Bushnell finden kann. Ich muß mit ihr sprechen.«

Bertha dachte nach. »Ich schrieb die Notizen auf ein Blatt, ja – und ich schob es unter meinen Löscher.«

»Auch die Telefonnummer?«

»Weiß ich nicht mehr, aber ich glaube nicht, Donald. Es war schon ziemlich spät, als sie kam, Sonnabendvormittag. Ich nahm nur die wichtigsten Daten auf und wollte alles bis Montag liegenlassen ...«

»Hast du den Scheck eingelöst?« unterbrach ich sie.

»Sei nicht närrisch. Natürlich habe ich mich erkundigt.«

»Und? War er gedeckt?«

»Ich habe dir doch den Fall übergeben, nicht wahr? Und wenn der Scheck nicht gedeckt gewesen wäre, läge der Auftrag im Papierkorb. Was meinst du? Wäre es nicht am besten, zur Polizei zu gehen und über die ganze Geschichte zu berichten?«

»Im Moment noch nicht. Später vielleicht. Wenn ich es schon der Polizei melde, möchte ich ihr auch einen Hinweis geben können, etwas, woran sie sich halten kann.«

Ich hängte ein. Eilig lief ich die Treppen hinunter und fuhr zu unserem Büro. Dort angekommen, schloß ich die große Glastür auf, an der das Schild hing *Cool & Lam, Detektivbüro.* Mit hastigen Schritten durchquerte ich den Vorraum, ging in mein Büro und schließlich in Berthas Arbeitszimmer. Jedes Möbelstück hier war der Eigenart von Bertha Cool angepaßt, vom knarrenden Drehstuhl hinter ihrem Schreibtisch bis zum doppelt verschlossenen Kassenschrank auf der anderen Wandseite. Bertha pflegte jede Kleinigkeit unter Verschluß zu halten. Sie traute weder der Sekretärin noch dem Pförtner oder gar einem Geschäftspartner wie beispielsweise mir.

Der Drehstuhl ächzte, als ich mich darauf niederließ. Es schien mir, daß dieser Ton in den Stuhl hineinkonstruiert sei, denn ich mußte sofort an Bertha denken.

Unter dem Löscher fand ich Berthas Aufzeichnungen, die ich sorgfältig studierte. Die Adresse, die ich suchte, lautete: 1624, Veronica Way. Darunter stand in Berthas kräftigen, fast männlichen Schriftzügen: Wünscht, daß ihre Tante beobachtet wird.

Später hatte Bertha das Wort *Tante* durchgestrichen und darüber ›Aktienhändler‹ gekritzelt. Zunächst waren 100 Dollar in Worten niedergeschrieben, daneben dann in Zahlen, drei- oder viermal. Dann war das wieder durchgestrichen, und die Summe erhöhte sich auf 150 Dollar. Weiter las ich: ›Sie glaubt, daß der Aktienhändler ein intimer Freund der Tante ist – glaubt, Grund zur Beunruhigung zu haben – verschweigt etwas! – wünscht Donald persönlich.‹

Und wiederum folgte Berthas Zahlenmalerei, spielerisch hingeworfen. Hinter den Worten ›Donald persönlich‹ standen bereits 175 Dollar. Es folgte die Adresse der Tante: ›Amelia Jasper, 226, Korreander Street. Ein Mann, der sie vielleicht zu betrügen versucht. Alter 35 Jahre, gut gekleidet, meist graue, doppelreihige Anzüge, sehr schmales, bleiches Gesicht, nervöses Lachen. Raucht die Zigaretten aus einer langen Elfenbeinspitze. Solange er nicht lacht, angenehmes Profil, sonst strenge Züge um den Mund. Hartes Lachen.‹ Es war, als habe sich Bertha dann plötzlich meiner ewigen Mahnungen erinnert, daß ich exakte Angaben über die Personen haben müsse, die ich beobachten sollte. Sie schrieb in steilen Schriftzügen: ›Außerdem ist er fünf Fuß groß, wiegt etwa 150 Pfund, hat schwarze Haare und graue Augen.‹

Nun waren auch die 175 Dollar durchgestrichen. Dafür stand die Zahl 200 dort. ›Der Betreffende hat eine Verabredung um vier Uhr nachmittags im Hause Korreander 226.‹

Weiter unten stand in sauberster Handschrift das, was Bertha an dem ganzen Fall am meisten interessierte: ›Scheck über 200 Dollar erhalten!‹

Diese Aufzeichnungen befanden sich auf der Rückseite eines herausgerissenen Kalenderblattes. Sicherlich hatte Bertha beabsichtigt, diese Notizen später der Sekretärin zu diktieren. Da die Klientin aber kurz vor Büroschluß erschienen war, hatte sie keine Zeit mehr dazu gefunden.

Am Nachmittag war ich kurz vor vier Uhr vor dem Haus Korreander 226, einer alten, ehrwürdigen Villa, erschienen. Ich brauchte nicht lange zu warten. Er kam pünktlich und sah genauso aus, wie man ihn beschrieben hatte. Um 17.10 Uhr verließ er das Haus wieder. Er trug einen grauen doppelreihigen Anzug von gutem Schnitt. Und selbst die Zigarette steckte vorschriftsmäßig in einer eleganten Spitze. Sein Besuch bei der Tante hatte genau eine Stunde und zehn Minuten gedauert.

Dann war ich ihm nachgefahren. Ich hielt mich so, daß er mich nicht im Rückspiegel seines Wagens beobachten konnte. Oft ließ ich ihn ein Stück vorausfahren, aber ich behielt ihn stets im Auge. Es schien mir, als zeige er nicht das geringste Interesse für das, was hinter ihm vorging.

Und trotzdem war nun dieser Mann in derselben Nacht aus seinem Hotel ausgezogen. Wenige Stunden, nachdem ich ihm gefolgt war. Er mußte es gespürt haben, daß jemand hinter ihm her war. Eine andere Erklärung gab es jedenfalls im Augenblick nicht dafür. Aber diese Erklärung ärgerte mich maßlos. Sie verletzte das, was Bertha meine verdammte Einbildung zu nennen pflegte. Denn ich hatte mir tatsächlich immer etwas auf meine psychologische Begabung eingebildet. Ich war bisher so sicher, daß ich es rechtzeitig erkennen würde, wenn sich jemand verfolgt fühlte. Diese Einstellung mußte ich nun wohl gründlich revidieren. Aber eines war sicher: Mr. Durham würde mir in Zukunft nicht mehr entkommen. Soweit es in diesem Fall überhaupt ein ›zukünftig‹ geben sollte.

Besonders typisch an Berthas Niederschrift war, wie sie, während des Gesprächs mit der Klientin, langsam, aber mit System den Preis hinaufgeschraubt hatte. Es hätte kaum einen besseren klinischen Bericht über Berthas Seelenzustand geben können als dieses Stück Papier. Zwar waren viele Zahlen darauf gemalt, aber sie bedeuteten nur Dollars! Die Telefonnummer der Klientin konnte ich hingegen nicht entdecken, auch kein Wort über ihre privaten Verhältnisse. Nachdem Bertha ihre 200 Dollar einkassiert hatte, war für sie der Fall abgetan. Alles weitere überließ sie mir.

Unter dem Namen Bushnell stand im Telefonbuch kein einziger Teilnehmer. So blieb mir nichts anderes übrig, als in die Garage hinunterzufahren und unseren alten Agenturwagen flottzumachen. Es war Nummer ›zwei‹.

Nummer ›eins‹ war ein neuer Wagen, und Bertha richtete es meist so ein, daß sie ihn fuhr. Nummer zwei war ein unbeschreiblich alter Karren, aber immerhin, er fuhr noch. Und vor allem, er hatte Geschichte! Er war bereits über hunderttausend Kilometer gefahren, war anderen Wagen nachgeschlichen, hatte Ehemänner verfolgt, die ihren jeweiligen Liebchen erzählten, wie wenig sie von ihren Frauen verstanden wurden. Er hatte Zeugen herbeigeschafft und auch manche wilde Jagd in Mordfällen überstanden.

Ich ließ den Motor an und wartete eine Weile, bis er sich warm gelaufen hatte. Dann fuhr ich los, um Claire Bushnells Wohnung ausfindig zu machen.

Veronica Way 1624 entpuppte sich als Apartmenthaus. Unter den vielen Schildern fand ich auch den Namen von Claire Bushnell. Er stand auf einer ausgeschnittenen Visitenkarte, die in einem zierlichen Blechrahmen über dem Klingelknopf steckte. Ich läutete.

Niemand meldete sich.

Da es Sonntagvormittag war, konnte sie sich auf einem Spaziergang befinden. Weil ihr Vor- und Zuname angebracht war, nahm ich an, daß sie unverheiratet sei. Ich beschloß, ein wenig dringend zu werden, und begann ein kleines Klingelkonzert. Ich läutete einmal lang, zweimal kurz und probierte noch andere Kombinationen aus. Und siehe da: Der Summer ertönte, die Tür öffnete sich.

Ich warf noch einen schnellen Blick auf die Nummer ihres Apartments und ging hinein. 319 war ihre Nummer. Draußen war ein herrlicher Tag. Die Sonne strahlte; die Luft hatte jene Frische, die die Menschen in der Stadt aufschnuppern läßt und in ihnen die Sehnsucht nach Bäumen und Wiesen wachruft. In dem Haus hingegen war die Luft dick und muffig. Das Treppenhaus lag im Halbdunkel.

Schließlich fand ich den Aufzug und ratterte zum dritten Stock hinauf. Auch das Apartment 319 entdeckte ich nach einigem Suchen.

Die Tür war geschlossen.

Ich klopfte, aber es rührte sich nichts. Dann drehte ich den Türknopf um und ging hinein. Es war eines der üblichen Apartments in mittlerer Preislage. Das Haus war alt, und man hatte frühere Wohnungen in diese Apartments aufgeteilt, mehr auf gut Glück, indem man weder auf Rentabilität noch auf wohnliche Gesichtspunkte achtete. Der Raum war recht einfach möbliert.

Im Bad lief das Wasser, und nachdem ich die Tür hinter mir geschlossen hatte, hörte ich die Stimme einer Frau.

»Ich wunderte mich schon, warum du nicht früher mit dem Wagen gekommen bist. Das Wetter ist ja herrlich heute . . .«

Ich ging zum Fenster hinüber und setzte mich in einen Sessel.

Als ich nicht antwortete, brach die Stimme im Bad plötzlich ab, der Wasserhahn wurde zugedreht, und eine Tür öffnete sich.

Claire Bushnell stand vor mir. Sie trug einen Bademantel und leichte Slippers an den Füßen. Mit großen, erstaunten Augen sah sie mich an.

»Das hab ich ja gern!« rief sie aus.

Auf dem Tisch lag eine Morgenzeitung. Obwohl ich sie bereits genau kannte – vor allem, was die Details über die ›Kozy-Dell-Doppelselbstmordaffäre‹ anging –, nahm ich sie wieder in die Hand und schaute meine überraschte Gastgeberin unschuldig an.

»Ich wollte Sie nicht bei Ihrem Bad stören«, sagte ich, »ziehen Sie sich nur in Ruhe an!«

»Jetzt sehen Sie aber zu, daß Sie hier schnell wieder 'rauskommen«, gab sie zur Antwort.

Ich hob meinen Blick, legte einen Ausdruck von freundlicher Überraschung in mein Gesicht und betrachtete sie.

»Was soll das?« fragte ich.

»Haben Sie mich nicht verstanden? Verschwinden sollen Sie!«

»Aber ich muß mit Ihnen sprechen.«

»Hinaus!« sagte sie, nun aber etwas zögernder: »Ich dachte, Sie sind ...«

»Was?« fragte ich harmlos.

»Wer sind Sie eigentlich?«

»Haben Sie nicht ein Detektivbüro beauftragt ...«

»Nein!« rief sie.

»Ich glaube aber doch!«

»Sie sind wohl völlig verrückt, ich habe niemals im Leben ein Detektivbüro beauftragt.«

Ruhig legte ich die Zeitung nieder, griff in meine Brieftasche und zog eine Geschäftskarte heraus. Dann ging ich zu ihr hinüber und überreichte sie ihr.

Sie nahm die Karte. Nachdem sie einen Blick daraufgeworfen hatte, schaute sie mich einen Moment mißtrauisch an. »Oh«, rief sie dann aus.

Wieder ließ ich mich in meinem Stuhl nieder.

»Sie sind also Donald Lam?« fragte sie.

»Stimmt.«

Nach kurzem Nachdenken fragte sie: »Können Sie sich ausweisen?«

Ich zeigte ihr meine Lizenz.

Sie wurde ein wenig verlegen.

»Ich wollte gerade ein Bad nehmen.«

»Das vermute ich.«

»Na schön, machen Sie's sich bequem. Sind Sie eigentlich Ihren Klienten gegenüber immer so anmaßend?«

»Ich habe an die Tür geklopft, aber Sie antworteten nicht.«

»Ich ließ die Tür offen, weil ich dachte, Sie seien – eine Freundin.«

»Ich hatte aber keinerlei Lust, draußen zu stehen, um allen Nachbarn zu erklären, wer ich bin.«

»Ja«, gab sie zu, »das kann ich verstehen. Gut. Ich werde mich jetzt anziehen.«

Hinter dem Badezimmer schien sich ein Schlafzimmer zu befinden. Sie ging durch das Bad und schloß die Tür hinter sich. Außerdem drehte sie den Schlüssel herum. Sie hatte so viel Vertrauen zu mir wie ein Kanarienvogel zu dem Hauskater. Es dauerte fünfzehn Minuten, bis sie zurückkam.

Bertha Cool hatte recht. Sie war ein hübsches, gutaussehendes Mädchen. Sie hatte ein schmales Gesicht und lebhafte schwarze Augen, die auch einen Schuß Humor verrieten. Ihre Haarfarbe ging in tiefe, blauschwarze Töne über, und ihre Figur war wirklich reizvoll.

Als sie sich neben mich setzte, wirkte sie reserviert.

»Ich nehme an, Sie wollen mir etwas berichten. Was haben Sie inzwischen herausgefunden?«

»Eigentlich wollte ich von Ihnen noch ein paar nähere Angaben haben«, entgegnete ich ihr.

»Aber ich gab doch Mrs. Cool schon alle Einzelheiten bekannt.«

»Das ist schon möglich, aber sie schrieb sie leider nicht auf.«

»Wieso? Natürlich schrieb sie alles auf. Sie saß vor einem Blatt Papier und machte Notizen, während ich mit ihr sprach.«

Ich schüttelte den Kopf. »Bertha Cools Hauptbeschäftigung ist es, sich um die finanzielle Seite unseres Unternehmens zu kümmern«, begann ich, »wenn sie auch den Eindruck machte . . .«

Claire Bushnell warf den Kopf zurück und lachte. »Ich verstehe«, sagte sie.

»Ich hingegen interessiere mich dafür, mehr über Ihre Tante zu erfahren. Bertha schrieb mir auf, sie heißt Amelia Jasper und wohnt 226, Korreander. Sind Sie ihre einzige noch lebende Verwandte?«

»Das stimmt.«

»Was gibt es sonst noch?«

»Was wollen Sie speziell wissen?«

»Am besten alles.«

Sie zögerte einen Augenblick und sah mich prüfend an. Sie überlegte, wieviel man mir wohl preisgeben könne.

»Mein Onkel starb vor einigen Jahren und hinterließ meiner Tante ein Vermögen, das anscheinend nicht unbedeutend ist. Niemand weiß jedoch, wieviel.«

Ich lauschte.

Sie sprach sehr langsam und wählte ihre Worte sorgfältig.

»Meine Tante ist nun zweiundfünfzig Jahre alt, und in den letzten Jahren ist sie unwahrscheinlich eitel geworden. Sie sieht für ihr Alter noch recht gut aus, aber ich finde es manchmal geradezu töricht, wie sie sich benimmt. Eine ihrer Marotten ist es, die Leute nach ihrem Alter raten zu lassen. Sie wissen ja, wie so was vor sich geht. Nichts erscheint ihr dafür zu absurd. Wie gesagt, sie ist zweiundfünfzig. Wenn Tante Amelia nun auf fünfundvierzig geschätzt wird, reagiert sie sehr kühl. Schätzt man sie jedoch auf vierzig, dann lächelt sie geschmeichelt. Falls ihr jedoch jemand sagt, daß sie wie siebenunddreißig aussieht, so lebt sie förmlich auf. Sie wird dann in süßlichem Ton erwidern: ›Aber, Liebling, du wirst es nicht glauben, ich bin tatsächlich schon einundvierzig.‹«

»Welche Haarfarbe hat sie?«

»Hennarot.«

»Und ihr Temperament?«

»Nicht aufdringlich, normalerweise!«

»Und nun zur Sache!« Dabei sah ich sie aufmerksam an. »Sie befürchten, daß dieser Mann ernsthafte Absichten hat?«

Unsere Blicke begegneten sich einen Augenblick lang, und dann nickte sie. »Genau das!«

»Wie stehen Sie mit Ihrer Tante? Freundschaftlich?«

»Wir wollen uns nicht mißverstehen, Mr. Lam. Nehmen Sie einmal an, Sie seien zweiundfünfzig Jahre alt, wünschten aber, daß man Sie für fünfunddreißig hält – und es wäre da eine junge Nichte in Ihrer Nähe, die etwa . . . Na, wie alt schätzen Sie mich?«

Ich ließ meinen Augen genügend Zeit, sie genau zu betrachten. Dann sagte ich: »Achtunddreißig, schätze ich!«

Wütend funkelten ihre Augen, aber gleich danach brach sie in lautes Lachen aus.

»Ich bin vierundzwanzig.«

»Gut, aber nach der Lektion, die Sie mir erteilt haben . . .«

»Aber sagen Sie, sehe ich wirklich älter als dreißig aus?«

»Nein, ich nahm an, Sie wären siebzehn, aber nachdem Sie mir die psychologischen Hintergründe bei Ihrer Tante geschildert hatten, versuchte ich, bei Ihnen umgekehrt vorzugehen . . .«

»Ach, Unfug«, warf sie ein.

Ich schwieg und wartete.

»Nun, Sie können sich jetzt ungefähr vorstellen, wie ich mit Tante Amelia stehe. Sie hat mich gern um sich, solange kein Mann in der Nähe ist. Und seitdem sich dieser Herr häufig bei ihr aufhält, wünscht sie, daß ich vorher anrufe, wenn ich sie besuchen will. Mit anderen Worten: Sie will sicher sein, daß ich nicht auftauche, wenn jener Herr mit dem dunklen Haar und dem hübschen Profil bei ihr ist.«

»Haben Sie ihn jemals dort getroffen?«

»Einmal«, sagte sie »aber Tantchen war sehr geschickt und wurde mich auf die schnellste Weise los.«

»Sie wurden ihm vorgestellt?«

»Keineswegs.«

»Dann sprachen Sie nie mit ihm?«

»Nein.«

»Aber Sie glauben, daß er Sie wiedererkennen würde?«

»Ja, ich bin sicher.«

»Aber er sah Sie doch nur ganz kurz?«

»Ein paar Sekunden nur.«

»Und trotzdem?«

»Ja.«

»Er musterte Sie sehr genau?«

»Seine Augen durchröntgten mich geradezu.«

»Ist das seine Art?«

»Seine Blicke waren jedenfalls so.«

»Was, glauben Sie, hat er mit Ihrer Tante eigentlich vor?«

»Ich vermute, daß er ihr etwas verkaufen will.«

»Sie erzählten Bertha Cool, Sie befürchten, er werde ihr Aktien verkaufen?«

»Ja, das sagte ich ihr.«

»Es würde Sie nicht stören, wenn er Ihre Tante zu einer kleinen finanziellen Transaktion veranlassen könnte?«

»Mr. Lam«, sagte sie nachdrücklich, »wenn es diesem Herr nur darauf ankäme, meiner Tante zwanzig- oder dreißigtausend Dollar abzuluchsen, dann würde mir nicht sehr viel daran liegen. Was ich jedoch befürchte, ist, daß sich Tante Amelia allzusehr mit ihrem Herzen engagiert. Sie verstehen? Und das wird sie wesentlich teurer zu stehen kommen.«

»Sie glauben, er gibt vor, ernsthafte Absichten zu haben?«

»Ja.«

»Würde Ihre Tante wieder heiraten?«

»Ich glaube schon, unter gewissen Umständen. Sie ... Nun, sie treibt es allmählich mit ihren Flirts reichlich weit, und es gibt da einen gewissen Punkt, wo es beginnt, geschmacklos zu werden, und ...«

»Ich verstehe schon, was Sie sagen wollen.«

»Was konnten Sie denn inzwischen herausfinden?« fragte sie dann. »Hat sich gestern etwas ereignet?«

»Nein, ich folgte ihm bis in sein Hotel.«

»Wie heißt er? Und wo wohnt er?«

»Sein Name ist Thomas Durham, und er wohnte im Westchester-Arms-Hotel. In der vergangenen Nacht zog er aus.«

»Er zog aus?«

»Ja.«

»Und wohin?«

»Ich weiß es nicht.«

»Sie sind ja wirklich ein tüchtiger Detektiv!«

»Einen Augenblick bitte! Ich hatte eine Anweisung, diesen Mann zu beschatten, um festzustellen, wo er wohnt und wer er überhaupt ist. Das war alles. Sie hatten keine ganztägige Beobachtung gefordert und bezahlten auch nicht dafür!«

»Aber ich wünschte ein bißchen mehr über ihn zu erfahren.«

»Das werden Sie schon noch«, beruhigte ich sie. »Ich finde ihn schon wieder.«

»Weshalb er auszog, weiß man nicht?«

»Nein. Aber ich werde es herausbekommen. Und gerade dazu müssen Sie mir noch einige Informationen geben.«

»Also fragen Sie!«

»Wir wollen mit Ihnen beginnen. Sie waren verheiratet?«

»Ja.«

»Und was wurde aus Ihrer Ehe?«

»Sie ging in die Brüche.«

»Wer war der Mann?«

»Ein gewisser Bushnell, wie Sie selbst vermuten dürften. James Bushnell. Mrs. Bushnells kleiner Junge, Jimmy.«

»Oh«, sagte ich, »der gute kleine Jimmy! Nun – und was war so schlecht an ihm?«

»Ach, dies und jenes und ein bißchen von allem möglichen!«

»Wie lange leben Sie nun schon allein?«

»Ein Jahr.«

»Werden Sie von ihm unterhalten?«

»Was geht das Sie an?«

»Nun, ich darf doch wohl fragen.«

»Und ich gab Ihnen bis jetzt die Antworten.«

»Sind Sie finanziell von Ihrer Tante abhängig?«

»Nein.«

»Haben Sie noch andere Verwandte?«

»Nein.«

»Mit anderen Worten, Sie sind Tantchens einzige Erbin?«

»Ich nehme an, daß ich nach ihrem Tode ihre Erbin sein werde, aber natürlich kann sie mit ihrem Vermögen tun, was sie will.«

»Sehr aufschlußreich sind Ihre Antworten gerade nicht.«

»Ich beantworte Ihre Fragen, so gut ich kann.«

»Aber freiwillig sagen Sie kein Wort mehr.«

»*Ich* habe doch *Sie* beauftragt, mir Informationen beizubringen, nicht umgekehrt.«

»Mir erscheint Ihre Haltung Ihrer Tante gegenüber ziemlich distanziert.«

Ihre Stimme war voller Wärme, als sie antwortete. »An mir liegt das nicht. Sie ist meine einzige Verwandte, und sie steht mir nahe. Zeitweise vermißt sie mich. Dann hat sie wieder diesen Männerfimmel. Bisher hat sie stets eine neue Heirat abgelehnt, weil sie glaubte, man habe es nur auf ihr Geld abgesehen. Sobald sie allein ist, ruft sie mich und wünscht, daß ich mit ihr zusammen bin. Vor einigen Wochen hatte sie einen Autounfall, und seither hat sie ab und zu Ischiasanfälle. Sie glaubt, daß sie von den Verletzungen bei dem Unfall herrühren. Sie macht eine Riesengeschichte daraus und sitzt in einem mit Luftkissen gepolsterten Rollstuhl.«

»Und was sagt die Versicherungsgesellschaft?«

»Sie denkt, der Unfall sei durch sie verschuldet.«

»Und sie ist ein bißchen mannstoll?«

»So kann man es ausdrücken.«

»Dann sieht es allerdings schlecht aus. Wenn ihr auch ein kleiner finanzieller Verlust nichts schaden würde . . .«

»Sicher nicht, aber ich weiß nicht, was sie sich diesmal vorstellt. Ich kann sie einfach nicht verstehen, das heißt, einerseits kann ich es schon begreifen, aber ich kann es nicht . . .«

»Billigen?« fragte ich.

»Wer bin ich schon, daß mich jemand um mein Urteil bittet!«

»Nun gut – jetzt werden Sie mir mal ein paar Tatsachen erzählen und aufhören, sich vor sich selbst zu rechtfertigen.«

»Bitte! Meine Eltern kamen bei einem Schiffsunglück um, als ich drei Jahre alt war. Tante Amelia nahm mich auf. Ich kann mich an meine Eltern nicht mehr erinnern. Aber ich erinnere mich sehr gut an Tante Amelia, an ihre Tugenden und ihre Fehler.«

»Nur weiter«, feuerte ich sie an.

»Tante Amelia war eine außergewöhnlich schöne Frau. Sie heiratete meinen Onkel Dave eigentlich nur aus Mitleid und war dann desillusioniert. Sie wünschte keine Scheidung, obwohl sie nach einigen Jahren erkennen mußte, daß ihr Mann ein unheilbares Leiden hatte. So versuchte sie verzweifelt, ihre Schönheit zu erhalten, um dann, wenn Onkel Dave gestorben war, so jung wie möglich zu sein. Sie wollte dann wieder ganz neu anfangen.«

»Das ist, rein menschlich gesehen, verständlich.«

»Schließlich starb Onkel Dave, und sie traf Onkel Fred. Aber damals war sie schon so weit, daß sie nur noch kalt berechnend vorging. Ich erinnere mich an meine ersten Eindrücke von Tante Amelia. Sie stand vor ihren Spiegeln und betrachtete sich von allen Seiten. Ich wurde einer Kinderfrau überlassen und später in eine Privatschule geschickt. Können Sie begreifen, was in ihr vorging, Mr. Lam? Während der Jahre, als Tante Amelia auf den Tod ihres Mannes wartete, lebte sie nur dafür, sich jung zu erhalten. Sie gewöhnte sich daran und dachte dann nur noch an sich und an ihre jugendliche Erscheinung. Das wurde zum Wichtigsten in ihrem Leben. Wenn man sie aus diesem Egoismus hätte herausreißen können, wäre sie eine wundervolle Frau geworden. Sie ist nämlich gescheit und witzig – aber eben zu selbstgefällig.«

»Sie wurde verletzt?«

»Ja, bei diesem Autounfall. Es sind aber nur kleinere Verletzungen, und bei dem kleinsten Schmerz versinkt sie sofort in den Rollstuhl!«

»Wer pflegt sie dann?«

»Susie Irwin; sie ist Haushälterin, Pflegerin, Gesellschafterin, Köchin und Chauffeur.«

»Lebt sonst noch jemand in dem Haushalt?«

»Nein.«

»Ihre Tante ist also geizig?«

»Geizig und verschwiegen!«

»Und reich dazu.«

»Ich sagte Ihnen schon; man weiß es nicht. Sie muß einiges geerbt haben. Sie machte auch Kapitalanlagen. Wenn man sie richtig verstimmen will, dann genügt auch eine einzige Frage nach ihren finanziellen Verhältnissen.«

»Wie war das mit dem Unfall?«

»Ach, es war so eine typische Vorfahrtgeschichte an einer Straßenkreuzung. Und jeder behauptete, er sei im Recht.«

»Ist es nun geklärt?«

»Tante tobte und schimpfte eine Weile, aber nachdem die Versicherungsgesellschaft entschied, daß sie im Unrecht sei, ließ sie sich auf Verhandlungen mit dem Besitzer des anderen Wagens ein. Der andere hatte drei Zeugen bei sich, während meine Tante allein fuhr. Natürlich war sie wütend. Sie hat auch sofort ihren Vertrag mit der Versicherung gelöst.«

»Und seitdem fährt sie ohne jede Versicherung?«

»Sie will nun auf ihr eigenes Risiko fahren, weil sie sich ungerecht behandelt fühlt. Vielleicht hat sie recht. Sie ist eine sehr vorsichtige Fahrerin und reagiert schnell. Aber, wie gesagt, der andere hatte drei Zeugen im Wagen.«

»Lassen Sie uns offen miteinander reden, Mrs. Bushnell . . .«

»Ich lasse mich Miss Bushnell nennen!«

»Gut, dann lassen Sie uns offen miteinander reden, Claire.«

»Sie machen rasche Fortschritte, Mr. Lam, wenigstens in dieser Richtung.«

»Es geht«, antwortete ich. »Wir können nicht soviel Zeit darauf verwenden, miteinander bekanntzuwerden. Wir müssen zur Sache kommen. Ihr Apartment gehört zu denen der mittleren Preislage . . .«

»Ich wünschte, Sie würden meine Miete bezahlen, wenn Sie das mittlere Preislage nennen!«

»Ich weiß, es ist ja auch nur eine allgemeingültige Einschätzung. Sie haben kein Auto, Sie haben ein gewisses regelmäßiges Einkommen, vermutlich eine Rente von Ihrem geschiedenen Mann. Sie sind gut gekleidet und wohnen so, daß es für Sie noch gerade erträglich komfortabel ist. Sie haben kein Telefon. – Das heißt, Ihre finanziellen Mittel sind begrenzt.«

Ihr Blick wurde allmählich immer ärgerlicher. Ich fuhr schnell fort: »Wieso gaben Sie Bertha Cool 200 Dollar, nur um herauszufinden, wer der Mann ist, der Ihrer Tante den Hof macht? Diese 200 Dollar kamen doch nicht aus dem Überfluß.«

»Wenn ich Ihnen aber sage, daß sie doch aus dem Überfluß stammen!«

Ich schüttelte den Kopf. »Sie wollen mich nicht verstehen. Ich suche nach einem Motiv für Sie, weil Ihre Erklärung mich nicht befriedigt!«

»Welches Motiv könnte es sonst wohl sein?«

»Bertha Cool sprach eine Weile mit Ihnen. Dann verlangte sie von Ihnen 200 Dollar Honorar. Sie zahlten, ohne mit der Wimper zu zucken, Sie handelten nicht einmal . . .«

»Hätte ich das tun sollen?«

»Die meisten tun es.«

»Und mit welchem Erfolg?«

»Mit gar keinem. Aber ich spreche nicht von Bertha. Ich möchte über Sie sprechen.«

»Das scheint mir auch.«

Ich legte eine kleine Pause ein. »Sie sagten uns nicht die Wahrheit!«

Während sie wütend aus ihrem Stuhl aufsprang, beobachtete ich sie. »Bitte, seien Sie so freundlich und kümmern Sie sich um Ihren Auftrag, für den Sie bezahlt wurden!« rief sie. »Und lassen Sie mich mit Ihrer Schnüffelei in Ruhe!«

»Ich kann Ihnen nur helfen, wenn ich die notwendigen Informationen von Ihnen erhalte.«

»Glauben Sie mir, Mr. Lam«, sagte sie sarkastisch, »wenn ich selbst die Informationen hätte, würde ich nicht Ihrer geschätzten, geldgierigen Bertha Cool 200 Dollar gegeben haben. Als ich Ihrer Partnerin den Auftrag gab, war ich dumm genug, anzunehmen, daß jemand für mich arbeiten würde. Aber ich erwartete nicht, daß man in meine Wohnung eindringt und an einem Sonntagvormittag einen Überfall auf mich ausübt!«

»Ich habe keinen Überfall auf Sie vorgenommen!«

»Ich weiß, aber Sie werden es tun.«

»Wollen wir wetten?«

Sie sah mich zornig an. »Nein«, sagte sie dann mit Nachdruck.

»Schade!« sagte ich. »Nun wieder zu unserem Fall.«

»Was wollen Sie noch wissen?«

»Haben Sie jemals in Colorado gelebt?« fragte ich beiläufig.

»Nein.«

»Und Sie kennen auch nicht zufällig einen Dover Fulton?«

»Nein.«

»Seine Frau?«

»Nein, ich kenne beide nicht.«

»Aber Sie kennen doch Stanwick Carlton?«

Ihre Augen wurden vor Erstaunen ganz rund. »Was hat das mit unserem Fall zu tun?«

»Vielleicht gar nichts, ich wollte es nur gern wissen.«

»Warum? Ich ... ich kenne Minerva Carlton. Sie ist eine gute Freundin von mir, seit einigen Jahren schon. Aber ihren Mann kenne ich bisher nicht.«

»Wo lebt Minerva Carlton?«

»In Colorado.«

»Haben Sie in letzter Zeit etwas von ihr gehört?«

»Nein.«

»Die Zeitungen von heute haben Sie wohl noch nicht gelesen?« fragte ich dann ablenkend und sah auf den Tisch, auf dem die Morgenblätter zusammengefaltet lagen.

»Die Witzseite habe ich vorhin gelesen und eine Kurzgeschichte. Aber nun sagen Sie mir, was hat denn Minerva damit zu tun?«

»Eigentlich nichts«, antwortete ich. »Sind Sie sehr eng mit ihr befreundet?«

»Ja, wir verstehen uns gut.«

»Wann hatten Sie die letzte Nachricht von ihr?«

»Oh, ich weiß es nicht genau – vor einem Monat etwa. Wir stehen in ständigem Briefwechsel.«

»Haben Sie nicht zufällig ein Bild von ihr?«

»Natürlich habe ich das. Ein Foto, das sie mir schickte – und außerdem habe ich noch einige Schnappschüsse, die wir letzten Sommer am Strand aufnahmen.«

»Diese Schnappschüsse würde ich gern einmal sehen.«

»Und wozu?«

»Weil ich sie gern sehen möchte.«

»Aber was hat denn das alles mit unserem Fall zu tun, mit dem Mann, der Tante Amelia nachstellt?«

»Das weiß ich nicht. Warum wollen Sie mir die Bilder nicht zeigen?«

»Aber ich will ja. Nur hätte es mich interessiert, warum Sie sie sehen wollen.«

Sie war aufgestanden und sah mich kopfschüttelnd an.

»Sie sind wirklich der hartnäckigste Mann, er mir je begegnet ist außer ...« Sie zögerte einen Augenblick.

»Sie meinen, außer Mrs. Bushnells kleinem Jungen Jimmy?« vollendete ich ihren Satz.

»Stimmt!« sagte sie.

Sie ging zu einem Schrank und kramte in einer Schublade herum.

Schließlich nahm sie einen Umschlag heraus. Es war eine der üblichen kleinen Fotohüllen, die man in Spezialgeschäften erhält, wenn man seine Filme entwickeln läßt. Sie nahm die Abzüge heraus und ging sie durch. Ein kleines, amüsiertes Lächeln spielte um ihre Mundwinkel, als sie hastig sechs der Abzüge wieder in die Hülle zurücksteckte. Zwei reichte sie mir dann herüber.

Ich betrachtete die Bilder. Sie waren deutlich und klar und zeigten Claire Bushnell mit einer anderen jungen Frau. Beide hatten Bikinis an. Man konnte erkennen, daß Claire eine ausgezeichnete Figur hatte. Die andere Frau neben ihr war die Rothaarige mit den grauen Augen, die ich am Abend zuvor in der Hotelbar gesehen hatte.

»Das ist Minerva Carlton?«

»Ja.«

»Hübsche Figur.«

»Sie kann sich damit sehen lassen.«

»Ich meine Ihre Figur.«

»Für dieses Kompliment möchte ich aber keine zweihundert Dollar Honorar bezahlen.«

»Das liefere ich umsonst!«

»Soweit es mich betrifft, können Sie sich diese Bemerkungen sparen.«

»Was ist denn auf den anderen Bildern zu sehen, die Sie wegsteckten?«

Sie schüttelte den Kopf. »Die sind für Ihre Zwecke unbedeutend.«

»Haben Sie auch die Negative von diesen beiden Bildern?«

»Ja.«

»Geben Sie sie mir doch!«

»Wozu?«

»Ich möchte sie gern haben.«

Sie zögerte einen Moment. Schließlich nahm sie die Negative heraus, hielt sie der Reihe nach gegen das Licht und gab mir die beiden gewünschten. Sie stand mit dem Rücken zu mir, und während sie die Negative prüfte, hatte ich ein bißchen von dem erhaschen können, was auf den anderen war.

»Haben Sie ein Kuvert?« fragte ich.

Statt einer Antwort nahm sie die restlichen Negative aus dem Umschlag und gab mir die leere Hülle.

Ich hielt nun auch die Negative hoch und betrachtete sie.

»Reizende Enthüllungen.«

»Lassen Sie bitte Ihre Randbemerkungen.«

Ich ließ mich jedoch bei meinem Studium nicht stören. »Und gut entwickelt!« fuhr ich fort.

Sie warf mir einen Seitenblick zu. »Meine Drogerie an der Ecke entwickelt meine Fotos seit drei Jahren.«

»Ich sprach jetzt nicht von den Fotos, ich sprach von Ihrer Figur, wenn Sie das zur Kenntnis nehmen wollen.«

Sie tat, als wolle sie mir ein Buch an den Kopf werfen, aber sie konnte ihr Lächeln nicht ganz unterdrücken.

»So, Sie kennen also Stanwick Carlton nicht?« setzte ich dann unsere Unterhaltung fort.

Sie schüttelte lächelnd den Kopf. »Ich vermute, daß Stanwick mich nicht leiden kann, weil ich mit Minervas Vergangenheit und ihren kleinen Abenteuern stark verquickt bin.«

»Hatte sie viele?«

»Es war halb so schlimm. Aber er ist eifersüchtig, mißtrauisch und besitzgierig.«

Dann sagte ich: »Vielleicht sollten Sie jetzt den restlichen Teil der Morgenzeitung lesen. Minerva wurde tot aufgefunden. In dem Autohotel ›Kozy Dell Slumber Court‹, das ungefähr acht bis zehn Meilen außerhalb der Stadt liegt. Sie . . .«

Claire Bushnell tastete nach dem kleinen Rauchtisch, auf dem die Zeitung lag. Sie riß sie auseinander. Die Comic-Seiten und der Magazinteil fielen unbeachtet auf den Boden. Ich deutete auf den Artikel, der über den Doppelselbstmord berichtete.

Während sie wie angewurzelt dastand und las, trug ihr Gesicht den Ausdruck höchster Bestürzung. Ich konnte nicht entscheiden, ob dieser Ausdruck echt oder nur gespielt war. Auf jeden Fall benutzte ich die Gelegenheit, um mir die restlichen Negative, die noch auf dem Tisch lagen, ebenfalls anzueignen.

Dann ging ich aus dem Zimmer und schloß die Tür leise.

Sie hörte nicht, daß ich wegging. Gelähmt vor Entsetzen, stand sie noch immer an derselben Stelle. Mit weitaufgerissenen Augen verfolgte sie den Bericht über Minerva Carltons Tod.

Der Aufzug war besetzt und ich lief eilig die Treppen hinunter.

Erst nachdem ich um ein paar Ecken herumgefahren war, hielt ich den Wagen an, um mir die anderen Bilder genauer zu betrachten. Zwei von ihnen waren Nacktaufnahmen. Auf den anderen trugen die beiden Frauen Badeanzüge. Zwischen ihnen saß ein Mann. Minervas Kopf ruhte an seiner Schulter, und beide sahen recht glücklich aus.

Nachdenklich steckte ich die Negative in den Umschlag zurück, auf dem die Auftragsorder für das Fotogeschäft stand: ›Drei von jedem auf Hochglanz!‹

5

Ich fuhr zur Korreander Street und parkte den Wagen vor dem mir bereits bekannten einstöckigen Haus mit den Stuckverzierungen. Über die flachen Stufen stieg ich zur Haustür hinauf und klingelte. Eine große, hagere Frau um die Fünfzig kam mit weit ausholenden, linkischen Bewegungen den Korridor entlang. Ich konnte sie durch die äußere Gittertür beobachten, denn die innere Haustür stand offen. Mit finsteren Blicken betrachtete sie mich.

»Was wollen Sie verkaufen?« fragte sie kurz.

»Nichts.«

»Was wünschen Sie sonst?«

»Ich möchte mit Mrs. Jasper sprechen.«

»Und worüber?«

»Über den Autounfall.«

»Was wollen Sie darüber wissen?«

»Ich möchte erkunden, wie der Unfall vor sich gegangen ist. Und ob die Versicherungsgesellschaft ihre Interessen wahrnahm.«

»Und wozu wollen Sie das alles wissen?«

»Das werde ich ihr erklären, wenn ich mit ihr spreche.«

Die Frau antwortete nicht. Sie wandte sich um und tappte wieder den Gang hinunter, ohne ein Wort der Entschuldigung und ohne jede Erklärung. Ich hörte, wie sie mit jemandem sprach. Dann kam sie auf ihren langen, dürren Beinen zurückgestelzt. Noch immer blieb sie hinter dem Gitter stehen.

»Wie heißen Sie?«

»Lam.«

»Und Ihr Vorname?«

»Donald.«

»Sind Sie von einer Versicherungsgesellschaft beauftragt?«

»Nein.«

»Warum interessieren Sie sich dann für den Unfall?«

»Das werde ich Mrs. Jasper selbst erklären.«

»Haben Sie mit den Leuten von der Gegenseite gesprochen?«

»Nein.«

»Mit der Versicherungsgesellschaft?«

»Ich würde es vorziehen, meine Erklärungen Mrs. Jasper persönlich zu geben«, sagte ich nachdrücklich.

»Bitte, aber sie wünscht, daß Sie mit mir sprechen.«

»Dann sagen Sie ihr bitte, wenn sie sich diese schändliche Behandlung von seiten der Gesellschaft gefallen lassen wolle, dann sei es ihre Sache. Falls sie jedoch eine Verteidigung benötigt, würde sie besser mit mir sprechen.«

»Was wissen Sie denn davon?«

»Eine ganze Menge.«

Sie blickte mich mißtrauisch aus den tiefen Höhlen ihrer Augen an. Dann wandte sie sich wieder ab, um ein zweites Mal den Korridor hinunterzuwatscheln. Einige Minuten blieb sie verschwunden. Als sie zurückkam, öffnete sie wortlos die Gittertür. Ich trat ein, und sie schloß hinter mir zu.

»Den Gang hinunter, erste Tür links«, sagte sie.

Der Teppich dämpfte meine Schritte. Als ich an die bezeichnete Tür kam, öffnete ich sie und betrat einen Wohnraum.

In einem Rollstuhl saß eine gutaussehende Frau. Ihr Haar leuchtete in warmem Hennarot, und ihr Gesicht war noch fast faltenlos. Ihre klugen, lebendigen Augen waren auf mich gerichtet. Wenn sie nicht das kleine Doppelkinn gehabt hätte, würde man sie wirklich für wesentlich jünger gehalten haben, als sie tatsächlich war.

»Guten Tag, Mr. Lam. Ich bin Amelia Jasper.«

»Mrs. Jasper«, erwiderte ich mit einer Verbeugung, »Ihre Bekanntschaft ist mir eine große Ehre. Ich bedaure, daß ich Sie um diese Zeit, und noch dazu an einem Sonntag, störe. Aber, Sie müssen verstehen, es ist der einzige Tag in der Woche, an dem ich Zeit habe, mir Unterlagen für meine Arbeit zu beschaffen.« Ich sprach absichtlich sehr geschraubt.

»Und welcher Art ist Ihre Arbeit, wenn ich fragen darf?«

»Ich bin freier Schriftsteller.«

Um ihre Lippen blieb das konventionelle Lächeln stehen, aber ihre Augen verloren ein wenig von der Freundlichkeit, mit der sie mich zunächst empfangen hatte.

»Ein Schriftsteller?« fragte sie überrascht.

Ich legte etwas Wärme in meine Stimme. »Ja, ich bin Schriftsteller. Ich schreibe zur Zeit Artikel über Versicherungen, vor allem über die Art, wie die Versicherungsgesellschaften ihre Klienten bei Unfällen behandeln. Ich bringe insbesondere die Fälle vor die Öffentlichkeit, in denen man falsche Zeugenaussagen auch noch mit Prämien belohnt. Nehmen Sie an, bei einem Unfall ist in dem einen Wagen nur eine einzige Person – ganz gleich, wer es auch immer ist –, in dem anderen sind jedoch mehrere Leute. Wenn diese hartnäckig lügen und den tatsächlichen Ablauf der Ereignisse entstellen, was kann der einzelne Fahrer des anderen Wagens gegen mehrere Zeugen schon ausrichten? Und die Versicherungsgesellschaften machen sich nur selten die Mühe, diese Fälle wirklich zu klären ...«

»Das erzählen Sie mir?« unterbrach mich Amelia Jasper, und ihre Augen glühten vor Empörung. »Ich wurde in meinem Leben nie so gedemütigt. Sie wissen anscheinend Bescheid über meinen Unfall, wie?«

»Nur die allgemeinen Begleitumstände«, antwortete ich. »Wenn ich richtig unterrichtet bin, fuhren Sie allein?«

Sie zögerte einen Augenblick, dann sagte sie. »Ja.«

»Und in dem anderen Auto waren drei oder vier Personen?«

»Vier«, sagte sie. »Dumme Flegel, so Burschen eben, die jede Tatsache anstellen, wenn es darum geht, ein paar lumpige Dollar zu verdienen.«

»Der Unfall ereignete sich an einer Kreuzung?«

»Ja. Ich kam an die Kreuzung und sah nach rechts. Es kam niemand. Schnell blickte ich auch noch nach links. Obwohl ich mir bewußt war, daß ich Vorfahrt hatte und daß mich eigentlich nur das anging, was von rechts kam.«

»Und was geschah?«

»Diese tollen Kerle fuhren in meinen Wagen hinein. Sie kamen von links, und zwar so schnell, daß, obwohl ich sie nicht gesehen hatte, sie gleichzeitig mit mir an der Kreuzung ankamen. Trotzdem besaßen sie die Frechheit, vor dem Schiedsbeamten der Gesellschaft zu behaupten, sie seien bereits in der Kreuzung gewesen, als sie mich kommen sahen. Sie gaben außerdem an, ich sei so schnell gefahren, daß ich nicht hätte abstoppen können, und darum sei ich in sie hineingefahren.«

»War das denn so?«

»Mein Wagen prallte gegen den ihren – wenn Sie das meinen.«

»Dann fuhren die anderen also nicht in Ihren Wagen hinein?«

»Sie stellten ihren Wagen direkt vor mich hin.«

»Nun begreife ich allmählich die Einstellung der Versicherungsgesellschaft.«

»Aber nein, wie können Sie das?« flehte sie mich an. »Wenn Sie natürlich die Ansicht der Gesellschaft richtig finden, hat es keinen Sinn, daß wir darüber weiterreden.«

»Ich sympathisiere keineswegs mit der Gesellschaft«, erwiderte ich ihr. »Ich wollte nur herausfinden, was tatsächlich geschehen ist.«

Zu Anfang unseres Gespräches hatte ich einen Notizblock und einen Bleistift aus der Tasche gezogen. Nun – ohne daß ich ein Wort niedergeschrieben hatte – steckte ich beides wieder ein. Ich stand auf und verbeugte mich. »Ich danke Ihnen, daß Sie mich empfangen haben, Mrs. Jasper.«

»Aber ich habe Ihnen noch lange nicht alles über den Unfall erzählt!« rief sie aus.

Zögernd sagte ich: »Nun, ich glaube, daß ich jetzt ungefähr weiß, wie er sich zugetragen hat.«

Ärgerlich erwiderte sie: »Nur weil auf der anderen Seite vier Personen sind, die gegen mich aussagten, stellen Sie sich nun auch auf die Gegenseite!«

»Aber nein«, wehrte ich ab. »Ich habe nur das Gefühl, daß dieser Fall für meinen Artikel nicht sehr geeignet ist.«

»Warum?«

»Bitte begreifen Sie doch, es liegt mir daran, die Gefahr aufzuzeigen, die in diesen ganz bestimmten Fällen liegt. Der versicherte Teil kann dabei absolut im Recht sein, aber die Gesellschaft stellt sich auf den Standpunkt, daß es zuviel Mühe machen würde, die Wahrheit zu verteidigen. Aus diesem Grund lassen sie die Personen von der Gegenseite lieber falsche Aussagen machen . . .«

»Aber bitte, das hat sich doch genauso auch in meinem Fall abgespielt . . .«

Ich zögerte. »Waren Sie ernsthaft verletzt?« fragte ich sie dann.

»Ja, an meiner linken Hüfte.«

»Aber es ist nun schon wieder in Ordnung, oder?«

»Ja, ich kann wieder gehen. Aber seit dem Unfall habe ich plötzlich Ischiasanfälle. Gerade vorhin hatte ich wieder so eine schmerzliche Attacke, ich mußte Aspirin nehmen und mich auf die Luftkissen setzen.«

»Das tut mir aber leid«, sagte ich voller Mitgefühl.

»Und worüber ich am meisten entsetzt bin«, fuhr sie fort, »ist die Tatsache, daß nach dieser Verletzung das eine Bein kürzer bleiben wird als das andere.«

»Aber das erscheint Ihnen nur so«, tröstete ich, »sobald Sie Ihre Muskeln wieder benützen, wird sich das allmählich wieder einspielen.«

»Allmählich!« rief sie zornig aus.

Ich schwieg.

Einen Augenblick sah sie mich prüfend an, dann fuhr sie fort: »Meine Beine waren stets ohne jeden Makel, möchte ich sagen . . .«

Sie zögerte nur so lange, um in mir den Eindruck zu erwecken, daß ihr Wunsch, mich davon zu überzeugen, eine ganz plötzliche Eingebung sei. Dann schob sie rasch ihren Rock übers Knie und zeigte mir ihr linkes Bein.

Ich würdigte diese Szene mit einem stummen Blick.

Etwas indigniert zog sie den Rock wieder herunter.

»Ich zeigte Ihnen das nicht, damit Sie auf falsche Gedanken kommen sollten!«

»Nein?« fragte ich mit meiner besten Unschuldsmiene.

»Ich wollte Ihnen nur meine Aussagen beweisen.«

»Ein hübscher Beweis, möchte ich sagen.«

»Sie sind nett«, lächelte sie. Aber dann stiegen plötzlich Tränen in ihre Augen. »Wenn ich nun daran denke, daß eines meiner Beine künftig kürzer sein wird . . .«

»Aber das muß doch nicht so sein!«

»Man sieht es doch bereits! Es ist auch dünner als das andere, weil meine Hüfte verschoben ist und weil die Muskeln zuwenig benutzt werden. Und . . . Ich bin auch nicht mehr die Jüngste.«

Ich lächelte ungläubig.

»Wenn ich es Ihnen sage . . .«, rief sie aus. »Was glauben Sie denn, wie alt ich bin?«

Nun waren wir bei dem unvermeidlichen Frage-und-Antwort-Spiel angelangt. Ich spitzte meine Lippen, wiegte den Kopf hin und her und tat so, als dächte ich heftig nach. »Na«, sagte ich dann, »Sie werden vermutlich etwas über fünfunddreißig Jahre alt sein. Aber es ist nicht gerade fair, mir in diesem Augenblick eine solche Frage zu stellen. Wenn eine Frau in einem Rollstuhl sitzt, wirkt sie immer älter. Falls Sie sich bewegen könnten, nun, ich würde sagen, Sie sind um die Fünfunddreißig herum.«

Sie beugte sich zu mir herüber. »Wirklich, glauben Sie?«

»Ja, so etwa würde ich Sie schätzen.«

»Sie werden staunen«, sagte sie dann, »tatsächlich bin ich schon einundvierzig!«

»Was?« rief ich ungläubig aus.

Sie senkte ihre Wimpern. »Einundvierzig!« wiederholte sie mit Betonung.

»Aber das sieht man Ihnen wirklich nicht an!«

»Nun, ich fühle mich ja auch wesentlich jünger.«

»Was unseren Fall betrifft«, versuchte ich das Thema zu wechseln, »so werde ich mich bei der Versicherungsgesellschaft danach erkundigen. Vielleicht gibt es doch noch Stoff für einen Artikel, den ich dann irgendwo unterbringen kann.«

»Ich würde mich freuen, wenn es so wäre. Ich hoffe es sogar. Solche Fälle muß man veröffentlichen! Die Versicherungsgesellschaften werden allmählich zu selbstherrlich.«

»Es sind Institutionen des öffentlichen Lebens, und wie bei allen diesen Einrichtungen herrscht auch bei ihnen der Bürokratismus vor.«

»Das kann man wohl sagen.«

Ich wandte mich um und sah neben ihrem Rollstuhl auf einem kleinen Lesetisch die Morgenzeitungen liegen. »Haben Sie schon das Neueste über den Mord gelesen?«

»Welchen Mord?« fragte sie.

»Über den, der draußen im ›Kozy Dell‹ passierte.«

»Oh«, meinte sie beiläufig, »Sie meinen diese Geschichte mit dem Liebespaar, das Selbstmord beging? Ich las nur die Überschriften.«

»Den Artikel nicht?«

»Nein.«

»Es waren Leute aus Colorado«, sagte ich. »Ich glaube, er hieß Stanwick Carlton, nein, Augenblick mal, der Mann, der getötet wurde, hieß Dover Fulton. Er ist aus San Robles. Stanwick Carlton ist der Mann der ermordeten Frau. Minerva war ihr Name oder so ähnlich.«

Mrs. Jasper nickte, doch mit ihren Gedanken schien sie woanders zu sein.

»Es wäre mir sehr lieb, wenn Sie einmal zu der Versicherungsgesellschaft gingen. Fragen Sie doch nach einem Mr. Smith, und bitten Sie ihn, er möge Ihnen seine Ansicht über den Fall sagen. Ich würde gern wissen, was er Ihnen erzählt. Und wenn es Ihnen nicht zuviel Mühe macht, dann kommen Sie wieder und berichten mir.«

»Das werde ich tun.«

»Es wäre nett von Ihnen. – Sie sind also ein Schriftsteller. Über welche Themen schreiben Sie denn noch?«

»Ach – über alles mögliche«, antwortete ich ausweichend.

»Unter Ihrem Namen?«

»Nein, meist unter Pseudonymen und manchmal auch ganz anonym.«

»Warum tun Sie das?«

Ich grinste. »Oft schreibe ich sogenannte ›Wahre Geschichten‹, und . . .«

»Und die sind gar nicht wahr?«

»Diejenigen, die ich schreibe, nicht!«

»Und ich dachte immer, sie seien es!«

»Zum Teil sind sie's natürlich auch. Die Tatsachen haben sich meist ereignet, aber ich gestalte sie um und schreibe die Geschichten dann so, als hätte ich sie selbst erlebt. Am meisten bin ich an Scheidungen und Mordfällen interessiert. Diese Sachen ziehen am besten.«

»Darum fragten Sie mich wohl auch wegen des Selbstmordes?«

»Ja, natürlich.«

»Ich habe mir oft überlegt, ob das Schreiben sehr schwierig ist. Ich möchte es auch können.«

»Aber es ist sehr einfach. Sie nehmen sich Feder und Papier und schreiben das, was Ihnen gerade einfällt. Sie werden sich wundern, wie leicht die Worte fließen.«

»Wenn es so leicht ist, warum schreiben dann nicht viel mehr Leute?«

»Es schreiben doch auch viele.«

»Na schön – Sie wissen schon – ich meine, man muß ja die Sachen auch unterbringen können.«

»Da beginnt es allerdings schwierig zu werden«, rief ich aus, »da fängt es sogar an, mühselig zu werden. Das Schreiben ist einfach. Aber beim Unterbringen gerät man meist in die Klemme.«

Sie lachte. »Sie sind ein ulkiger Kauz, Mr. Lam. Wollen Sie sich nicht setzen und noch ein bißchen mit mir plaudern?«

»Ich möchte Sie aber nicht aufhalten . . .«

»Das tun Sie keineswegs. Es ist Sonntag, und ich bin hier mutterseelenallein. Aber wenn Sie etwas anderes vorhaben, will ich Sie nicht abhalten . . .«

»Nein«, unterbrach ich sie, »ich habe nichts vor. Die Gesichter der Versicherungsmenschen möchte ich sehen, falls es mir gelingen sollte, noch einen Zeugen aufzufinden, der bestätigt, daß die Leute im anderen Wagen die Schuldigen sind. Ich fürchte, die Gesellschaft wird bald den Braten riechen und alles versuchen, mir meine Nachforschungen zu erschweren.«

»Das wäre ja noch schöner. Dann müssen Sie sich dagegen wehren.«

Ein wenig zögernd sprach ich weiter. »Gestern schon, als ich Sie besuchen wollte, wurde ich mißtrauisch, und ich ging dann wieder fort.« Ich lächelte verlegen, so, als schämte ich mich meiner törichten Schüchternheit.

Erstaunt fragte sie: »Hat man Sie verscheucht?«

»Ja.«

»Und was erschreckte Sie?«

»Ein junger, gutaussehender Mann. Ich glaubte, er sei ein Privatdetektiv.«

»Was soll das heißen, Mr. Lam?«

»Er war groß und trug einen grauen, doppelreihigen Anzug. Er stieg gerade aus seinem Wagen, als ich vor Ihrem Haus ankam, und sah mich so merkwürdig an. Dann ging er an mir vorbei die Treppen zu Ihrem Haus hinauf und klingelte. Ich fuhr um den Block herum und parkte so, daß ich seinen Wagen beobachten konnte. Ich hatte so das Gefühl, er sei ein Detektiv der Versicherungsgesellschaft, der mich beobachtete. Die Gesellschaften wissen nämlich sehr genau, welche Fälle für die Zeitungen interessant sind. Aber trotzdem habe ich es heute wieder bei Ihnen versucht.«

Sie schüttelte lächelnd den Kopf. »Sie können sich beruhigen, Mr. Lam, der Herr ist kein Detektiv. Er ist – nun, wie soll ich mich ausdrücken, ein harmloser, netter junger Mann, genau wie Sie.«

»Das ist mir eine große Erleichterung«, sagte ich aufatmend, »es ist ein Freund Ihres Hauses. Und Sie kennen ihn schon länger?«

»Nicht sehr lange gerade.«

Ich wartete.

»Er ist recht nett«, fuhr sie fort, »und wirklich ganz harmlos.«

»Merkwürdig, ich fand, daß er wie ein Privatdetektiv aussah.«

Sie runzelte ein wenig die Stirn und schenkte mir ein mildes Lächeln.

»Wie haben Sie ihn kennengelernt?« fragte ich.

»Eigentlich zufällig. Er ist reich und hat sein Geld zum Teil in Minenpapieren angelegt. Arbeiten tut er nicht. Er ist vielleicht das, was Sie einen Playboy nennen würden. Was er an mir so anziehend findet, weiß ich eigentlich nicht ...«

Ihr Lächeln wirkte geradezu albern. Es war das eines fünfzehnjährigen Backfisches.

»Aber, ich bitte Sie, er kann doch wohl nur von dem beeindruckt sein, was auch ich sehe!« warf ich ein.

»Mr. Lam, Sie vergessen mein Alter.« Es klang wenig überzeugend. »Der Mann ist noch sehr jung, wesentlich jünger als ich ...«

»Ich möchte wetten, er ist älter!« sagte ich mit Bestimmtheit im Tonfall.

»Aber, Mr. Lam, wie Sie reden!« Sie spreizte ihr Gefieder wie ein Pfau.

»Sie wissen genau, wie recht ich habe!«

»Auf solche Gedanken wäre ich gar nicht gekommen! Mr. Durham ist wirklich nur ein netter Bekannter von mir!«

Ich lächelte wissend und spürte, wie sehr sie meine Schmeicheleien befriedigten.

»Bitte, verzeihen Sie mir«, sagte ich dann, als sei ich plötzlich über meine eigene Dreistigkeit schockiert, »ich war wohl etwas indiskret!«

»Aber warum?«

»Ich weiß, es schickt sich nicht, daß ich mich in Ihre Privatangelegenheiten einmische.«

»Glauben Sie?« Sie lächelte schalkhaft. »Vielleicht haben es die Frauen sogar gern, wenn die Männer sich um ihr Privatleben kümmern?«

»Wirklich?«

»Wissen Sie das nicht?«

»Ich . . . ich bin nicht gerade erfahren auf diesem Gebiet.«

»Nun, dann haben Sie vielleicht etwas hinzugelernt«, sagte sie. »Erinnern Sie sich gelegentlich daran.«

»Ich werde mich bemühen.«

Sie sah mich an und schien ein wenig nachdenklich. »Werden Sie mich mal wieder besuchen?«

»Aber sicher. Vielleicht sogar öfter, als Ihnen lieb ist. Sobald ich meine Ermittlungen gemacht habe, muß ich sehr wahrscheinlich noch ein paar Fragen an Sie richten.«

Ich stand auf.

Sie rief mit lauter Stimme nach ihrem Mädchen. »Susie!«

Die Frau erschien sofort in der Tür mit einer geradezu verdächtigen Eilfertigkeit.

»Führen Sie Mr. Lam hinaus, Susie. Er wird in den nächsten Tagen wiederkommen. Und ich möchte ihn jederzeit sprechen, wenn er es wünscht.«

Die Frau nickte stumm.

Sie trat auf dem Korridor zur Seite, so daß ich an ihr vorübergehen konnte.

Ich schloß die Gittertür auf. Wartend blieb sie an der Haustür stehen.

»Auf Wiedersehen, Susie«, sagte ich und lächelte ihr freundlich zu. Ihr Gesicht zeigte keine Regung.

»Sie haben sie sicher zum Narren gehalten«, brummte sie, »aber bei mir ist das nicht so einfach!« Und dann warf sie die Tür knallend hinter mir ins Schloß.

Während ich die Straße überquerte und auf meinen Wagen zuschritt, dachte ich über ihre Antwort nach. ›Nummer zwei‹, mein Wagen, stand auf einem Sandstreifen neben der Straße, und man mußte kein Detektiv sein, um die frischen Fußspuren zu erkennen. Es waren die Abdrücke großer, flachhackiger weiblicher Schuhe, die um den Wagen herumführten. In diesem Augenblick war ich sehr froh, daß die Lizenznummer des Wagens nicht auf unser Büro ausgestellt war, sondern auf den Namen eines Strohmannes.

6

Ich parkte den Agenturwagen auf unserem gemieteten Standplatz, für den wir monatlich ein ganz hübsches Sümmchen zahlen mußten. Kaum war ich jedoch ein paar Schritte über die Straße gegangen, als ich drüben, vor unserem Bürohaus, etwas aufblitzen sah. Ein großer Polizeiwagen schob sich aus der Menge der parkenden Wagen heraus. Er fuhr sehr schnell auf mich zu, und ich erkannte das grinsende Gesicht von Frank Sellers von der Mordkommission. Das Lächeln, das er mir schenkte, stand ziemlich schief in seiner Visage. Er rief mir zu: »Hallo, Meister der Schnüffelkunst!«

»Hallo«, antwortete ich, »was haben Sie vor?«

»Ich wollte mich mal ein bißchen mit Ihnen unterhalten«, sagte er. »Sie sind nicht leicht anzutreffen. Bertha erzählte mir, Sie seien gerade mit einem neuen Fall beschäftigt.«

»Das stimmt haargenau!«

»Und was für ein Fall ist das?«

»Warum fragen Sie so leicht darauflos? Sie wissen doch ganz genau, daß ich darüber nicht sprechen darf.«

»Na, vielleicht müssen Sie doch noch darüber sprechen, wenn ich Sie etwas konkreter frage!«

»Mag sein, aber das war nicht die richtige Art zu fragen.«

»Seit fast drei Stunden suche ich Sie, Lam. Sie müssen heute sehr früh aufgestanden sein.«

»Früh ist ein relativer Begriff«, antwortete ich, »es hängt davon ab, für wen Sie arbeiten, ob für Bertha Cool oder für die Steuerzahler!«

Sellers schien meine Antwort nicht komisch zu finden. Er drehte an dem Türgriff und stieß die Tür zu seinem Wagen auf. »Kommen Sie herein!«

»Wohin fahren wir denn?«

»An ganz bestimmte Stellen in dieser schönen Stadt.«

»Und wofür soll das gut sein?«

»Kümmern Sie sich nicht darum. Kommen Sie herein!«

Ich stieg ein, und er warf die Tür hinter mir zu. Dann setzte er den Wagen in Bewegung.

»Können Sie mir denn nicht sagen, wohin es geht?«

»Jetzt nicht. Ich will Sie auch nichts fragen, weil ich vorläufig keinerlei Aussagen von Ihnen haben will. – Erst muß ich wissen, ob meine Vermutung stimmt. Wenn sie sich als richtig bestätigt, dann kann ich Ihnen immer noch eine Chance geben, damit Sie Ihre Situation klären können.«

Ich lehnte mich bequem gegen die Polster zurück und gähnte.

Frank Sellers schaltete die Sirene ein, und wir jagten heulend durch das dichte Straßengewühl.

»Es scheint sich um einen höchst dringenden Fall zu handeln«, bemerkte ich sarkastisch.

Er grinste. »Ich werde immer wütend, wenn ich hinter diesem Strom von Sonntagsfahrern herschleichen muß. Außerdem tut es ihnen gut, wenn sie ab und zu mal die Polizeisirene hören. Sie passen dann besser auf. Sie . . . Verdammter Bursche!« rief er plötzlich.

Er konnte mit seinem Wagen gerade noch in eine Lücke einschwenken, um zu verhüten, daß er ein anderes Auto rammte, das vor ihm überholen wollte. Nachdem er den Zusammenstoß vermieden hatte, steuerte er auf eine Stoppstelle zu. In diesem Augenblick löste sich ein Wagen der Verkehrspolizei aus dem Strom. Der Beamte am Steuer rief Sellers zu: »Den werde ich mir mal kaufen!«

»Schreib ihn auf«, rief Sellers, »und mach es nicht zu billig!«

Der Verkehrspolizist nickte.

Sellers gab wieder Gas. »Solche Kerle sollte man nicht nur verhaften, sondern eingesperrt halten!«

»Selbstverständlich«, sagte ich, »wo Sie doch gerade dabei sind, eine Sache auf Leben und Tod auszufechten . . .«

Er warf mir einen giftigen Seitenblick zu. »Ich glaube, es wäre besser, wenn Sie sich Ihren Sarkasmus sparen würden. Vielleicht können Sie ihn später dringend gebrauchen!«

»Okay«, sagte ich. »Ich werde sparsam damit umgehen!«

Nach weiteren drei Minuten war es mir klar, wohin er fuhr.

Ich wußte, was mir bevorstand, und begann über meine Lage ernsthaft nachzudenken.

Das ›Kozy-Dell-Autohotel‹ sah bei Tageslicht schäbig und nicht sehr einladend aus.

Bei Nacht, im Schein der farbigen Neonlichter, wirkte es wesentlich gepflegter. Der Autofahrer sah dann nur die geschwungenen Kurven der Hofeinfahrt, ihre roten und grünen Lichter und die kleinen Häuser mit den Kabinen. Sie lagen hübsch gruppiert, und die Scheinwerfer bestrahlten die weißen Kieswege und die hell verputzten Vorderfronten. Bei Tageslicht sah man auch die Rückseite der Häuser, und es zeigte sich, daß sie einen neuen Antrich und auch andere Reparaturen nötig hatten.

Sellers fuhr den Wagen mit schwungvollem Bogen in die Einfahrt.

»Kommen Sie mit hinein, Lam«, forderte er mich auf.

Ich folgte ihm. Die Besitzerin kam uns entgegen.

»Haben Sie den Herrn schon einmal gesehen?« fragte er und deutete auf mich.

»Das ist er«, sagte sie.

»Wer?«

»Der Mann, von dem ich Ihnen schon erzählt habe. Dieser Mann ist mit Fultons Wagen hier angekommen. Und er trug sich unter ›Dover Fulton, 6285 Orange Avenue, San Robles‹ ein. Es wird bestimmt seine Handschrift sein.«

»Wie sah die Frau aus, die bei ihm war?«

Sie zuckte mit den Schultern. »So eine kleine Abenteurerin. Du meine Güte, wie der Mann zu mir kam mit dem Vorwand, daß seine Begleiterin sich schlecht fühle und einen Waschraum benützen wolle! Ich erklärte ihm dann, daß wir keine Waschräume haben, aber dafür Kabinen mit Bad und Toiletten. Ob er eine Kabine wolle, fragte ich ihn. Und was glauben Sie, was er antwortete?«

Frank Sellers beobachtete mich aufmerksam. »Nun, was, zum Teufel, sagte er darauf?«

»Er erwiderte, daß er erst die Dame fragen müsse!«

Sellers grinste übers ganze Gesicht.

»Fast hätte ich ihm die Kabine gar nicht gegeben«, fuhr die Frau fort, »man gerät ja nur in schlechten Ruf mit solchen Leuten. Ich wollte, ich wäre meinem ersten Eindruck gefolgt und hätte ihn fortgeschickt. ›So ein Anfängerpärchen‹, dachte ich mir. Schließlich führe ich dieses Hotel ja nicht für Kindsköpfe.«

»Dieser hier ist bestimmt kein Kindskopf«, meinte Sellers beiläufig.

»Aber er benahm sich so.«

»Und was ist mit dem Mädchen, das bei ihm war?«

»Ich konnte es nicht richtig sehen«, antwortete die Frau, und fügte dann etwas gequält hinzu, »ich kann mit diesen Typen nichts anfangen. Manche von ihnen sind dreist und herausfordernd – aber die meisten dieser jungen Dinger halten sich abseits, sie sitzen im Wagen herum und geben sich Mühe, möglichst uninteressiert zu erscheinen. Die machen mich noch krank!«

»Aber denken Sie doch mal nach«, forschte Sellers weiter, »einen kleinen Blick werden Sie doch sicher auf sie geworfen haben. War sie rothaarig oder . . .«

»Nein, es war eine Blondine, etwas zierlich. Das ist alles, was ich sah. Und ich habe es der Polizei auch schon mitgeteilt.«

»Und nun erzählen Sie noch, wie's weiterging.«

»Dieser Mann schrieb sich ein. Ich ging mit ihm zu der Kabine und zeigte sie ihm. Dann bezahlte er, und ich ging zurück. Ich hatte noch drei Kabinen frei. Und die vermietete ich in den nächsten anderthalb Stunden. Bei der letzten kam dann die Beschwerde über das laute Radio in der Nachbarkabine, so daß ich . . .«

»Hörten Sie die Schüsse?«

»Ich dachte, es seien Fehlzündungen. Natürlich ahnte ich nicht . . .«

»Waren es drei?«

»Ja, drei.«

»Nachdem dieser Mann hier die Kabine gemietet hatte?«

»Ja.«

»Wie lange danach?«

»Ich weiß es nicht – vielleicht fünfzehn Minuten – vielleicht auch nicht so lange.«

»Länger als fünfzehn Minuten also nicht?«

»Ich sagte es Ihnen doch, es kann schon sein. Ich achtete nicht so sehr auf die Zeit. Wenn ich geahnt hätte, daß es Schüsse wären, würde ich besser aufgepaßt haben. Und wenn ich geahnt hätte, daß dieser Mann mir so viel Unannehmlichkeiten bereiten würde, hätte ich ihm die Kabine nicht abgegeben. Schließlich bin ich keine Hellseherin!«

»Nein«, sagte Sellers trocken, »das erwartet auch niemand von Ihnen. Und was geschah hinterher?«

»Als ich die letzte Kabine vermietet hatte, war es etwa gegen elf Uhr. Sie lag direkt neben dieser. Es war eine Doppelkabine, und ich war höchst überrascht, daß ich sie an dem Abend überhaupt noch losbekam. Eine Gesellschaft von vier Personen tauchte auf, und wir einigten uns. Ich ging mit ihnen hinunter und bemerkte, daß in der anderen noch das Licht brannte und das Radio spielte.«

»Vorher hatten Sie keinerlei Beschwerden bekommen?«

»Nein, ich glaube, daß man den Lärm in den anderen Kabinen nicht so genau hörte. Die Doppelkabine lag direkt anschließend. Die vier Leute sagten, sie seien müde und wollten gleich schlafen. Sie baten mich, nebenan etwas Ruhe zu schaffen.«

»Und dann?« drängte Sellers.

»Aber ich habe doch schon alles vorher erzählt.«

»Erzählen Sie es ruhig noch einmal.«

»Ich ging hinüber und klopfte an die Tür. Nichts rührte sich. Ich klopfte lauter. Wieder keine Antwort. Dann versuchte ich, die Klinke niederzudrücken. Die Tür war verschlossen. Da wurde es mir zu dumm. Ich nahm meinen Schlüsselbund und schloß auf. Und da sah ich sie auf dem Boden liegen. Ringsherum war der Teppich mit Blut befleckt! Und das muß ausgerechnet mir passieren! Wo ich stets bemüht bin, ein seriöses Haus zu haben! Erst vor drei Monaten habe ich einen neuen Teppich in das Zimmer gelegt, damit es attraktiver aussieht. Und so geht es dann . . .«

»Und dann riefen Sie die Polizei?«

»Ja, so war es – und da Sie gerade hier sind, darf ich Sie wohl etwas fragen? Ich hatte die Miete für das Doppelzimmer bereits erhalten. Als die vier jedoch die Polizeiwagen hörten und all den Lärm und das Getue, wurden sie wütend. Sie kamen zu mir und verlangten ihr Geld zurück. Ich erklärte ihnen, daß sie die Kabine gemietet hätten, und wenn sie anständige Menschen mit einem guten Gewissen seien, könnten sie ruhig schlafen gehen. Das bißchen Autogeräusch würde sie sicherlich nicht daran hindern. Da drohten sie mir, daß sie mich einsperren ließen, wenn ich ihnen das Geld nicht zurückgäbe. Sind sie dazu wirklich berechtigt?«

»Nein«, sagte Sellers.

»Das dachte ich mir auch. Ich bin froh, daß Sie es bestätigen.«

»Wie geht's weiter?«

»Sie zogen gegen ein Uhr in der Nacht aus. Angeblich war es ihnen nicht möglich, an einem Ort zu schlafen, an dem gerade ein Selbstmord stattgefunden hatte. Sie fuhren die Straße hinunter. Hoffentlich haben sie nirgendwo mehr ein Quartier gefunden. Ich würde es ihnen wünschen.«

Ich warf Sellers einen Blick zu. Er sagte: »Stellen Sie mir einmal die Identität dieser Herrschaften fest. Wie haben sie sich eingeschrieben, und welche Lizenznummern gaben sie an?«

Die Frau begann in den Gästekarten zu blättern.

»Nicht jetzt«, sagte Sellers dann hastig. »Ich komme in ein paar Minuten zurück. Suchen Sie mir inzwischen alles heraus und schreiben Sie es auf. Wenn ich komme, nehme ich es mit.«

Sellers ergriff meinen Arm und führte mich hinaus.

»Ich vermute, Sie haben mir einiges zu sagen, Donald?«

Ich schüttelte den Kopf.

»Nun machen Sie keine Geschichten«, mahnte Sellers, »es ist besser, Sie sehen zu, daß Sie aus dieser Schose herauskommen.«

»Ich kann nicht«, antwortete ich, »es handelt sich um einen Auftrag, an dem ich noch arbeite.«

»Ein Auftrag! Du meine Güte!« sagte Sellers. »Ich habe bereits mit Bertha darüber gesprochen.«

»Und trotzdem bleibe ich dabei, daß es sich um einen Auftrag handelt. Eine junge Frau zahlte uns 200 Dollar dafür. Und sie wünschte . . .«

»Nur weiter«, befahl Sellers, als ich plötzlich schwieg.

Ich schüttelte den Kopf. »Ich kann nicht, ich würde das Vertrauen unserer Klientin mißbrauchen. Ich müßte erst ihre Erlaubnis einholen, bevor ich darüber sprechen darf.«

»Aber Sie können uns doch einen Fingerzeig in dieser Sache geben. Ich möchte sie aufgeklärt und erledigt haben.«

»Nein, ich kann nicht, Frank, ich sagte Ihnen doch, es ist ein Berufsgeheimnis.«

»Von wegen! Bertha berichtete mir, daß Sie höchst privat mit einem kleinen Mädchen unterwegs waren. Sie scheinen Ihre beruflichen Beziehungen sehr auszunützen – und das kann Sie eines Tages Ihre Lizenz kosten. Ich werde versuchen, es Ihrer Partnerin leicht zu machen. Bertha ist stets ein anständiger Kerl gewesen, aber was Sie betrifft, Sie haben immer die Kurven geschnitten!«

»Ich sagte Ihnen, daß ich in einem Auftrag handelte. Er hatte zwar mit Dover Fulton zu tun, aber nichts mit dieser verfluchten Schießerei.«

»Sie wissen, die Polizei kann auf Ihrer Mitarbeit bestehen. Bitte erinnern Sie sich daran!«

»Sehen Sie, Frank«, sagte ich, »das ist doch ein Selbstmord aus hoffnungsloser Liebe. Sie waren vernarrt ineinander. Und sie suchten sich diesen Weg aus. Das ist ihre Sache. Soweit es die Polizei betrifft, ist der Fall doch abgeschlossen. Das wissen Sie genausogut wie ich.«

»Es gibt aber ein paar merkwürdige Umstände, und ich bin angewiesen, sie aufzuklären!« beharrte Sellers.

»Aber da bleibt doch gar nichts mehr zu untersuchen. Sie sind beide tot. Es ist ein typischer Doppelselbstmord!«

»Und warum stand dieses Auto von Fulton hier? Das ist doch eine schiefe Sache, über die ich Klarheit haben will.«

»Wenn ich Ihnen erzähle, was ich darüber weiß, würde es nicht weniger schief aussehen.«

»Wer ist Ihr Klient? Für wen arbeiten Sie?«

Ich schüttelte wieder den Kopf.

»Warten Sie hier«, sagte Sellers dann grimmig.

Der Kies knirschte unter seinen schweren Schuhen, als er zum Haus zurückging. Nach fünf Minuten kam er wieder heraus. Er faltete ein Papier zusammen und steckte es in die Rocktasche. Dann stieg er in den Polizeiwagen ein.

»Kommen Sie«, rief er, »wir wollen noch eine kleine Fahrt machen.«

Diesmal schlug er die Richtung nach San Robles ein.

6285 Orange Avenue war ein typisches Nachkriegshaus. Billiges Material und billige Arbeit. Nach außen hin sah es noch recht stilvoll aus, aber für das Innere schien die Phantasie des Architekten nicht mehr ausgereicht zu haben.

Wir kamen durch ein kleines Tor. – Sellers läutete.

Eine Frau öffnete die Tür. Sie hatte stark gerötete und geschwollene Augen. Man sah ihr an, daß sie so lange geweint hatte, bis sie einsah, daß es nutzlos sei. Nun befand sie sich in jener merkwürdig dumpfen Stimmung, in der man versucht, sich mit gänzlich unerwarteten Umständen abzufinden.

»Kennen Sie diesen Mann?« fragte Sellers.

Sie schüttelte den Kopf.

»Es tut mir leid, Sie zu stören«, fügte er hinzu, »dürfen wir mal hineinkommen?«

Mrs. Fulton trat zur Seite und hielt uns die Tür auf.

»Wo sind die Kinder?« fragte Sellers.

»Eine Nachbarin hat sie mitgenommen«, antwortete sie. »Ich fand es richtiger, sie hinüberzugeben, damit sie den ganzen Trubel hier im Hause nicht miterleben müssen.«

»Das war gut so«, meinte Sellers, »wir wollen Sie auch nicht lange behelligen.«

Er ließ sich in einen tiefen Sessel sinken, schlug die Beine übereinander und betrachtete Mrs. Fulton und mich mit gespannter Aufmerksamkeit. Dann fuhr er fort: »Ich will auch gleich zur Sache kommen: Ist es wahr, Mrs. Fulton, daß Sie diesen Mann hier niemals gesehen haben?«

Sie sah mich an und schüttelte den Kopf. »Niemals!«

»Sie haben ihn auch nicht beauftragt, Ihren Mann zu beobachten?«

»Nein, um Himmels willen, nein! Ich hatte nicht einen Augenblick den Eindruck, daß mit meinem Mann irgend etwas los sein könnte.«

»Sie glaubten, Ihr Mann arbeite in seinem Büro?«

»Nicht im Büro, ich dachte, er sei geschäftlich unterwegs.«

»Erschien er Ihnen in den vergangenen Wochen völlig unverändert, so, wie er sonst immer gewesen war?«

»Ja – er war sogar besonders aufmerksam zu mir. Erst vor einigen Tagen, als er nach Hause kam, dachte ich mir, wie glücklich ich doch eigentlich sei. Er machte mir Komplimente über mein Aussehen – ja, tatsächlich, ich glaube, es war gestern erst. Jetzt erscheint es mir, als seien inzwischen Jahre vergangen.«

Sellers sah mich an.

»Wie steht es mit Ihrer Versicherung?« fragte ich sie.

Sellers war überrascht. »Was soll diese Frage, Sie Schlaukopf?«

»Nichts Besonderes«, sagte ich. »Es scheint mir, daß Sie bisher nur hier herumgeschnüffelt und die Gefühle dieser Frau aufgewühlt haben. Vielleicht wäre es allmählich an der Zeit, ihr ein bißchen zu helfen, diese Umstellung leichter zu ertragen.«

»Das ist richtig, ich werde darüber nachdenken«, meinte er.

Irene Fulton warf ein: »Denken Sie, ich habe meinen Mann erst vor einigen Monaten gebeten, eine Versicherung abzuschließen. Es kostet ja alles so viel, und wir konnten nichts sparen – oder wenigstens nicht genug. Darum wollte ich für die Kinder und für mich eine gewisse Sicherheit haben. Fünfzehntausend, meinte ich, seien genug für jedes Kind, um eine Ausbildung zu bezahlen, und für mich zehntausend.«

»Das ist gut«, sagte Sellers.

»Wie lange ist das her?« fragte ich.

»Seit letztem Herbst. Und heute rief ich die Versicherungsleute an. Sie sagten mir, daß die Versicherung im Falle eines Selbstmordes ungültig sei, wenn der Vertrag nicht bereits ein Jahr besteht.

Ich soll nun die ersten Prämien zurückbekommen, und sonst nichts. Das ist dann alles, was ich besitze.«

»Und wem gehört das Haus?« fragte Sellers.

»Es gehört uns, nur ist eine erhebliche Hypothek darauf. Sicherlich könnten wir unseren Anteil verkaufen. Aber das wäre nicht so einfach – und schließlich müssen wir ja auch eine Wohnung haben. Außerdem, die Kinder . . .«

Sie hielt einen Augenblick inne. Es war, als müsse sie sich über ihre Lage selbst erst klarwerden. Ein Ausdruck der Angst war in ihrem Gesicht deutlich erkennbar. »Was soll ich tun? Wie soll das nur weitergehen – Gott im Himmel! Wir werden kein laufendes Einkommen mehr haben, wir werden nicht . . .«

»Nehmen Sie es nicht so schwer«, sagte Sellers.

»Stellten Ihre Verträge eine reine Lebensversicherung dar?« forschte ich weiter.

»Ja. Falls mein Mann durch einen Unfall umkommen sollte, würden sich die Prämien verdoppeln. Sie wissen, bei einem Autounfall oder ähnlichem. Ich war immer von einer Unruhe geplagt, wenn er längere Zeit unterwegs war. Und seit wir die Versicherung eingegangen sind, bin ich doch ein wenig ruhiger gewesen . . . Ja, und jetzt soll nichts gezahlt werden.«

»Das stimmt schon.« Sellers nickte. »Bei Selbstmord zahlen sie nicht, jedenfalls solange das erste Versicherungsjahr nicht vorüber ist.« Wir schwiegen, und die Stille wurde allmählich bedrückend. Was sollten wir noch sagen?

Schließlich fuhr Sellers fort: »Es tut mir sehr leid, Mrs. Fulton, wenn ich Sie jetzt auch noch bitten muß, mit uns zu fahren. Ich möchte, daß Sie jemandem gegenübergestellt werden.«

»Gut, ich werde mitkommen.« Ihre Stimme klang so, als sei sie froh darüber, während dieser Fahrt einmal ihren trüben Gedanken entfliehen zu dürfen.

»Können Sie das Haus allein lassen?«

»Ja, die Kinder kommen vorläufig nicht zurück. Ich muß nur abschließen.«

»Okay«, sagte Sellers, »machen Sie sich bitte fertig, und dann fahren wir.«

Er sah mich herausfordernd an. »Und Ihnen versichere ich, daß ich eine Weile ohne Ihre Kommentare auskommen werde . . .«

»Ganz wie Sie wünschen«, sagte ich schulterzuckend, »aber ich kann Ihnen jetzt schon versichern, daß Sie eine Niete ziehen werden.«

»Sparen Sie sich Ihre Bemerkungen«, erwiderte er ärgerlich. »Ich weiß nur noch nicht, was ich mit Ihnen machen soll. Ich – ja, ich wünschte fast, es wäre ein Mord gewesen, dann hätte ich Sie längst nach Nummer Sicher befördert.«

Ich schwieg, denn in diesem Augenblick konnte er keine Widerrede vertragen.

Mrs. Fulton setzte ihren Hut auf und griff nach dem Mantel. Sie hatte ihre Augen mit kaltem Wasser gekühlt und ein wenig Makeup aufgelegt.

Sellers fuhr wieder zum ›Kozy-Dell‹. Die Besitzerin kam sofort heraus, blickte auf Mrs. Fulton und schüttelte den Kopf.

»Nein?« fragte Sellers.

»Nein«, sagte sie. »Die Frau, mit der er hier erschien, war viel kleiner, ein junges, gutgewachsenes Ding mit langen Haaren, etwas breiten Backenknochen und sehr vollen Lippen.«

»Und Sie sind sicher, daß Sie sich nicht irren?« forschte Sellers. »Sie sahen sie doch nicht aus dem Wagen steigen?«

»Ich irre mich nicht«, antwortete die Frau. »Diese Dame hier – nun, ich würde sagen, sie weiß, was sie zu tun hat. Sie ist verheiratet. Die andere wirkte unsicher, sogar ein bißchen eingeschüchtert. Vielleicht hatte sie ein schlechtes Gewissen, oder sie war es nicht gewöhnt, die Nacht in einem Autohotel zu verbringen.«

»Ich dachte, Sie nähmen an, sie sei eine Abenteurerin gewesen?« fragte Sellers.

»Schon gut, wie Sie wollen. Auf jeden Fall war sie eine kleine Heuchlerin, und sie hatte vor irgend etwas Angst. Wovor, weiß ich nicht. Jedenfalls schien sie beunruhigt.«

»Woher wollen Sie wissen, daß diese Dame hier verheiratet ist?«

»Das ist reine Gefühlssache. Ich würde sie für eine Frau halten, die ein Heim hat, ein Kind – vielleicht auch mehrere. Und das schließt doch ein, daß sie sich selbst nicht mehr so wichtig nimmt. Diese anderen unreifen Weibsbilder hingegen tun das doch offensichtlich. Die von gestern nacht war bestimmt noch auf der Suche nach einem Mann, und sie war sicher auch eine kleine Egoistin, die nur ihren Vorteil im Kopf hatte.«

Sellers meinte ironisch. »Jetzt reden Sie aber doch wie eine Hellseherin.«

»Vielleicht bin ich eine«, antwortete die Frau trocken, »mein Beruf setzt einen Schuß davon voraus.«

»Wie alt schätzen Sie das Mädchen, das vergangene Nacht hier war?«

»Wesentlich jünger als diese Dame, ganz sicher sogar.«

»Kleiner?«

»Auch das.«

»Helleres Haar?«

»Viel heller.«

Sellers nickte ihr zu und ließ den Motor des Wagens an. Während wir nach San Robles zurückfuhren, fragte ich ihn beiläufig: »Um welche Zeit mag denn die Schießerei stattgefunden haben?«

»Soweit wir es beurteilen können, war es so gegen 10.15 Uhr. Sie wissen, wie es in solchen Fällen zugeht. Niemand achtet genau darauf oder blickt gar auf die Uhr. Und hinterher müssen wir es uns dann zusammenreimen. Aber nach meinen Feststellungen muß es so ungefähr um diese Zeit gewesen sein.«

»Haben Sie alle Verdächtigen ein wenig unter die Lupe genommen?« fragte ich.

Sellers gab nur einen Grunzlaut mit matter Stimme von sich.

»Wie steht es mit Mrs. Fulton?«

»Was soll das?«

»Ich meine, ob Sie nach ihrem Alibi gefragt haben.«

»Was wollen Sie damit sagen?« fragte Mrs. Fulton und sah mich an.

Sellers schoß mir ebenfalls einen strafenden Blick aus den Augenwinkeln zu.

»Sie müssen vergangene Nacht keinen schlechten Schock bekommen haben«, fuhr ich unbeirrt fort. »Wann erfuhren Sie, daß Ihr Mann tot sei?«

»Gegen ein Uhr. Die Polizei kam und holte mich aus dem Bett. Aber was hat eigentlich Ihre Frage nach meinem Alibi zu bedeuten?«

»Er wollte nur wissen, wo Sie waren«, warf Sellers grinsend ein, »er versuchte, Sie auf indirekte Weise auszuhorchen.«

»Wo ich war? Wieso? Ich war natürlich zu Hause.«

»War jemand bei Ihnen?«

»Nein, was soll diese Frage? Mein Mann war nicht da, und die Kinder und ich waren allein.«

»Wo befanden sich die Kinder?«

»Um diese Zeit natürlich im Bett.«

»Ich meinte um 10.15 Uhr.«

»Das meinte ich auch.«

Sellers warf ihr einen prüfenden Blick zu, dann sah er mich an.

»Lam«, sagte er, »Sie kommen doch wirklich auf die verteufeltsten Ideen.«

»Aber wieso denn?« fragte ich unschuldig.

Sellers fuhr fort. »Also, Mrs. Fulton, mir ist es selbst höchst peinlich, darüber zu sprechen, aber um der Ordnung willen wollen wir es tun. Theoretisch besteht natürlich die Möglichkeit, daß Sie heimlich Ihr Haus verließen, nach ›Kozy Dell‹ fuhren, Ihren Mann dort fanden, ihm eine Szene machten . . .«

»So ein Blödsinn!« unterbrach sie ihn.

»Und diese Szene«, fuhr Sellers fort, »konnte dann den Anlaß gegeben haben, daß Ihr Mann seine Geliebte erschoß und anschließend Selbstmord beging.«

»Seien Sie doch kein Narr!«

»Irgendwie ist die ganze Geschichte völlig undurchsichtig.«

»Vor allem«, sagte sie, »erklären Sie mir doch bitte einmal, wie ich hierher gekommen sein soll? Ich hatte doch keinen Wagen.«

»Woher wissen wir das? Sie haben uns erzählt, Ihr Mann sei mit seinem Wagen unterwegs gewesen, aber – bei Gott, Lam, Ihre Idee ist vielleicht gar nicht so töricht! Dover Fulton hatte seinen Wagen überhaupt nicht dabei. Vielleicht ließ er ihn zu Hause, seine Frau nahm ihn, fuhr zum Kozy-Dell-Hotel, machte eine Szene – und alles endete mit dieser Schießerei. Nachher fürchtete sie sich, den Wagen zurückzufahren. Sie . . .«

Sellers verstummte. Er dachte nach.

»Ihnen fällt wohl nichts mehr ein?« fragte ihn Mrs. Fulton bitter.

»Doch, ich muß nur mal überlegen«, antwortete er. »Können Sie irgendwie beweisen, wo Sie um zehn Uhr fünfzehn waren?«

Sie zögerte einen Augenblick, dann sagte sie: »Ja, ich glaube schon.«

»Und wie?«

»Ein Herr rief mich ungefähr um diese Zeit an. Er fragte nach meinem Mann. Dann erzählte er mir etwas von einer Lucille Hart. Er glaubte, sie sei meine Schwester. Als ich ihm sagte, daß ich nie eine Schwester gehabt hätte, legte er den Hörer auf. Diesen Mann müssen wir finden, und er wird . . .«

»Ganz hübsch«, meinte Sellers, »diesen Burschen sollen wir aus drei oder vier Millionen Menschen herausfinden, die . . .«

»Das dürfte doch nicht so schwer sein. Setzen Sie einen Aufruf in die Zeitungen . . .«

»Das wäre möglich«, unterbrach Sellers sie. »Sie waren am Apparat, als er anrief?«

»Ja.«

»Glauben Sie, daß er Ihre Stimme wiedererkennen würde?«

»Er wird es wohl, nehme ich an. Auf jeden Fall würde er Ihnen bestätigen können, daß eine Frau – und kein Kind beispielsweise – zu dieser Zeit aus meinem Haus mit ihm sprach. Sehr wahrscheinlich müßte das doch Ihre völlig verrückte Theorie über den Haufen werfen.«

Sellers lenkte den Wagen eine Weile schweigsam weiter.

»Und wie, glauben Sie denn, sei ich wieder nach Hause gekommen?« fragte Mrs. Fulton weiter.

»Indem Sie ein Auto anhielten! Sie schlossen Ihren Wagen ab, als Sie dort ankamen, und später hatten Sie Angst ... Moment mal, Donald Lams Geschäftskarte lag in dem Wagen, und – haben Sie eine Geldbörse bei sich?«

»Ja, hier ist sie, in meiner Tasche.«

»Zeigen Sie mal her.«

Sie öffnete die Tasche, und Sellers fuhr den Polizeiwagen an den Straßenrand. Er besah sich die Geldbörse, die Irene Fulton ihm gab.

»Das beweist noch nichts«, meinte er dann nachdenklich.

»Aber das, was Sie behaupten, ist doch völlig aus der Luft gegriffen«, warf sie wütend ein. »Finden Sie nicht, daß ich gerade Sorgen genug habe? Müssen Sie mir nun auch noch solche Märchen aufhalsen?«

»Das stimmt allerdings«, sagte er und startete den Wagen wieder. Aber auf dem ganzen Weg nach San Robles blieb er ungewöhnlich schweigsam. Er schaltete keine Sirene ein, und er fuhr gegen seine Gewohnheit so langsam, daß ich schon befürchtete, wir würden aufgeschrieben, weil wir den Verkehr behinderten.

Auch Mrs. Fulton sprach nichts mehr. Sie blickte still durch die Windschutzscheibe geradeaus. Ihr Gesicht war bleich. Sie war in Gedanken versunken. Und daß es keine erfreulichen Dinge waren, über die sie grübelte, bewies der schmerzliche Zug, der sich um ihren Mund eingrub.

Als wir vor ihrem Haus in San Robles anhielten, sagte Sellers: »Ich hoffe, Sie haben nichts dagegen, wenn ich noch einmal mit hineinkomme. Sie können mir dann zeigen, wo die Kinder schlafen und wo Ihr Telefon aufgestellt ist.«

Da ich mich auf dem Rücksitz bewegte, rief er mir über die

Schulter zu: »Bleiben Sie ruhig hier sitzen, Lam.« Ich steckte mir eine Zigarette an und wartete.

Nach zehn Minuten kam er zurück. In seinem Mund steckte eine völlig zerkaute Zigarre. Er klemmte sich hinter das Steuerrad und schlug heftig die Wagentür zu. Dann wandte er sich zu mir und knirschte: »Zum Teufel noch mal, Lam, es gibt Zeiten, in denen ich Ihnen am liebsten Ihre Zähne einschlagen möchte.«

Mit der Miene eines Lammes fragte ich: »Aber warum denn nur?«

»Wenn ich das nur wüßte«, knurrte er ärgerlich, »das ist es ja gerade, was mich am meisten ärgert.«

7

In langsamer Fahrt legten wir den halben Weg zur Stadt zurück. Dann hatte es Sellers plötzlich eilig. Er drückte auf die Sirene und brauste in seinem gewohnten Tempo los.

»Setzen Sie mich doch bitte vor meinem Büro ab«, sagte ich zu ihm.

»Ich bin noch nicht fertig mit Ihnen.«

»Was kommt denn jetzt noch?«

»Das werden Sie schon sehen«, sagte er und gab noch mehr Gas.

Wir rasten an den erschrockenen Sonntagsfahrern vorbei, als sei der Teufel hinter uns her. Dann hielt er vor dem Beaverbrook-Hotel an.

Ein Beamter in Zivil kam auf ihn zu, als wir die Halle betraten.

»Wie geht es ihm?« fragte ihn Sellers. »Ist er in seinem Zimmer?«

Der andere nickte.

»Allein?«

»Ja.«

»Hat er telefoniert?«

»Nur nach der Bedienung.«

»Was macht er denn?«

»Er läßt sich langsam vollaufen.«

»Das paßt mir gut«, sagte Sellers, und zu mir gewandt: »Kommen Sie, Lam.«

Im elften Stockwerk stiegen wir aus dem Aufzug. Sellers kannte den Weg bereits. Er ging den Korridor hinunter und klopfte an die Tür mit der Nummer 1110.

»Wer ist da?« fragte eine Stimme von drinnen.

»Kommen Sie schon – machen Sie auf«, war Sellers' ungeduldige Antwort. Im Zimmer hörte man Schritte, und dann wurde die Tür von einem großen, schlanken Mann geöffnet. Er sah gut aus, und man merkte ihm an, daß er sich dessen bewußt war. Er hatte dunkle, wellige Haare, weit auseinanderstehende graue Augen und eine Haut, die braun wie Bronze glänzte. Obwohl er bereits ziemlich viel getrunken hatte, wirkte er nicht unsympathisch.

Seine Augen waren stark gerötet. Ob dies allein vom Alkohol herrührte, konnte ich nicht entscheiden.

»Großartig«, rief er aus, »der hochgeschätzte Sellers! Der gute, alte Mister Mord persönlich! Kommen Sie herein, Sellers. Wer ist denn dieser andere Mensch?«

Sellers wartete erst gar nicht auf seine Einladung, sondern drängte sich an ihm vorbei ins Zimmer. Ich folgte ihm.

Dann schloß Sellers die Tür.

»Kennen Sie ihn nicht?« fragte er.

Der Mann sah mich an und schüttelte den Kopf. »Wer ist es?«

»Donald Lam, ein Privatdetektiv.«

»Und was will er?«

»Er will nichts – ich will etwas.«

»Womit kann ich Ihnen dienen?«

»Ich möchte alles über ihn erfahren.«

»Dann müssen Sie anderswo fragen.«

»Warum stellen Sie uns nicht vor?« fragte ich.

Der Mann sagte. »Ich bin Stanwick Carlton.«

»Oh«, sagte ich nur.

Sellers suchte sich einen Sessel aus und ließ sich niederfallen.

Ich reichte Carlton die Hand. »Ich freue mich, Sie kennenzulernen.«

»Wie war doch Ihr Name?« fragte er.

»Donald Lam.«

Carlton wies auf einen Stuhl. »Setzen Sie sich und trinken Sie etwas mit mir. Wir können nichts Besseres tun. Sellers' Freunde sind reizend zu mir. Sie sagen, ich kann tun, was ich will, und ich kann auch hingehen, wohin ich will. Nur die Stadt darf ich nicht verlassen! Und jedesmal, wenn ich aus diesem elenden Hotel herauskomme, läuft so ein Polizeiköter hinter mir her.«

»Sie wissen das nur nicht richtig zu schätzen«, meinte Sellers ruhig.

»Wahrscheinlich ist es so; eigentlich müßte ich mich für Ihre Aufmerksamkeiten noch bedanken. Mir wäre aber ohne Ihre liebenswürdige Anteilnahme wohler zumute.«

»Seien Sie froh, daß Sie nicht auf der Anklagebank sitzen.«

»Weswegen denn?«

Sellers fiel keine passende Antwort ein, so wiegte er nur den Kopf hin und her und schwieg.

»Ich bin Gegenstand krankhafter Neugierde«, fuhr Carlton fort, »ich bin der Mann einer Abenteurerin, die sich in den Netzen einer Liebesaffäre verfing, bis es sie ihr Leben kostete. Sind Sie verheiratet, Lam?«

»Nein.«

»Dann trinken Sie mit mir! Und heiraten Sie nie! Das ist doch so: Sie lassen sich völlig einlullen, Sie glauben, Sie seien der Inhalt ihres Lebens. Und dann erfahren Sie plötzlich – es war ein Irrtum, und alles zerplatzt durch einen Mord in einem billigen kleinen Autohotel. Trinken Sie doch! Was möchten Sie? Whisky und Soda? Bier – oder?«

»Whisky und Soda«, sagte ich.

Carlton ging zum Schrank hinüber. Zu Sellers sagte er: »Sie dürfen nichts trinken, weil Sie im Dienst sind, das ist Ihr Pech!« Mit zittriger Hand goß er den Whisky in ein Glas.

»Immerhin, Ihr Freund ist zivilisiert! Er trinkt Whisky und Soda!«

Sellers platzte heraus: »Hatten Sie ihn nicht doch damit beauftragt, ihre Frau zu beobachten?«

»Das wäre eine gute Idee gewesen«, rief Carlton aus. »Es gibt sicherlich eine Menge Dinge, die ich hätte tun können. Und auch jetzt könnte ich noch einiges tun ... Ich befinde mich immerhin im elften Stockwerk. Wie wäre es, wenn ich mir aus einem Bettuch einen Fallschirm machte und aus dem Fenster spränge? Wollen Sie zusehen, wenn ich es ausprobiere?«

Sellers gab ihm keine Antwort.

Da grinste Carlton mich an. »Was ist eigentlich Ihre Rolle in dieser armseligen Affäre?«

»Nur eine kleine Nebenrolle«, antwortete ich, »unser alter Spürhund hier schleift mich herum und konfrontiert mich mit allen möglichen Leuten. Er glaubt, damit könne er etwas herausbekommen.«

»Werde ich auch«, brummte Sellers und blickte mit gierigen Augen nach meinem Whisky.

»Warum vergessen Sie nicht Ihre blöden Dienstvorschriften für eine Stunde und zeigen ausnahmsweise mal ein freundliches Gesicht?« forderte ich ihn auf. »Sie können ja schließlich nicht Tag und Nacht im Dienst sein. Und, was meine Untersuchung betrifft – nun, die dürfte doch wohl beendet sein.«

»Wer sagt, daß ich die Untersuchung beendet habe?«

»Ich sage es! Sie sind am Ende Ihres Lateins – und stehen jetzt vor einer Betonmauer!«

Carlton stellte sein Glas klirrend auf den Tisch und sagte in trunkenem Selbstgespräch:

»Ich will gar keine Sympathie von euch. Alles, was ich will, ist, daß ihr mich in Ruhe laßt. Wenn ich nur wüßte, warum ich nach Kalifornien kam. Ich war so allein, und ich wollte meine Frau sehen. Ich habe sie dann auch gesehen – ausgestreckt lag sie auf einer Holzplatte in einem Leichenschauhaus. – Und jeder spricht darüber. Sie lasen es in den Zeitungen. Eine kleine, schmutzige Geschichte, die in einem Autohotel endete. Es war kein erstklassiges Hotel. Okay – jetzt bin ich der Sündenbock. Ich muß ihre Beerdigung arrangieren und darf ihren Sarg aussuchen. Und dann soll ich auch noch zu ihrer Bestattung gehen. Ich soll zuhören, wenn eine unsichtbare Stimme, von Orgelmusik begleitet, singt. Das glückliche Ende ist gekommen . . . Ich wünschte, ich wäre jener gewesen, der . . .«

»Regen Sie sich nicht auf«, unterbrach ich ihn, »kleine Pötte haben große Ohren!«

»Das stimmt allerdings«, sagte Carlton und wandte sich nach Sellers um. »Ich hatte Sie fast vergessen.«

Sellers sah mich an. »Lam«, sagte er, »eines Tages werde ich Sie auseinandernehmen, nur um nachzusehen, woher bei Ihnen das Tikken kommt!«

Er stemmte sich aus seinem Stuhl hoch, ging zum Tisch hinüber und trank einen großen Schluck Whisky, dann genehmigte er sich ein Ingwerbier hinterher.

»Bravo«, rief Carlton. »Ich hoffte immer, daß auch Sie irgendeine menschliche Schwäche haben!«

»Warum kamen Sie ausgerechnet gestern nach Kalifornien, Mr. Carlton?« fragte Sellers ihn dann.

»Ich sagte es Ihnen doch, ich fühlte mich einsam und wollte meine Frau sehen.«

»Und warum schrieben Sie Ihr nicht vorher, damit sie Sie erwarten konnte?«

»Wenn ich das nur selbst wüßte.« Carlton zog die Schultern hoch. »Vielleicht habe ich geahnt, daß etwas faul war und daß sie sich in einer Klemme befand.«

Er starrte in sein Glas und fuhr zynisch fort. »Das berühmte Unterbewußtsein, oder Gedankenübertragung, wie Sie es auch nennen wollen! Ich fühlte, daß sie in Schwierigkeiten war, und ich Narr glaubte, sie brauchte die helfende Hand ihres Gatten!«

»Lassen Sie die Ironie. Auf jeden Fall kamen Sie hierher, weil Sie einen Verdacht hatten. Und Sie haben selbst zugegeben, daß Sie Dover Fulton verdächtigten. Nehmen wir an, Sie suchten ihn und Sie stellten dann fest, daß er mit Ihrer Frau zusammen war. Sie verfolgten die beiden zu diesem Autohotel. Dann platzten Sie in das Idyll hinein und erklärten, daß für Sie der Fall erledigt sei. Dover Fulton habe Ihre Frau genommen und solle sie nun auch behalten. Und dann zogen Sie davon. – Ihre Frau machte sich nicht viel aus Dover Fulton, er war für sie nur eine vorübergehende Spielerei. In Wirklichkeit war sie nur in Sie verliebt, aber sie wünschte ab und zu ein wenig Abwechslung. Als sie in die Ferien fuhr, hatte sie die Absicht, ein bißchen herumzuflirten. Sie ...«

Carlton war aus seinem Stuhl hochgesprungen. Er stand vor Sellers. »Hüten Sie Ihre verdammte Zunge!« sagte er drohend. »Ob Sie ein Polyp sind oder nicht, ich werde Ihnen das Glas trotzdem ins Gesicht werfen.«

»Probieren Sie es nur«, meinte Sellers seelenruhig, »aber wundern Sie sich nicht, wenn Sie hinterher so flach am Boden liegen, als sei eine Dampfwalze über Sie gefahren.«

Carlton zögerte. »Wenn Sie von meiner Frau sprechen, dann wählen Sie gefälligst Ihre Worte etwas aus.«

»Schon gut, Carlton, Sie fuhren also dort hinaus, es ist doch ganz klar, daß Sie das taten.«

Carlton begann vor Wut zu zittern. »In drei Teufels Namen, Sellers, damit wir uns nicht mißverstehen. Wenn ich wirklich dort hinausgefahren wäre und sie mit diesem Hundesohn angetroffen hätte, würde ich ihn auf der Stelle umgebracht haben, und zwar so gründlich ...«

»Und würden Sie dann Ihre Frau getötet haben?«

In Carltons Augen zeigten sich Tränen. »Nicht sie«, sagte er, »die Kleine hätte ich nie umbringen können. Ich hätte sie hinausgeschmissen, ich hätte ihr vielleicht eine heruntergehauen. Aber dann hätte ich zu ihr gesagt: ›Nimm deine Sachen und sieh zu, daß du hier wegkommst, du unbeherrschtes Stück.‹ Und wenn wir zu Hause gewesen wären, hätte ich sie wieder in meine Arme geschlossen, ich hätte sie wieder geliebt, so, wie ich sie einfach immer lieben muß. Nun wissen Sie es, und jetzt kümmern Sie sich gefälligst um etwas anderes, Sie Schnüffler.«

»Sie sind betrunken, Carlton«, erwiderte Sellers.

»Mag sein, daß ich betrunken bin«, sagte Carlton, »aber was kümmert das Sie?«

Sellers stand auf und sah Carlton ins Gesicht. Sie standen sich Aug in Auge gegenüber.

»Hüten Sie sich«, sagte Sellers. Neben seiner Bullengestalt wirkte Carlton überschlank und geradezu zerbrechlich. »Eigentlich müßte ich Sie jetzt niederschlagen und zwei Stücke aus Ihnen machen. Ich müßte Sie schütteln, daß Ihnen die Zähne ausfallen. Doch ich weiß, wie Ihnen zumute sein muß, und nur deswegen nehme ich Rücksicht auf Ihre Gefühle. Aber treiben Sie es nicht auf die Spitze.«

»Sie wissen, was ich empfinden muß«, wiederholte Carlton bitter. »Ausgerechnet Sie! Und wer denn noch?«

»Eigentlich wollte ich ja nur etwas von Ihnen erfahren«, fuhr Sellers fort, »und zwar, ob Sie Lam einen Auftrag gegeben haben.«

»Nein.«

»Sprachen Sie irgendwann mit ihm?«

»Ich habe ihn nie in meinem Leben gesehen.«

Sellers trank sein Glas leer und stellte es nieder. »Kommen Sie, Lam«, sagte er dann.

»Nein, gehen Sie nicht«, bat mich Carlton, »bleiben Sie doch hier und leisten Sie mir Gesellschaft. Es ist so schrecklich, wenn ich allein bin.«

Ich sah, wie ein Verdacht in Sellers' Augen aufblitzte.

»Das geht jetzt nicht, Mr. Carlton. Sellers will unbedingt herausfinden, in wessen Auftrag ich arbeite. Und wenn Sie jetzt mit mir privat zu sprechen wünschen, wird er Sie auf seiner Verdächtigenliste an erster Stelle vermerken.«

»Wer soll Sie denn beauftragt haben, und womit denn?« fragte Carlton.

»Das ist es ja, was er wissen möchte.«

Carlton ging einen Schritt zurück, um mich besser fixieren zu können.

»Schön, aber vielleicht möchte ich trotzdem mit Ihnen sprechen.«

Ich ging zur Tür, öffnete sie und trat in den Gang hinaus.

»Gut, wie Sie wollen«, rief Carlton ärgerlich hinter mir her, »schert euch doch beide zum Teufel!«

Sellers torkelte ein wenig, als er durch die Tür kam. Er schloß sie hinter sich.

»Sie muten sich mehr zu, als nötig ist, Frank. Warum sind Sie nicht zu Hause und machen sich einen schönen Tag, wo doch heute Sonntag ist?«

»Das wäre schön, nicht wahr?« sagte Sellers ironisch. »Und ich bin noch immer nicht fertig mit der Arbeit. Es gibt noch etwas, was ich wissen muß.«

»Und was ist das?«

»Sie werden es schon sehen.«

Wir fuhren wieder mit dem Aufzug hinunter. Sellers winkte den Beamten in Zivil herbei. »Ich glaube, wir können Carlton in Ruhe lassen. Es führt zu nichts.«

Der Beamte nickte. »Wann soll ich gehen?«

»Jetzt gleich. Geben Sie Ihren Bericht ins Revier.«

Der andere grinste hocherfreut. »Das ist ausgesprochen günstig«, sagte er, »meine Frau war nämlich schon wütend auf mich, weil ich versprochen hatte, mit ihr und dem Jungen zum Schwimmen zu fahren. Als ich sie anrief und ihr sagte, daß Sie mich hier aufgestellt haben, war sie bitterböse.«

»Okay«, sagte Sellers, »fahren Sie los und bringen Sie Ihr Familienleben wieder in Ordnung.«

Wir gingen zu dem Polizeiwagen zurück.

Diesmal fuhren wir auf einen Parkplatz.

Sellers fragte, nachdem er ausgestiegen war, den Mann, der gerade Aufsicht hatte: »Hat nicht Dover Fulton hier bei Ihnen einen Mietplatz?«

»Jawohl«, antwortete der Mann.

»Stand sein Wagen heute nacht hier?«

»Gestern nachmittag. Was sagen Sie, ist das nicht schrecklich? Wer hätte das von ihm gedacht!«

Sellers hörte ihm gar nicht zu. »Was war mit dem Wagen? Wer holte ihn? Fulton?«

Der Parkwächter schüttelte den Kopf. Sellers winkte ihm zu.

»Kommen Sie mal mit und schauen Sie sich den Mann an, der bei mir ist. – Lam, steigen Sie mal aus.«

Ich stieg aus.

»Kennen Sie den?«

Der Parkwächter verneinte.

»Und was war mit Fultons Wagen? Gaben Sie ihm immer einen Parkzettel?«

»Nein, Stammkunden nicht. Wir kennen sie doch. Die haben numerierte Plätze und kommen und gehen, wann sie wollen. Meistens schließen sie ihre Wagen zu. Ich weiß nicht, ob Fulton gestern seinen Wagen verschlossen hatte. Das Mädchen holte ihn ab.«

»Das Mädchen?« Sellers war überrascht.

»Ja, es war wohl die, mit der man ihn in der Kabine fand, nehme ich an.«

»Wie sah sie denn aus?«

»Genau weiß ich es nicht. Ich sah sie nicht sehr gut. Ein fesches, kleines Ding. Sie kam hier herein und ging schnurstracks auf den Wagen zu. Offensichtlich hatte sie die Schlüssel. Ich sah, wie sie einstieg. Sie fummelte einen Augenblick an der Tür herum, und ich glaubte, daß sie den Wagen aufschloß.«

»Warum sagten Sie nichts zu ihr?«

Der Wächter grinste, er schüttelte den Kopf. »Das schickt sich nicht bei Stammkunden. Und gerade bei Dover Fulton würden Sie das auch nicht gesagt haben. Wenn er jemanden nach dem Wagen schickte, dann war das in Ordnung. Und noch dazu, wo doch die Kleine den Schlüssel hatte.«

»Wie konnten Sie wissen, daß sie den Wagen nicht stehlen wollte?«

»Das tun sie hier nicht. Auf unserem Platz nicht. Ich wußte, es war in Ordnung. Außerdem hatte sie eine von Dover Fultons Karten, mit einem ›O. K.‹ draufgekritzelt.«

»Woher wissen Sie das?«

»Sie gab sie mir, als sie hinausfuhr. Ich wollte sie gar nicht anhalten, aber sie winkte mir mit der Karte zu.«

»Können Sie mir diese Karte einmal zeigen?«

»Ich weiß nicht genau, wohin ich sie getan habe«, sagte der Parkwächter. »Aber warten Sie einen Augenblick, vielleicht liegt sie unten in der Kasse. Jetzt erinnere ich mich.«

Er ging hinüber, schloß die Kasse auf und wühlte darin herum. Dann kam er zurück und brachte Sellers eine Geschäftskarte von Dover Fulton. Auf der Rückseite standen nur die beiden Buchstaben ›O. K.‹. Etwas mißtrauisch blickte Sellers auf ihn herab. »Ist das denn Fultons Handschrift?«

»Ich nehme es an. Seine Karte ist es jedenfalls.«

»Ja, eine Geschäftskarte, die er Dutzenden von Leuten überreicht.«

Der Wärter wurde etwas verlegen und lächelte. »Sie hätten dieses Püppchen sehen sollen!«

»War sie rothaarig?«

»An die Haarfarbe kann ich mich kaum erinnern. Vielleicht hatte sie sogar einen Hut auf. Aber ihre Augen sind mir aufgefallen – große, dunkelbraune Augen, wie reife Datteln sahen sie aus. Ich dachte dann noch, daß dieser Fulton doch eigentlich ein Glückspilz sei. Ein schöner Glückspilz! Dabei stand dem armen Kerl das Wasser bis zum Halse.«

»Sagen Sie mal«, Sellers sprach sehr nachdenklich, »würden Sie das Mädchen auf einem Bild wiedererkennen? Ich glaube fast, es war nicht dieselbe, die man bei ihm fand.«

»Sie selbst würde ich jederzeit erkennen, aber auf einem Bild, das weiß ich nicht.«

»Und dieser Bursche hier war nicht in der Nähe?« Sellers wies auf mich.

»Nein.«

»Sie sahen, wie das Mädel einstieg?«

»Ja – und ich kann Ihnen sagen, da gab es auch etwas zu sehen.«

»Sie sind ein alter Lüstling.«

»Ja, das bin ich tatsächlich«, gab der Wärter trocken zu.

»Okay«, sagte Sellers. »Steigen Sie ein, Lam, wir müssen weiter.«

Während wir zurückfuhren, war Sellers mit seinen Gedanken beschäftigt. Vor unserem Büro hielt er an. Er wartete, bis ich ausgestiegen war, dann sagte er: »Das eine möchte ich Ihnen sagen, machen Sie nur im gleichen Tempo weiter, aber vergessen Sie nicht, daß ich ein Auge auf Sie halten werde. Und wenn Sie mir zu flott werden, dann muß ich Sie ebenso flott abservieren. Und es kümmert mich dann auch nicht, was Bertha sagt. Ich lasse Sie dann hochgehen wie einen Luftballon!«

»Schon gut«, stöhnte ich. »Lassen Sie doch endlich Ihre Sprüche auf Band aufnehmen, dann brauchen Sie den Mund nicht mehr soviel zu bewegen.«

Sellers warf mir einen vernichtenden Blick zu. Dann fiel seine Wagentür krachend ins Schloß, und er fuhr schnell davon.

8

Ich fuhr zu Berthas Wohnung und läutete. Ihre schrille Stimme drang durch die Sprechanlage.

»Was ist los?«

»Hier Donald.«

Ich hörte Bertha knurren, dann drückte sie auf den Türöffner.

Als ich oben ankam, klopfte ich an die Tür.

»Komm herein, es ist offen.«

Bertha rekelte sich im typischen Sonntagsstaat auf der Couch. Über ihrem Pyjama trug sie einen losen Morgenrock. Ihre Haare waren straff nach hinten gebürstet und hingen in Strähnen hinter den Ohren herunter. Auf dem breiten Liegestuhl neben ihr lag ein Berg zerlesener Sonntagsmagazine. Daneben, auf einem kleinen Tisch, standen ein elektrischer Kaffeefilter, eine Tasse, ein Sahnekännchen und die Zuckerdose. Der große Aschenbecher lief vor lauter Stummeln und Streichhölzern bereits über. Auf der anderen Seite des Liegestuhls war ein Teewagen, auf dem sich ein elektrischer Toaster, eine Platte mit Brot, Butter und ein Teller mit Gebäck befanden. Auf diese Weise pflegte Bertha ihre Sonntage zu verbringen. Von Zeit zu Zeit schob sie ein Stück Brot in den Toaster, um es dann, wenn es goldgelb war, mit Butter zu bestreichen. Dazu ließ sie sich den stets heißen Kaffee aus der Filtermaschine in die Tasse laufen und tat Sahne und Zucker in Mengen dazu. Zwischen Kaffeetrinken, Toastknabbern und Lesen füllte sie sich mit den Tagesneuigkeiten an und gab meist in Selbstgesprächen Kommentare dazu.

Nun sah sie mich über die Schulter an; ihre kleinen Kulleraugen glitzerten ärgerlich, denn sie liebte es nicht, wenn man ihre Sonntagsruhe störte.

»Was ist los mit dir? Frank Sellers ließ sich auf meiner Treppe häuslich nieder. Er kam kurz nachdem wir beide telefoniert hatten. Was hat er denn für einen Grund?«

»Ich gab doch dem Mädchen heute nacht meine Karte«, sagte ich.

»Das dachte ich mir schon«, sagte Bertha, »wie nur ein Detektiv so vertrottelt sein kann!«

»Im Augenblick sieht es so aus, als ob die Idee gar nicht so schlecht gewesen ist.«

»Deine Ideen sind immer ausgezeichnet, besonders dann, wenn du dir die Nacht zum Sonntag mit fremden Mädchen vertreibst.«

»Ich weiß nicht einmal, ob sie die Karte absichtlich zurückließ oder ob es ein Zufall war.«

»Was ist das schon für ein Unterschied?«

»Vielleicht doch, für mich jedenfalls.«

»Mir ist es völlig gleich, wenn du an deinen blöden Liebschaften eines Tages zugrunde gehst. Aber – nur weil du nicht verheiratet bist, glaubst du, du müßtest nun jeder Circe eine Karte überreichen. Mein Gott, ich begreife wirklich nicht, daß ein gewitzter Bursche wie du gleichzeitig so naiv sein kann.«

Ich wartete, bis sie sich alles von der Seele geredet hatte, dann sagte ich: »Ich möchte etwas über den Cabanita-Klub wissen.«

»Was willst du?«

»Einige diskrete Auskünfte. Kennst du nicht den Animierchef dort?«

Ich wußte, das war ein sicheres Geleise. Bertha kannte zumindest die Hälfte aller Nachtklubunternehmer im Lande.

»Laß mich nachdenken«, sagte sie, »ich glaube, Bob Elgin ist jetzt dort.«

»Ich möchte gern mal mit ihm sprechen.«

»Aber er will es womöglich nicht.«

»Vielleicht doch, wenn du ihn darum bittest.«

Bertha sah mich von der Seite an und lachte. »Mach die Schublade in dem Schrank dort drüben auf, mein Schatz. Nimm das rote Notizbuch heraus, das dort auf den Zigarettenkartons liegt. Und bring mir auch gleich ein Päckchen Zigaretten mit, wenn du gerade dort bist.« Ich brachte ihr die Zigaretten und das Notizbuch.

»Was hat Sellers eigentlich vor?« fragte sie. »War es denn kein üblicher Selbstmord?«

»Es sieht nach Selbstmord aus. Nur ein paar Dinge passen nicht so recht zusammen. Und das störte ihn. Ich glaube aber, er hat den Fall nun in seinen Büchern gestrichen.«

»Wenn er etwas durchstrich, muß ja auch etwas dort gestanden haben.«

»Vielleicht.«

»Warum tust du nur so geheimnisvoll?«

»Ich denke nur nach. Wenn ein Mann schon einen Doppelselbstmord begeht, warum trifft er dann nicht gleich beim ersten Schuß?«

Berthas kleine Augen blitzten plötzlich auf. »Glaubst du, daß für uns etwas bei dem Fall herauszuholen ist?«

»Ich weiß es nicht.«

»Komm herüber und setz dich. Gieß dir etwas zu trinken ein. Was möchtest du? Kaffee, Bier? Oder Whisky mit Soda? Den Kaffee habe ich hier, eine Tasse mußt du dir schon selbst holen. Soda ist im Eisschrank und ...«

»Ich möchte eine Tasse Kaffee«, sagte ich.

Dann ging ich, um eine Tasse zu holen. Bertha legte mir inzwischen eine Scheibe Brot in den Toaster und begann in dem Notizbuch zu blättern.

»Bob Elgins private Telefonnummer ist 6-3481. – Warum glaubst du, daß er die erste Kugel verschoß?«

»Ich weiß es eben nicht. Sicher ist, daß drei Schüsse fielen.«

»Der dritte Schuß ging in einen Koffer?«

»Ja, in den Koffer der Frau, gleich neben dem Griff. Zuerst konnte die Polizei die Kugel nicht finden. Und sie wunderten sich über den dritten Schuß. Dann öffneten sie den Koffer und entdeckten das Loch, durch das die Kugel gegangen war. Sie hatte sich in den Kleidern verfangen.«

»Sie schlug nicht ganz durch den Koffer?«

»Nur etwa halb.«

»Du glaubst, der Fall könnte für uns interessant werden?«

»Fulton war für vierzigtausend Dollar versichert, und bei Unfall für das Doppelte. Die Versicherung lief jedoch weniger als ein Jahr. Wenn er zuerst die Frau tötete und dann sich selbst, ist die Versicherung ungültig. Falls er zuerst starb, also erschossen wurde, dann war es ein Mord – und die Versicherung wäre gezwungen, achtzigtausend Dollar herauszurücken.«

»Aber der Revolver war in seiner Hand«, sagte Bertha.

»Er war es, als man die Leichen fand. Es könnte jemand diesen Beweis gefälscht haben, da doch immerhin achtzigtausend Dollar auf dem Spiel stehen.«

»Und die Frau wurde in den Hinterkopf getroffen«, stellte Bertha fest.

»Das ist richtig.«

»Das kann sie doch unmöglich selbst gemacht haben, oder was meinst du?«

»Das ist kaum anzunehmen.«

»Du bist doch wirklich der überspannteste Bursche, den ich mir vorstellen kann.«

»Die Prozente von achtzigtausend Dollar wären ein ganz hübscher Brocken für uns.«

Bertha strahlte. »Hast du schon etwas unternommen in dieser Sache?«

»Zunächst gibt es für dich einiges zu tun, Bertha. Geh zu der Witwe und verschaff uns ihren Auftrag.«

»Glaubst du, daß sie ihn umgebracht hat?«

»Es sind auch Kinder da. Und wenn wir zu ihren Gunsten etwas erreichen könnten, würde uns jedes Gericht einen Orden geben, vorausgesetzt natürlich, daß der Vormund uns den offiziellen Auftrag erteilt. Und die Mutter ist bisher noch der Vormund der Kinder.«

»Ich werde sie überzeugen«, sagte Bertha mit Entschiedenheit.

»Erinnere sie daran, daß sie immerhin als Verdächtige auf der Liste der möglichen Mörder steht. Logischerweise ist sie sogar sehr verdächtig.«

»Verdammt noch mal«, brummte Bertha mißmutig, »mehr weißt du also nicht – du hast keinen bestimmten Verdacht? Erst hältst du lange Reden, baust vor mir Luftschlösser auf, und dann läßt du mich wieder herunterplumpsen, als ob ich . . .«

»Der einzige Anhaltspunkt ist, daß ich in der Nacht die Frau anrief, um herauszufinden, wo ihr Mann sei; ich fragte sie auch nach ihrer Schwester. Auf die Zeit achtete ich nicht, aber es war, nachdem wir in die Stadt zurückgefahren und ich am Westchester-Arms-Hotel ausgestiegen war. Man sagte mir, Durham sei kurze Zeit zuvor ausgezogen. Da rief ich die Frau an und erkundigte mich, ob sie eine Schwester habe.«

»Na und?«

»Sie erzählte Frank Sellers, der Anruf sei um den Zeitpunkt gekommen, zu dem die Schüsse abgefeuert wurden. Also kurz nach zehn. Aber mein Anruf muß mindestens eineinhalb Stunden später erfolgt sein.«

»Was, glaubst du, hat sie mit dieser Aussage beabsichtigt?«

»Vielleicht versuchte sie sich ein Alibi zu verschaffen – sie kann aber auch nur verschlafen gewesen sein und erinnerte sich tatsächlich nicht mehr genau an die Zeit.«

»Gibt es noch andere Bedenken?«

»Eine Menge. Einige von ihnen teilt auch Sellers. Ihm gefällt es zum Beispiel gar nicht, daß der betrogene Ehemann, Stanwick Carlton, ausgerechnet gestern abend aus Colorado ankam, ins Hotel ging und sich dann irgendwo herumtrieb, während die Schüsse fielen.« – »Das gefällt mir auch nicht sehr«, meinte Bertha zögernd.

»Wieso glaubt die Polizei eigentlich, daß es ein Selbstmord war?«

»Die Tür war von innen verschlossen. Beide Leichen lagen auf dem Boden. Es waren keinerlei Anzeichen eines Kampfes zu entdecken, und es war Fultons eigener Revolver. Er hielt ihn noch in der Hand, als man sie beide fand.«

Bertha winkte mit der Hand ab. »Wenn die Tatsachen allerdings so liegen, dann dürfte es dir schwerfallen, die Versicherung um achtzigtausend Dollar leichter zu machen.«

Ich nickte.

»Die Tür war von innen verschlossen?« fragte sie dann.

»Ja. Die Besitzerin des Hotels mußte erst den Schlüssel nach innen stoßen, bevor sie mit ihrem Zweitschlüssel öffnen konnte. Aber ich glaube, eins der Fenster stand offen.«

Bertha schüttelte den Kopf. Sie war mehr und mehr enttäuscht. »Das wird dir niemand abnehmen, Donald. Wie du es auch anstellen magst, die Tür war von innen verschlossen, und es war sein Revolver. Damit ist der Fall geklärt.«

»Aber es fielen drei Schüsse.«

»Gut, er schoß eben einmal daneben.«

»Welcher Schuß ging daneben?«

»Der erste, vermutlich.«

»Die Frau wurde in den Hinterkopf getroffen.«

»Na, und?«

»Nehmen wir an, der erste Schuß ging daneben. Was dürfte dann geschehen sein?«

»Woher soll ich das wissen?« entgegnete Bertha. »Du konstruierst doch alles zusammen.«

»Wenn die Frau mit dem Rücken zu ihm gestanden hätte, würde sie sich natürlich nach dem ersten Schuß ruckartig umgedreht haben, um zu sehen, was vor sich geht; stimmt's?«

Bertha nickte.

»In diesem Falle würde er sie, falls er wieder auf sie geschossen hätte, von vorn getroffen haben, denn sie sah ihn ja an!«

»Oder aber«, fiel Bertha ein, »sie sah ihn einen Augenblick an, und als sie erkannte, was er vorhatte, wandte sie sich sofort um und versuchte davonzurennen. Vielleicht wollte sie zur Tür, und auf dem Weg dahin traf er sie in den Hinterkopf.«

»Während sie davonlief?«

»Warum nicht?«

»Wenn er den ersten Schuß verfehlte, während sie stillstand, müßte er in ein paar Sekunden mächtig dazugelernt haben, wenn er sie dann im Weglaufen getroffen haben soll.«

»Vielleicht drehte ihm die Frau auch mit Absicht den Rücken zu, weil sie wußte, was kommen würde. Sie konnte den Anblick des Revolvers nicht ertragen – oder vielleicht war auch er nicht imstande, sie von vorn zu erschießen.«

»Das wäre schon logischer«, sagte ich, »aber merkwürdig bleibt, warum er dann den ersten Schuß verfehlte, und zwar so weit?«

»Was heißt so weit?«

»Eine Frau, die aufrecht steht, hält ihren Kopf doch etwa 4 Fuß hoch über dem Boden. Ein Koffer steht aber ganz unten, vielleicht 30 Zentimeter über dem Fußboden. Wie kann er dann auf ihren Kopf zielen und den Koffer treffen?« Bertha zögerte, dann sprang sie wie elektrisiert auf. »Jetzt hab' ich es!« rief sie. »Ich habe es kapiert!«

Ihre Augen funkelten vor Aufregung.

»Manchmal hast du doch geniale Einfälle!« Ihr schmaler, etwas boshafter Mund verzog sich zu einem fast zärtlichen Lächeln. »Was soll deine Bertha nun tun, um dir zu helfen?«

»Du sollst Bob Elgin anrufen und ihm sagen, daß dein Geschäftspartner mit ihm sprechen will. Sag ihm, daß er dir eine Zeit angeben soll, wann es ihm paßt.«

»Gib mir das Telefon herüber!«

Ich reichte ihr den Apparat, und sie wählte die Nummer. Während sie wartete, rollte sie ihre Kulleräuglein, ein Zeichen dafür, daß sie nachdachte.

Plötzlich legte sie die Hand über die Sprechmuschel. »Zehntausend müßten wir dabei schon verdienen, was denkst du, mein Schatz?«

»Das kommt darauf an«, erwiderte ich, »jedenfalls könnte es ein gutes Geschäft werden.«

Bertha nickte. Ihr Gesicht glänzte in satter Zufriedenheit. »Das höre ich gern, ich wußte doch, daß ich mich auf dich verlassen kann ...«

Dann nahm sie rasch die Hand vom unteren Teil des Hörers und sagte in verführerischem Ton: »Hallo – hallo – Bob? Bob, hier ist Bertha Cool ... Nun, Bob, ich weiß, daß du bis spät in die Nacht hinein arbeitest, aber irgendwann mußt du ja auch einmal aufstehen ... Ich schlafe selbst sehr lange ... Bob, sei so gut und tu mir einen Gefallen, ja ...?«

Dann wurde es eine Weile still. Sie lauschte und runzelte ihre Stirn. Schließlich unterbrach sie den Redeschwall von Bob.

»Aber Bob, jetzt sei doch nicht so – hör zu, was ich dir sagen will. Ich habe einen Partner, Donald Lam heißt er, und er arbeitet an einem Fall. Dabei muß er jemanden suchen, der offenbar häufig im Cabanita-Klub ist. Und deshalb wollte ich dich bitten, ob du nicht eine halbe Stunde Zeit für ihn hast, nur damit er dich etwas fragen kann ... Nein, du sollst dich nur mit ihm unterhalten, es wird deinem Lokal nicht schaden ... aber vielleicht kannst du ihm einen kleinen Hinweis geben ... Gut, ja – er wird gleich zu dir kommen. Bist du noch unter derselben Adresse zu erreichen? ... Danke, Bob, wirklich lieb von dir.«

Bertha legte den Hörer auf. »Dieses Scheusal, dieses Ekelpaket«, schimpfte sie dann.

»Warum denn gleich so grob?«

»Er war reichlich unfreundlich, wenn man bedenkt, was ich alles für ihn getan habe.«

»Kann ich zu ihm hingehen?«

Bertha nickte. »Er erwartet dich.«

»Wie ist die Adresse?«

Bertha schrieb sie mir auf ein Stück Papier. »Sein Apartment hat die Nummer 825. Es ist ein Haus, in dem du angemeldet werden mußt. Alles höchst komfortabel!«

»Vielleicht hat er sich nur geärgert, weil ihn das Telefon aufweckte?«

»Er versuchte, mich durch eine faule Ausrede abzuwimmeln.«

»Vielleicht wollte er gern weiterschlafen?«

»Der soll ruhig aufstehen, wenn ich ihn brauche. Ich habe ihm früher so manchen Gefallen getan.«

»Was war das denn so ungeheuer Wichtiges, Bertha? Es ist vielleicht gut, wenn ich es weiß.«

»Nun, ich habe ihn aus einer üblen Geschichte herausgeholt, und glaub mir, es war schwierig genug. Beinahe hätte ich dabei meine Lizenz verloren. Aber es ist nicht nötig, daß du es weißt. Es ist vielleicht sogar besser für dich!«

»Okay«, sagte ich, »wie du meinst. Aber mir fällt noch etwas ein, was du tun könntest, während ich unterwegs bin.«

»Was ist das?«

»Die Polizei wird den Fall abschließen. Sie werden ihn mit dem Vermerk ›Ohne Befund‹ abschließen. Nun gehört dieser Koffer, in den die Kugel einschlug, Minerva Carlton. Setze dich mit Stanwick

Carlton in Verbindung und überrede ihn, daß er diesen Koffer mit Inhalt von der Polizei zurückfordert. Als Ehemann der Toten hat er das Recht dazu. Und wenn er ihn bekommt, überzeuge ihn davon, daß du den Koffer kurze Zeit als Beweismaterial brauchst.«

»Und wozu willst du ihn haben?«

»Ich möchte diesen Durchschuß genau untersuchen.«

Berthas Augen funkelten. »Verstehe«, sagte sie.

»Stanwick Carlton ist ein netter und gewitzter Bursche. Aber er ist nicht halb so ausgekocht, wie er selbst annimmt. Und ich glaube, für etwas mütterliche Zärtlichkeit wäre er im Augenblick recht empfänglich.«

»Ich werde ihn an meinen Busen drücken, damit er sich ausweinen kann«, sagte Bertha.

»Kümmere dich ein bißchen um ihn, tu ein wenig fürsorglich, wenn es dir nicht allzu schwerfällt! Wirst du das überhaupt fertigbringen?«

»Wie kommst du mir vor?« empörte sich Bertha. »Wenn wir dabei etwas verdienen, bin ich sogar bereit, die Rolle seiner Großmutter zu spielen!«

9

Dieses Apartmenthaus war absolut für Leute gebaut, die den Zweck verfolgten, mit äußerem Glanz anderen zu imponieren.

Die Vorderseite wirkte unglaublich prunkvoll. Man trat durch ein Portal in eine elegante Empfangshalle, in der ein langer Tisch stand, und hinter diesem Tisch saß ein seriös gekleideter, ernst dreinblickender Herr, offensichtlich der Portier.

Neben ihm, an der Wand, war eine Schalttafel mit vielen Nummern und Stöpseln angebracht. Im Hintergrund der Halle stand ein blaulivrierter Liftboy.

Der Portier blickte auf, als ich in die Halle trat.

»Ich möchte zu Mr. Elgin«, sagte ich.

»Robert Elgin?« fragte er.

»Ja.«

»Werden Sie erwartet?«

»Ja.«

»Wie ist Ihr Name, bitte?«

»Lam.«

Er begann an der Schalttafel zu hantieren. Als ein Licht aufblitzte, fragte er: »Ein Mr. Lam wünscht Sie zu sprechen, er sagt, er werde erwartet ... Danke.« Umständlich legte er den Kopfhörer nieder, dann meinte er beiläufig: »Sie können hinaufkommen. Apartment 825.«

Ich fuhr mit dem reich dekorierten Liftboy hinauf.

Bob Elgin stand in der Tür und erwartete mich. Er trug einen Hausmantel, und sein Gesicht verriet tiefste Erschöpfung. Es war der Ausdruck kompletter und absoluter Gleichgültigkeit sich selbst und seiner Umgebung gegenüber.

»Sie sind Lam?« fragte er.

»Jawohl«, antwortete ich und streckte ihm meine Hand entgegen.

»Bertha Cools Partner?«

Ich nickte.

»Kommen Sie herein«, sagte Elgin.

Eigentlich war es ein Doppelapartment. Wenn man das nebenan liegende Schlafzimmer nach diesem Wohnraum beurteilen durfte, mußte es gerade Platz für ein Bett und einen Ankleideschrank haben, notfalls noch für eine Badezimmertür. In dem Wohnzimmer standen eine Couch, ein Tisch und zwei Stühle auf einem reichlich abgetretenen Teppich. An den Wänden hingen einige Bilder, und die Fenster wurden von altmodischen Spitzenvorhängen umrahmt. In der einen Ecke war eine winzige Kochnische eingebaut. Darüber hingen zwei schmale Geschirrkästen. In dem Spülbecken lagen schmutzige Teller, und auf dem Tisch im Wohnzimmer standen noch zwei gebrauchte Gläser mit Wasserresten herum. Der Aschenbecher war voll mit Zigarettenstummeln. Trotz des weitgeöffneten Fensters hing noch der abgestandene Geruch von Zigarettenqualm und Alkohol in der Luft. Auf dem Tisch lag eine Nummer der Zeitschrift ›Varieté‹. Die Sonntagszeitungen waren noch zusammengefaltet. Es schien, daß Elgin sie erst nach Berthas Anruf aus dem Briefkasten genommen hatte. Immerhin war er bereits rasiert, und seine schwarzen Haare waren mit Pomade glatt nach hinten gekämmt.

»Setzen Sie sich«, sagte er, »und machen Sie's sich bequem. Das Zimmer sieht zwar noch wüst aus, aber wir haben gestern abend noch ein bißchen gebechert, bevor wir schlafen gingen.«

Ich nickte verständnisvoll und nahm Platz.

Elgin mußte so um die Fünfzig sein, er war schlank, mit sehr schmalen Hüften, aber verhältnismäßig breiten Schultern. Seine dunklen Augen standen weit auseinander. Er hatte die Angewohnheit, die Augenlider halb geschlossen zu halten und den Kopf in den Nacken zurückzulegen. Das gab seinem Gesicht jenen gelangweilten Ausdruck, der besagte, daß ihn so leicht nichts interessieren und erschüttern könne.

»Ich vermute, Sie kommen immer recht spät nach Hause«, begann ich unser Gespräch.

»Meistens erst kurz vor Tagesanbruch.« Der gequälte Ton, in dem er dies sagte, drückte aus, wie er darüber dachte.

»Wenn ich richtig verstand, so schmeißen Sie den ganzen Laden im ›Cabanita‹ allein?« fuhr ich fort.

Er machte eine kleine, abwehrende Handbewegung, nahm einen tiefen Zug aus seiner Zigarette und blies den Rauch aus den Nasenlöchern. »So schwierig ist das nun auch nicht.«

»Gehört das Lokal Ihnen?«

»Ich habe es gepachtet.«

»Haben Sie dort ein Stammpublikum?«

»Nein, es ist ein gutgehender Betrieb, aber ohne Stammpublikum. Wollen Sie den Saftladen kaufen?«

»Nein, es interessiert mich nur, wie so etwas läuft.«

»Natürlich sehen wir immer wieder mal die gleichen Gesichter«, gab er zu, »aber bei Lokalen solcher Art muß man versuchen, ein größeres Publikum zu gewinnen. Sehen Sie«, fuhr er fort, »wenn ich oben stehe und meine Conférence mache, fange ich an, über irgend was zu reden. Ich spreche sehr schnell, und bevor bei den Leuten der Groschen fällt, daß ich etwas Zweideutiges gesagt habe, rede ich schon wieder weiter, ohne auf die Lacher zu warten. – Wenn dann das erste Kichern aufklingt – erst dann halte ich an, schaue überrascht hinunter – und dann gibt es meist einen tollen Lacherfolg.«

»Den Frauen gefällt das?«

»Sie fressen es, sage ich Ihnen! Frauen, die Ihnen eine herunterhauen würden, falls Sie es versuchten, in privatem Kreis etwas Ähnliches zu erzählen, sitzen amüsiert in der ersten Reihe dieses wüsten Ladens und lachen sich krank über meine Geschichten. Und die streifen wirklich oft hart die äußerste Grenze ... Aber nun sagen Sie mal, was wollen Sie eigentlich von mir?«

»Ich wollte Sie nach einer Frau fragen. Sie ist eine zierliche Taschenausgabe mit dunklen, leuchtenden Augen, sie hat sehr helles Haar, ist schlank und höchst reizvoll. Sie hat ein bißchen Backenknochen, und ihr Blick ist – offen und kindlich, möchte ich fast sagen ... Sie war kürzlich im ›Cabanita‹.«

Er unterbrach mich, indem er eine lässige Bewegung mit seiner Hand machte, die nur das Handgelenk in Anspruch nahm. Es war, als hebe ein schwimmender Seehund seine Flosse.

»Kennen Sie sie?« fragte ich gespannt.

»Zum Teufel, ja. Hundert von der Sorte kenne ich. Alle kommen sie herein. Und alle sehen sie gleich aus. Sie beschreiben einen Typ, aber kein Individuum.«

»Aber diese ist ein Individuum!«

»Nein, von der Sorte, die Sie beschrieben haben, gibt's eine Unmenge. Da kann ich Ihnen nicht helfen. Da müssen Sie schon selbst kommen und Umschau halten.«

»Die Taschenausgabe, von der ich sprach, hat ziemlich viel Temperament, und sie ist wirklich ein einmaliges Exemplar.«

»Kennen Sie ihren Namen?«

»Ich kenne nur den Namen, den sie mir angab – und der lautet Lucille Hart.«

»Kenne ich nicht.«

»Vielleicht stimmt sogar das ›Lucille‹, das ›Hart‹ ist sehr wahrscheinlich erfunden.«

»Warten Sie einen Augenblick. Ich will nachdenken«, sagte er.

Wieder nahm er einen tiefen Zug aus der Zigarette, stieß den Rauch aus und zerdrückte den Stummel im Aschenbecher. Die Schale war nun wirklich bis zum Rand voll. Ich sah auch Zigarettenstummel von einer anderen Sorte darin, sie trugen Spuren von Lippenstift.

»Lucille«, wiederholte er und ließ das Wort klingen.

Er schwieg einen Augenblick, seine Augen hafteten an dem fadenscheinigen Teppich. Dann lehnte er den Kopf in den Nacken, so daß er an seiner Nase vorbeischauen mußte, um mich durch seine halbgeschlossenen Lider ansehen zu können.

»Was bedeutet sie Ihnen?«

»Ich möchte sie nur finden.«

»Das habe ich bereits bemerkt«, entgegnete er trocken. »Ist es geschäftlich oder privat?«

»Ich möchte sagen, ein bißchen von beidem.«

»Erzählen Sie mir über die private Seite.«

»Sie nahm mich mit zu einem Autohotel. Dann ließ sie mich stehen, und ich konnte die dann folgende Geschichte ausbaden.«

Elgin gähnte.

Ich schwieg. Eine Fliege summte durch das Zimmer und schien

nach einem Sonnenstrahl zu suchen. Da sie jedoch keinen fand, setzte sie sich auf den Tisch nieder.

Elgin griff nach dem Zigarettenpäckchen. »Nehmen Sie eine?« fragte er mich.

»Nein, danke.«

»Und was ist die berufliche Seite?«

»Das weiß ich selbst nicht sicher. Ich vermute, daß sie in einen Fall verwickelt ist, den ich untersuchen soll.«

»Was ist das für ein Fall?«

»Doppelselbstmord. Aus unglücklicher Liebe. Es steht alles in der Zeitung«, sagte ich und wies mit der Hand auf die zusammengefalteten Blätter.

»Dieses Zeug lese ich nie«, sagte Elgin. »Mich interessieren nur die Auslandsnachrichten, die Sportseiten und manchmal die Berichte über Pferderennen. Oft findet man darin ganz nette Tips.«

»Hier habe ich eine Zündholzschachtel vom ›Cabanita‹, ist das die Packung, die Sie zur Zeit ausgeben?«

»Ja. Allerdings haben wir nie andere gehabt.«

»Und dann habe ich da noch etwas, das in einer Zigarettenpakkung steckte.« Ich zog das Stück Papier heraus, das von der Speisekarte abgerissen war und auf dessen Rückseite die Worte ›Kozy Dell Slumber Court‹ vermerkt standen. Bob Elgin betrachtete es genau.

»Schauen Sie sich auch die Vorderseite an. Wofür halten Sie es? Ich glaube, auch das stammt aus Ihrem Lokal.«

Er drehte es um und sagte: »Das scheint mir auch.«

»Sehen Sie«, sagte ich, »›Mindestpreis fünf Dollar pro Person‹ stand da und unten in einer Ecke ›à la Cabanita special‹. Das scheint doch von einer Speisekarte abgerissen zu sein?«

»Natürlich.«

»Fällt Ihnen irgend etwas auf?«

»Nein.«

»Eine sehr große Hilfe sind Sie nicht gerade.«

»Schauen Sie, ich bin hier, ich habe Sie empfangen und unterhalte mich mit Ihnen. Ich beantwortete Ihre Fragen. Es mag sein, daß Ihre Lucille eine regelmäßige Besucherin ist, es kann aber auch sein, daß sie nur zufällig zu uns hereinkam. Es tut mir leid, wenn ich Ihnen nicht mehr sagen kann. Nach der Beschreibung, die Sie mir gaben, könnten es viele sein, fast hundert.«

Die Tür vom Schlafzimmer öffnete sich langsam. Heraus kam eine schmiegsame, weiche Blondine in einer prallsitzenden blauen

Hose. Sie trug eine winzige Bluse, deren V-förmiger Ausschnitt wesentlich größer war als der Stoffteil. Aus den Sandalen schauten grellrote Zehennägel. Während sie sehr bedächtig in das Zimmer trat, bewegten sich ihre Hüften in wohlberechneter Wirkung.

»Was ist denn hier los?« fragte sie erstaunt.

Bob Elgin sprang auf. »Liebling«, sagte er, »darf ich dir Mr. Lam vorstellen. Er ist Privatdetektiv.«

Dann wandte er sich zu mir. »Das ist meine Fau, Mr. Lam!«

Sie betrachtete mich abschätzend. Vom Kopf bis zu den Füßen und wieder aufwärts. Dann lächelte sie mir zu und gab mir die Hand. »Ich freue mich, Sie zu sehen, Mr. Lam.«

Ich sah auf ihre Hände. Sie trug keinen Ehering.

»Darling«, fuhr sie fort, indem sie in affektierter Weise das »R« rollte, »wollten wir nicht Kaffee trinken?«

»Aber natürlich, mein Herz, ich werde sofort Wasser aufsetzen.«

Er ging in die kleine Küchennische, ließ Wasser in die elektrische Kaffeemaschine laufen, gab den Kaffee hinzu und schaltete den Strom an.

»Das hättest du schon längst tun können«, sagte die Blondine.

»Gewiß, Liebling.«

Bob Elgin fragte: »Wollen Sie eine Tasse Kaffee mit uns trinken, Mr. Lam?«

»Nein, vielen Dank, ich habe heute schon mehrere Tassen getrunken.«

»Was wollen Sie denn herausklamüsern, Mr. Lam?« fragte sie.

»Ich wollte etwas über eine hübsche blonde Dame erfahren.«

»Das wollen sicher viele«, versicherte sie mir.

»Die Dame, die ich meine, ist sehr zierlich, gute Figur, etwas breite Backenknochen, sehr dunkle braune Augen. Ihr Vorname könnte möglicherweise Lucille sein.«

Einen Augenblick lang saß sie völlig unbeweglich da. Dann schaute sie zur Küche hinüber und fragte: »Kennen wir die, Bob?«

»Nein«, sagte Bob Elgin.

»Es tut mir leid, daß wir Ihnen nicht helfen können.«

»Aber vielleicht können Sie sich an einen Mann erinnern, der etwa 35 Jahre alt ist, ziemlich groß, schmales gutes Gesicht, dunkle Haare und graue Augen, er bevorzugt graue, doppelreihige Anzüge und raucht seine Zigaretten aus einer langen Elfenbeinspitze. Kennen Sie den vielleicht?«

Aus der Küche kam das Geräusch von zerbrechendem Porzellan.

»Was war das?« fragte die Blondine.

»Eine Tasse, mein Liebling, es tut mir leid.«

»Bob, du kriegst allmählich das Zipperlein. Du hast gestern abend zuviel getrunken.«

Statt einer Antwort hörte man das Wasser in das Becken einlaufen.

»Sag, was tust du denn nun?«

»Tassen spülen, ich habe leider die letzte saubere zerbrochen.«

Sie wandte sich zu mir und lächelte gequält.

»Der Vorname dieses Mannes könnte Tom sein«, fuhr ich fort.

»Auch den kennen wir nicht«, kam es von der Küche herüber. »Wir bedauern es wirklich, daß wir Ihnen nicht helfen können.«

Ich wartete, bis Elgin aus der Kochnische kam. Dann öffnete ich die Sonntagszeitung, die neben mir auf der Couch lag. Ich suchte die Seite heraus, die den Bericht über den geheimnisvollen Selbstmord in dem Autohotel enthielt.

Die Bilder waren recht gut.

»Und was ist mit diesen Leuten?«

Die Blondine rief, aufs höchste überrascht, aus: »Erkennst du sie nicht, Bob? Das ist doch dieselbe, die sich vergangene Woche dagegen wehrte, daß man sie fotografierte!« Elgins Ellbogen traf sie so fest, daß sie erschrocken aufblickte.

»Welche Frau?« fragte er. Sie zögerte und sagte unsicher: »Nun, ich dachte, es sei die Frau, weißt du, die wir bei unserem Spaziergang im Park sahen. Aber jetzt sehe ich, daß sie es doch nicht ist. Einen Moment glaubte ich, es sei dieselbe.«

»Im ›Cabanita‹ sind Sie den beiden nicht begegnet?«

»Nein, im ›Cabanita‹ nicht«, sagte sie hastig. »Wie ich Ihnen schon sagte, die Augen der Frau erinnerten mich an die der anderen. Ich sah sie damals nur flüchtig. Wir gingen im Park spazieren. Die Frau saß auf einer Bank, und irgend jemand versuchte, ein Foto von ihr zu machen. Aber sie wünschte es nicht.«

»War es diese?«

»Nein, vermutlich nicht. Ich glaubte es einen Moment, aber sie war es sicherlich nicht.«

»Sind Sie auch oft im Cabanita-Klub?« fragte ich so ganz nebenbei.

Bob Elgin kam ihr zuvor. »Meine Frau ist Tänzerin. Sie führt einen ägyptischen Tanz vor. Und die übrige Zeit ist sie im Lokal und hilft hier und dort aus.«

»Ich verstehe«, sagte ich und konnte mir einiges darunter vorstellen, wobei sie aushelfen mußte.

Elgin sah mich an. Die Blondine lächelte.

»Möchten Sie sonst noch etwas wissen?« fragte er.

»Danke, mir fällt im Moment nichts mehr ein. Sie waren wirklich sehr entgegenkommend, und Bertha Cool wird Ihnen besonders dankbar sein.«

Während sie mir die Hand reichte, fragte sie: »Wollen Sie nicht doch lieber zu einer Tasse Kaffee bleiben?«

»Nein, vielen Dank. Ich will nun für den Rest des Tages ein wenig faulenzen, weil ich schon genug von meinem Sonntag für die Arbeit geopfert habe.«

»Das finde ich auch«, sagte Bob Elgin. Er studierte gerade den Bericht über den Selbstmord.

»Was steht denn drin?« fragte die Blondine ziemlich uninteressiert.

»Die übliche Geschichte von einem gemeinsamen Selbstmord aus Liebe, und noch dazu in einem Autohotel.«

»Meine Güte«, rief sie aus, »warum müssen sich die Menschen immer gleich umbringen?«

»Weil sie sich lieben«, antwortete Elgin sarkastisch.

Sie schwieg und schickte einen prüfenden Blick zu ihm herüber.

»Nun, jetzt will ich aber gehen«, sagte ich.

»Es war nett, Sie kennenzulernen«, sagte sie. »Kommen Sie doch einmal ins ›Cabanita‹, Mr. Lam. Ich würde mich freuen, wenn Sie sich meinen Tanz ansehen würden.«

»Fein, das werde ich tun.«

Bob Elgin begleitete mich bis zur Tür. Wir schüttelten uns die Hände. Meine Augen trafen sich über Elgins Schulter hinweg mit denen der Frau. Sie warf mir einen unmißverständlichen Blick zu.

Ich fuhr mit dem Aufzug hinunter und ging dann zu dem Tisch des Portiers.

»Glauben Sie, daß hier im Haus einmal etwas frei wird?« fragte ich ihn.

Sein Lächeln war ein sehr schwacher Versuch, freundlich zu wirken.

»Daran ist kaum zu denken.«

Ich nahm meine Brieftasche heraus und begann wie zufällig, die Scheine zu zählen.

»Gar nichts, meinen Sie?« fragte ich.

Interessiert beobachtete er mich. Sein gieriger Blick hing an den Scheinen. »Nichts, schade, wirklich.«

Während ich mit den Geldscheinen herumfingerte, drang ich weiter in ihn.

»Und Sie können mir auch nicht die geringste Hoffnung machen, daß vielleicht später mal etwas frei werden könnte ...«

»Entschuldigen Sie mich einen Augenblick.«

Er ging zu der Schalttafel hinüber.

Ich erkannte, daß der Anruf von Bob Elgins Apartment kam.

»Moment, bitte«, sagte der Portier. »Wie war doch wieder die Nummer? ... Gut, ja – ich habe sie notiert, *Waverlay 98765.*«

Er schrieb die Nummer auf, dann wählte er. Nach einem Augenblick sagte er: »Hier ist Ihre Verbindung«, und kam zu mir an den Tisch zurück.

»Ich würde Ihnen gern helfen, vielleicht kann ich Ihnen später mal einen Tip geben.«

»Später nützt mir nichts«, sagte ich, »ich bin augenblicklich in der Klemme.«

Sein Mund wurde ganz wässerig, als er wieder auf meine Brieftasche starrte. »Aber leider weiß ich im Augenblick gar nichts, ich müßte einmal bei meinen Freunden herumhören ...«

»Vielleicht findet sich woanders etwas«, unterbrach ich ihn, »ich kenne noch ein ähnliches Apartmenthaus, aber es ist nicht so begehrenswert wie dieses hier. Dieses ist ein recht hübsches Haus«, versicherte ich ihm.

»Wir versuchen, es gut in Schuß zu halten.«

Ich saß bei ihm herum, und wir plauderten noch ein wenig, bis Elgins Anruf beendet war. Als keine neuen Verbindungen mehr von ihm gewünscht wurden, verabschiedete ich mich.

10

Es war so gegen neun Uhr abends, als ich endlich die Fotografin fand, die die Erlaubnis hatte, im ›Cabanita-Klub‹ Aufnahmen zu machen. Ihr Name war Bessie, und ihr Domizil war ein Wohnwagen. Sie arbeitete in den verschiedensten Nachtklubs und fuhr mit dem Wohnwagen, der auch als Fotolabor und Arbeitsraum diente, zwischen diesen Lokalen hin und her. Augenblicklich befand sie sich gerade im ›Red Roadster‹, einem Klub, der ungefähr drei Meilen vom ›Cabanita‹ entfernt war. Er lag außerhalb des Großstadttrubels, und in dieser Abgeschiedenheit konnten sich dort manche

Dinge viel leichter ereignen, die anderswo, vor allem im Stadtzentrum, nicht möglich gewesen wären.

Ich ging hinein und entdeckte das Mädchen mit der Kamera auf den ersten Blick. Sie war ein nettes, lebendiges Ding, und ihre Zähne blitzten, sobald sie mit ihren Kunden sprach.

Es war Sonntag abend. Und da das Lokal weit draußen in den Fabrikbezirken lag, befanden sich nicht allzu viele Gäste darin. Aber dennoch bekam sie hintereinander vier Aufträge. Nachdem sie die Aufnahmen gemacht hatte, ging sie hinaus.

Ich beeilte mich und ging neben ihr her.

»Wollen Sie ein paar Bilder loswerden?« fragte ich sie.

Sie betrachtete mich von der Seite her. »Nacktbilder?«

»Nein, andere, von Kunden.«

»Warum nicht?«

»Letzte Woche hatten Sie doch im ›Cabanita‹ Ärger mit einem Pärchen, das sich beschwerte, weil Sie Fotos von ihm machten. Erinnern Sie sich?«

»Wer sind Sie?« fragte sie.

»Mein Name ist Bargeld«, sagte ich ihr. »Meine Eltern tauften mich auf den schönen Namen E. Pluribus Unum, aber die Leute nennen mich kurz Bargeld. Mein Spitzname ist Langer Blauer!«

Lachend sah sie mich an. »Wir hatten tatsächlich einen kleinen Ärger wegen dieser Bilder, die ich knipste. Aber im Augenblick bin ich leider stark beschäftigt und habe keine Zeit mich mit Ihnen darüber zu unterhalten. Wann können wir uns besprechen?«

»Möglichst jetzt«, antwortete ich unnachgiebig.

»Ich muß aber das belichtete Filmmaterial in den Wohnwagen bringen und es gleich entwickeln. Meine Kunden warten auf die Abzüge.«

»Ich bin geradezu ein Experte im Entwickeln.«

»Ich weiß«, antwortete sie lächelnd. »Den Männern fällt immer im richtigen Moment die richtige Idee ein. Sie gehen gern mit mir in die Dunkelkammer. Und dann werden Sie . . .«

»Nein, das werde ich nicht«, sagte ich.

»Also gut, dann kommen Sie mit. Manchmal muß man eben eine Chance ergreifen!« Sie öffnete die Tür des Wohnwagens und stieg hinein. Ich folgte ihr. Dann schloß sie die Tür wieder und drückte auf einen Knopf. Sofort begann sich der Wagen vorwärts zu bewegen.

»Mein Partner fährt den Wagen, und zwar so ruhig, daß ich bis zu dem nächsten Lokal meine Bilder entwickeln kann. Die Schnelligkeit ist wichtig bei unserem Geschäft.«

Sie lief hin und her und holte Fotoutensilien herbei. Dann löschte sie alle Lichter aus. Wir standen eine Weile in völliger Dunkelheit nebeneinander, nur ein ganz schwaches rotes Lämpchen am Ende des Wagens strahlte einen kleinen Schimmer aus.

Nachdem sich meine Augen an die Finsternis gewöhnt hatten, konnte ich beobachten, wie sie arbeitete und wie sie mit ihren flinken Händen dahin und dorthin griff.

»Das machen Sie sehr routiniert«, sagte ich, »und sehr ordnungsliebend müssen Sie auch sein, wenn Sie hier alles immer so griffbereit haben.«

»Ist alles halb so schlimm«, meinte sie, »nur Übungssache. Sehen Sie, jetzt sind die Sachen in einem Entwicklerbad – und sobald es der elektrische Zeitstopper anzeigt . . .«

In diesem Augenblick gab der Zeitstopper sein Signal. Sie nahm den Behälter aus dem Tank und stellte ihn in einen anderen.

»Das dauert nun zwei Minuten«, belehrte sie mich. »Dann kommen sie in ein chemisches Bad, anschließend werden sie gewässert und getrocknet. Und während ich dann in dem nächsten Lokal neue Schnappschüsse ergattere, fertigt mein Kollege, der den Wagen fährt, die Abzüge an. Und auf jedem der Filme ist eine Nummer vermerkt.«

»Aber nun erzählen Sie mir, wie war das damals mit den Fotos?«

»Von Zeit zu Zeit passiert das eben. Gewöhnlich mache ich nur dann Fotos, wenn ich weiß, daß es erwünscht ist. Und in diesem Fall sah es so selbstverständlich aus, daß ich glaubte, es sei in Ordnung.«

»Und warum ging es nicht in Ordnung?«

»Dieses Paar saß im ›Cabanita‹ und aß gerade. Sie erweckten den Eindruck, als seien sie schon lange verheiratet. Meist verplempere ich meine Zeit gar nicht mit solchen Paaren. Unsere Kunden sind fast immer die lauten und lustigen Leute oder die angeberischen Burschen, die gern ein Bild von dem netten Häschen haben wollen, das an diesem Abend bei ihnen ist. Mit diesen Bildern wollen sie dann zu Hause bei ihren Freunden prahlen. Manchmal machen wir auch Familienbilder oder fotografieren andere Gesellschaften.«

»Und weiter?«

Ihr Blick war auf den elektrischen Zeitstopper gerichtet, als sie fortfuhr: »Jemand kam zu mir und fragte, ob ich nicht eine Aufnahme von diesem Paar machen wolle. Ich glaubte, die betreffende Dame hätte mit an diesem Tisch gesessen. Zugegeben: Ich war ein bißchen nachlässig. Als ich ihr erklärte, daß wir mindestens vier Abzüge verkaufen müssen, wovon das Stück einen Dollar kostet, war sie damit einverstanden. Sie erklärte mir, daß die beiden gerade einen Jahrestag feierten, und sie wolle sie später mit dem Bild überraschen.«

»Interessant, erzählen Sie bitte weiter.«

»Ich ging also zu dem Tisch hinüber, lächelte und wartete bis sie aufblickten. Dann bediente ich den Auslöser. Der Mann wollte wissen, warum ich fotografierte. Ich erklärte ihm, daß diese Aufnahme ihn nichts kosten würde. Die Frau regte sich jedoch fürchterlich auf, und schließlich wurde er wütend und sagte, er habe kein Bild bestellt. Daraufhin versuchte ich, beiden zu erklären, daß ein Freund ihnen damit eine Überraschung bereiten wolle; aber meine Erklärung führte zu nichts, und er verlangte den Manager zu sprechen.«

»Wer ist der Manager?«

»Bob Elgin. Er ist Conférencier und Manager zugleich. Er kam zu uns herüber, und wir kabbelten uns ein wenig. Dann sagte ich ihnen, daß ich den Irrtum aufklären wolle und ihm das belichtete Negativ aushändigen würde, damit er es vernichten könne.«

»Und das taten Sie?«

»Aber nein«, erwiderte sie, »schließlich hatte ich ja einen Auftrag über vier Dollar, und den läßt man ja nicht einfach sausen.«

»Hm, und wie ging's dann weiter?«

»Ich gab ihm das nächste Negativ, das in der Reservekassette der Kamera steckte. Elgin nahm den Film, überreichte ihn der Dame am Tisch und fragte, ob sie nun zufrieden sei. Der Fall schien damit für sie erledigt zu sein, wenigstens, was die beiden betraf.«

»Und wie ging es für Sie aus?«

»Auch ich kam klar. Ich sagte der Dame allerdings, daß sich bei diesem Entgegenkommen der Preis auf 10 Dollar pro Stück erhöhen würde, aber sie erklärte, das sei zu teuer. Als sie mir dann pauschal 25 Dollar anbot, ging ich darauf ein. Aber ich wagte es nicht, ihr die Bilder noch in derselben Nacht auszuhändigen. Ich ließ mir ihre Adresse geben, damit ich sie ihr zuschicken konnte.«

»Und was ist mit dem Negativ?«

»Warten Sie eine Minute, ich will nur die Filme ins Wasser legen.«

Ich hörte, wie sie das Wasser einlaufen ließ, und dann badete sie die Filme eine Minute, anschließend befestigte sie sie an einem Halter zum Trocknen. »Ich würde Ihnen für 25 Dollar vier Abzüge machen«, sagte sie dann.

»Es kommt darauf an, wie schnell das geht.«

»Gleich nachher. Während ich in dem nächsten Klub bin, könnte mein Kollege sie anfertigen.«

Der Wohnwagen hielt mit einem leichten Ruck an, offensichtlich wegen eines Verkehrssignals. Sie holte ein Buch aus dem Regal und knipste das Licht an. Prüfend fuhren ihre Finger an den vielen Nummern entlang, die darin standen. Dann ging sie zu einem Schrank und entnahm aus einer Schublade einen Umschlag, in dem Negative enthalten waren.

Ich zog aus meiner Brieftasche zwei Zehndollarscheine sowie einen Fünfer und reichte ihr das Geld hinüber. »Wann bekomme ich die Abzüge?«

»Sobald ich dort fertig bin. Wollen Sie mit hineinkommen und zusehen, wie meine Arbeit so abläuft?«

»Besser nicht. Ich werde Ihrem Kollegen hier Gesellschaft leisten. Können Sie mir noch irgend etwas über die Person sagen, für die Sie die Bilder herstellten?«

»Sie war eine auffallend hübsche Blondine mit guter Figur, aber außergewöhnlich klein.«

Der Wagen fuhr wieder an. Und nach etwa fünf Minuten Fahrt, während der man den Stadtverkehr draußen immer deutlicher vernahm, hielt er wiederum an.

»Hier muß ich 'raus«, sagte sie. »Wollen Sie wirklich nicht mitkommen?«

»Nein, ich möchte hier warten.«

Sie ergriff ihre Kamera und den Blitzlichtapparat, zog ihre Strümpfe gerade und zupfte an ihrer Bluse, die sie über dem Rock trug. Dann warf sie sich den Regenmantel über die Schulter. »Wie sehe ich aus?« fragte sie.

»Wie eine Million Dollar«, antwortete ich.

»Danke!«

»Ist Ihr Kollege ein Freund von Ihnen?«

»Sie sind wohl närrisch. Mein Partner ist ein Mädchen, keine Schönheit – aber eine gute Fotografin und ausgezeichnete Fahrerin. Ein Mann würde sich immer nur einbilden, er müsse stets der erste sein, im Geschäft und auch im Privatleben. Und wir beiden Mädchen kommen sehr gut miteinander aus. Wir ziehen das ab, was wir zum Leben brauchen – und der Überschuß wird zur Hälfte geteilt.«

Draußen hörte man Schritte, und der Türknopf bewegte sich.

»Okay, Elsie«, rief sie, »ich komme schon!«

Sie schloß die Tür auf.

Als die Frau eintrat, warf sie mir einen überraschten und ärgerlichen Blick zu. Sie hatte eine blasse gelbliche Hautfarbe, kantige Gesichtszüge, einen sehr schmallippigen Mund und ruhige, stahlgraue Augen.

»Es ist alles in Ordnung, Elsie, der Herr ist ein Kunde, der vier Abzüge von der Nummer 45 228 haben will. Vier Abzüge zu 25 Dollar!«

»Gut«, sagte Elsie. Sie schien befriedigt. »Mit diesem Negativ scheinen wir Geld zu verdienen. Ein Glück, daß du es nicht weggeworfen hast.«

»Wann kann ich die Abzüge bekommen?« fragte ich Elsie.

»Ich werde sie gleich in Angriff nehmen.«

»Und dann mußt du noch diese hier abziehen. Auch vier von jedem.«

»Okay, Bessie«, sagte sie.

Bessie warf mir schnell noch einen Blick über die Schulter zu, dann ging sie hinaus. Wir sahen ihr nach, bis sie die grellen Lichtkegel auf der Straße verschluckten. Elsie schloß die Tür wieder, krempelte ihre Blusenärmel hoch und begann zu arbeiten.

Als sie fertig war, lagen viele Abzüge auf dem Trockner.

»Welche sind denn meine?« fragte ich.

»Es sind Nummern darauf. Was ist mit den 25 Dollar?«

»Die bezahlte ich bereits Ihrer Partnerin.«

»Die sagte mir aber nichts davon.«

»Dann wird sie es tun, sobald sie zurückkommt.«

»Na, gut, aber Sie müssen solange warten.«

»Das werde ich«, antwortete ich ihr.

Als die Abzüge trocken waren, nahm Elsie einige Kartons aus dem Regal und begann die Bilder darauf aufzuziehen. Sie stand auf und schaltete das Licht wieder ein. Ich sah mich ein wenig um.

Der Wohnwagen machte einen gepflegten Eindruck, obwohl sie doch beide darin arbeiteten. In der einen Ecke war eine kleine Kochnische, an der Rückwand standen zwei Betten. Der Wagen war zwar groß, aber es stand so viel darin, daß er trotzdem eng wirkte.

»Haben Sie schon die Abendzeitungen gelesen?« fragte Elsie.

»Nein.«

»Sie können ruhig hineinschauen. Es kann sein, daß Bessie noch länger wegbleibt. Sie versteht ihr Geschäft nämlich gut.«

»Wollen wir uns nicht mal meine Bilder ansehen?« fragte ich.

»Seien Sie nicht zu ungeduldig! Noch weiß ich nicht, ob Sie tatsächlich die 25 Dollar gezahlt haben.«

»Ich will sie ja auch nicht an mich nehmen, sondern nur einen Blick darauf werfen.«

Das was ich darauf zu sehen bekam, war eine Überraschung. Die Bilder zeigten die rothaarige Frau, die nun schon fast 24 Stunden auf einem Tisch in der Leichenhalle lag. Neben ihr saß Tom Durham.

Es dauerte noch gut zwanzig Minuten, bis Bessie zurückkehrte.

»Ich bringe einen Haufen Arbeit mit«, sagte sie zu Elsie. »Vielleicht gehst du in das nächste Lokal, während ich schon anfange, die Filme zu entwickeln. Fertigmachen kannst du sie dann später. Ich habe neun Aufnahmen zustande gebracht.«

»Neun Aufträge?«

»Jawohl!«

»Bei Gott, das Geschäft blüht«, rief Elsie in fast bewunderndem Ton aus, »und dabei ist heute Sonntag!«

»Ich habe meine Scherze zum besten gegeben, und das hat die Zechbrüder begeistert! Hast du dem Herrn schon die Bilder gegeben?« fragte sie dann, auf mich blickend.

»Gab er dir die 25 Dollar?«

»Aber natürlich.«

»Dann ist's gut«, sagte Elsie und überreichte mir die Abzüge.

»Wie war das mit den anderen vier Abzügen? Wem stellten Sie die zu?« fragte ich.

»Dem, der sie bestellt hatte, natürlich«, sagte Bessie.

»Sie meinen an Lucille?«

»Stimmt . . . Kennen Sie sie eigentlich?«

»Ein bißchen«, antwortete ich, ebenso nebensächlich tuend wie sie.

»Wie kamen Sie eigentlich auf die ganze Geschichte?«

»Ich wollte noch ein paar Abzüge haben, und dann wollte ich auch wissen, wie das damals zuging. Haben Sie zufällig Lucilles Adresse?«

Sie zuckte die Schultern und sah mich lächelnd von der Seite an. »Haben Sie zufällig noch weitere 25 Dollar bei sich?«

Ich lächelte ebenfalls.

»Ihr beide versteht es wirklich, euch die Brotseite herauszusuchen, auf der die Butter ist!«

»Na und?« fragte sie erstaunt. »Wer tut das nicht?«

»Sie haben völlig recht.«

Sie lächelte verschmitzt. »Glauben Sie bitte nicht, daß es immer so einfach ist. Manchmal bekomme ich einen Dollar Trinkgeld! Also für vier Abzüge fünf Dollar. Es gibt dann aber auch ganz Gescheite, die legen nur 50 Cent extra hin – und bilden sich dann aber ein, sie hätten mich mitgekauft!«

»Ich hingegen möchte bescheidenerweise nur eine Adresse von Ihnen haben.«

»Gib sie ihm, Elsie«, sagte sie.

Elsie streckte die geöffnete Hand aus.

Ich nahm zum zweiten Male zwei Zehner und einen Fünfer heraus. Heimlich schauderte ich bereits, was wohl Bertha sagen würde, wenn sie meine Spesenabrechnung überprüfte!

Elsie öffnete das Buch wieder, und ich schrieb mir die Adresse auf.

»Lucille Hollister, 1925 Mono Drive, bei Mrs. Arthur Marbury.«

11

In der Nähe des ›Red Roadster‹ wartete mein guter alter Agenturkarren auf mich. Während ich langsam in Richtung Mono Drive rollte, bemerkte ich in meinem Rückspiegel die Scheinwerfer eines Wagens. Er fuhr ziemlich weit hinter mir, aber so ungefähr in meinem Tempo. Ich gab mehr Gas und verdoppelte meine Geschwindigkeit. Die Scheinwerfer blieben aber in meinem Rückspiegel.

Der Abstand zwischen dem anderen Wagen und mir war eigentlich zu groß, als daß er mich hätte im Ernstfall verfolgen können, dennoch erschien es mir merkwürdig, daß er stets die gleiche Distanz beibehielt.

Ich versuchte, noch mehr aus meinem Vehikel herauszuholen, und warf, wie man es aus Gewohnheit zu tun pflegt, einen Blick auf die Benzinmeßuhr. – Der Zeiger stand auf Null.

Ich sah noch einmal genau hin, denn ich hatte frisch getankt, bevor ich zum ›Red Roadster‹ startete. Natürlich konnte die Benzinmeßuhr kaputt sein. Trotzdem wollte ich wissen, woran ich war. Ich trat den Gashebel ganz durch.

Der Stadtteil, in dem ich mich gerade befand, gefiel mir nicht sonderlich. Es war eine verlassene Straße mit alten Fabriken und düsteren Lagerhäusern, dazwischen gähnten schmutzige, dunkle Höfe. Ab und zu fuhr mal ein Wagen vorüber. Es war Sonntag abend, und kaum jemand hatte hier etwas zu suchen. Kurz: Es war eine reichlich öde Gegend mit wenig Verkehr und viel Dunkelheit.

Nachdem ich ein paar hundert Meter mit Vollgas gefahren war, fing mein Karren zu spucken an. Und dann setzte der Motor aus. Ich versuchte alles mögliche. Er brummte noch einmal unwillig auf, um dann endgültig zu verstummen.

Während der Wagen noch langsam auslief, hatte ich bereits meine Tür geöffnet. Weit und breit war niemand zu sehen. Nur die Scheinwerfer, die ich seit einer Weile beobachtet hatte, rückten näher und näher.

Rasch sah ich mich um. Auf der gegenüberliegenden Straßenseite lag eine Fabrik. Ihre Fenster waren sämtlich dunkel, eine hohe Mauer umfriedete das Grundstück – und ein Schild, auf dem ›Eintritt verboten!‹ zu lesen stand, war mehrfach angebracht.

Auf der anderen Straßenseite führten Eisenbahngeleise entlang, auf denen ein paar Güterwagen standen. Weiter unten sah ich wiederum nur einen hohen Gitterzaun.

Es wäre natürlich logisch gewesen, bei meinem Wagen zu bleiben, bis ein anderer Autofahrer mir mit etwas Benzin aushelfen würde.

Aber ich hatte das Gefühl, daß es in diesem Augenblick nicht angebracht sei, logisch zu handeln.

Meine Augen tasteten die Umgebung ab, ich suchte nach einem geeigneten Versteck. Hinter mir war nur eine Mauer. So rannte ich hinüber und kroch unter einen der Eisenbahnwaggons.

Es war wirklich ein armseliges Versteck, aber immerhin, es war wenigstens dunkel.

Die Scheinwerfer des anderen Wagens waren inzwischen näher gerückt und wurden auf- und abgeblendet. Genau hinter meinem Wagen hielt der andere an. Ich hörte, wie die Türen geöffnet und wieder zugeschlagen wurden.

Die Stimme eines Mannes rief.

»Hallo, was ist los?«

In der Stille, die darauf folgte, hörte ich das gedrosselte Motorengeräusch und dann vernahm ich eine zweite Stimme, es war die einer Frau.

»Er muß doch irgendwo hier in der Nähe sein, denn er fuhr doch ständig vor uns her. Vielleicht ist ihm das Benzin ausgegangen.«

Ich blieb still wie ein Mäuschen unter dem Waggon sitzen. Die beiden wanderten umher. Manchmal sah ich ihre Schatten, und einmal erhaschte ich einen Blick auf ihre Beine.

Wieder hörte ich den Mann. Aber die Stimme mißfiel mir. Sie war hart wie Stahl. »Das ist die blödeste Sache, die ich je erlebt habe. Er war doch eben noch vor uns, nicht wahr, Baby?«

»Ja, es muß dieser Wagen gewesen sein. Er kann noch nicht weit sein. Was hältst du von diesen Waggons?«

»Warum, zum Teufel, soll er aus seinem Auto springen und sich in einen Güterwagen verkriechen?« fragte der Mann. »Normalerweise müßte er doch das tun, was jeder andere auch tut, wenn ihm das Benzin ausgeht. Er müßte neben dem Wagen stehen und auf jemanden warten, der gerade vorbeifährt. Er hätte uns dann zugewinkt und gebeten, ihm etwas Benzin abzugeben.«

»Gut, nun hat er aber das nicht getan, was er hätte tun sollen«, sagte die Frau und fragte dann: »Kannst du eigentlich verstehen, wieso?«

»Nein«, antwortete der Mann, »wir waren nicht so dicht hinter ihm, als daß er etwas hätte merken können.«

»Dann müßte er ja in seinem Wagen sein«, antwortete sie ironisch.

Gleich darauf hörte ich, wie der Mann die eiserne Stiege meines Frachtwaggons hinaufstieg. Er stolperte einmal und fluchte, als er über den Laufsteg ging, der über das Waggondach führte. Die Frau lief währenddessen an den Waggons vorbei und schaute offenbar in die Zwischenräume.

Lautlos kroch ich aus meinem Versteck. Dicht an den Waggons vorbei, mich immer im Schatten haltend, schlich ich zur Straße.

Das Summen des Motors, das von ihrem Wagen kam, klang aufreizend in meinen Ohren. Sie hatten ihn mit laufendem Motor auf der Straße stehenlassen.

Hinter mir sagte der Mann: »Oben ist er nicht, jetzt wollen wir auch noch unter den Waggon sehen.«

»Er muß doch irgendwo stecken. Über die Mauer kann er auch nicht geklettert sein . . . He, hier, hier ist er!« schrie sie.

Der Mann stieß einen Fluch aus, und beide begannen mir nachzujagen.

Doch es war bereits zu spät. Ich schlug die Tür ihres Wagens hinter mir zu, startete – und bevor sie die Straße erreichen konnten, war ich schon in voller Fahrt ein Stück auf der Straße vorwärts gekommen. Aber ich war vielleicht sechzig Meter von ihnen entfernt, als ich im Rückspiegel entdeckte, wie hinter mir in der Dunkelheit mehrere Scheinwerfer aufblitzten. Im selben Augenblick zersplitterte das Rückfenster meines gestohlenen Wagens, und auch der Rückspiegel existierte nicht mehr.

Ich fuhr wie der Teufel und verlangsamte mein Tempo erst wieder, als ich in eine breite Querstraße einbiegen konnte. Sie führte in einen belebteren Stadtteil, in dem sich viele kleine Wohnhäuser mit Gärten befanden. In der Nähe einer Straßenbahnhaltestelle verließ ich den Wagen und stieg in die Tram um. Vorher hatte ich mir noch die Lizenznummer und den Registrierschein des Wagens angesehen, der an dem Steuerrad befestigt war.

Der Wagen lief auf den Namen Samuel Lowry. Die Adresse dieses Herrn stand ebenfalls darauf, 968 Rippling Avenue.

Nach einigen Haltestellen erblickte ich einen Taxistand. Ich stieg aus und nahm mir einen Wagen. »1810 Mono Drive«, sagte ich zu dem Taxifahrer.

Als wir dort ankamen, lag das Haus in völliger Dunkelheit. Der Taxifahrer erbot sich, auf mich zu warten. Aber ich erklärte ihm, daß meine Freunde jeden Augenblick zurückkommen müßten. Nachdem er fortgefahren war, ging ich die wenigen Blocks zu dem Haus Nummer 1925 zu Fuß.

Es war ein teures Wohnviertel, doch trugen die Häuser äußerlich nicht den Stempel übertriebenen Reichtums. Breite Glasveranden umschlossen die intim und geschmackvoll angelegten Innenhöfe.

Das Haus, das ich suchte, hatte eine rund gebaute Vorderfront, hinter der sich vermutlich der Wohnraum befand.

Den Innenhof wollte ich mir zunächst einmal ansehen, bevor ich mich anmeldete. Ich ging über eine kleine Wiese mit niedrigen Sträuchern, die einen Zaun verdeckten. Dann kam ich an der Garage vorbei und sah auf den Hof. Zunächst stolperte ich einmal über den Rasen, bevor mir die Anlage des Hofes klar wurde. Das Haus war so gebaut, daß der Innenhof völlig für sich abgeschlossen lag und man von der Straße aus keinen Einblick in Schlafräume hatte, die sich in diesem Teil befanden.

Das junge Mädchen, das in dem hell erleuchteten Schlafzimmer stand, hatte deswegen wohl auch die Vorhänge nicht vor die Fenster gezogen. Der Raum hatte breite Fenster und Glastüren, und es konnte ihm an Sonne und frischer Luft nicht mangeln.

Die Blondine, die halb angezogen vor dem Spiegel stand und sich eingehend darin betrachtete, war das Mädchen, das mich am Abend zuvor in das Autohotel gelockt und dann versetzt hatte.

Ich zögerte noch einen Augenblick, doch dann entschied ich mich dafür, meine Anwesenheit kundzutun und schritt auf das Haus zu.

Sie hörte meine Schritte, als ich mich der kleinen Veranda näherte. Ihre Stufen führten aus ihrem Zimmer zum Hof hinunter. Mit einer raschen Bewegung hob sie den Handspiegel und fing mein Gesicht darin ein. Im selben Augenblick wirbelte sie herum und schaute mich mit aufgerissenen Augen an. Ein leiser Aufschrei entfuhr ihren Lippen, und sie legte erschrocken die Hand auf den Mund. Der Ausdruck ungläubiger Bestürzung wich auch noch nicht aus ihrem Gesicht, als sie fassungslos beobachtete, wie ich langsam die vier Stufen zur Veranda hinaufstieg.

»Darf ich hineinkommen?« fragte ich.

Wortlos, als sei sie in einem Trancezustand, öffnete sie die breite Glastür.

»Wie ... Wie haben Sie mich nur finden können?« stammelte sie.

»Es war etwas mühselig«, sagte ich. »Sind Sie bereit, sich mit mir zu unterhalten?«

»Nein.«

»Das dachte ich schon, aber ich glaube, Sie sollten es doch tun.«

»Ich ... Ich habe an Sie gedacht«, sagte sie. Doch dann legte sie plötzlich den Zeigefinger auf ihre Lippen und bedeutete mir, still zu sein.

»Meine Schwester kann uns hören, wenn wir so laut sprechen«, fuhr sie flüsternd fort.

Sie wandte sich um und griff mit einem kleinen, nervösen Lachen nach einem hauchdünnen Morgenrock, der auf dem Bett lag. Sie legte ihn sich um die Schultern.

»Es tut mir leid«, sagte sie, »daß ich mich Ihnen hier so sparsam bekleidet darbiete, aber ...«

»Was Sie mir letzte Nacht vorenthielten ...«, fiel ich ihr ins Wort.

»Ja«, sagte sie und lächelte. »Sie haben mich sicherlich für eine infame Schlange gehalten.«

»Was ich denke, ist unwichtig. Es kommt darauf an, was die Polizei denkt«, erwiderte ich entschieden.

»Die Polizei? Was hat die damit zu tun?«

»Fragen Sie nicht«, sagte ich. »Ihr Spielchen war recht hübsch ausgedacht. Sie gingen zum Parkplatz und holten Dover Fultons

Wagen. Und der Sündenbock sollte ich sein. Ausgerechnet mich hatten Sie sich dazu ausgesucht. Und dann brachten Sie mich in das ›Kozy Dell‹. Sie konnten sich denken, daß ich mich unter dem Namen von Dover Fulton eintragen würde. Sie wußten, daß Fulton und Minerva Carlton in einer der Kabinen des Autohotels waren. Außerdem spielten Sie noch die Betrunkene. Sie . . .«

»Ich war wirklich betrunken.«

»Sie lügen.«

Über ihr Gesicht schoß eine leichte Röte.

»Halten Sie mich doch nicht für so naiv. Wir spielten doch beide unser Spiel. Sie gaben dem Kellner 5 Dollar, damit er Ihnen statt Whisky und Soda nur Ingwerbier brachte. Ich gab ihm 10 Dollar, damit ich Ihre Spielregeln durchschauen konnte und damit er mir ebenfalls Ingwerbier brachte, wenn ich Scotch und Soda bestellte.«

»Aber, Sie . . .«

»Jawohl, genauso war es!«

Sie setzte sich auf die Bettkante nieder. Und plötzlich begann sie zu lachen.

Ich ging hinüber und setzte mich neben sie. Sie ergriff meine Hand.

»Bitte, Donald, seien Sie nicht mehr böse«, bat sie, »es war wirklich nicht so, wie Sie annehmen.«

Ich sagte nichts.

Nachdenklich wippte sie mit ihrem Pantöffelchen, das auf den Zehen ihres rechten Fußes baumelte. Der Morgenrock glitt etwas zurück und legte ein verführerisches Bein frei. Sie machte keinerlei Anstalten, den Morgenrock zurückzuziehen.

»Die Wahrheit zuzugeben wäre für Sie in diesem Augenblick günstiger als eine neue Lüge auszudenken. Jetzt haben Sie Gelegenheit für eine Generalprobe, und dann werden Sie es der Polizei sagen müssen«, begann ich unser Gespräch wieder.

»Doch nicht der Polizei!«

»Der Polizei«, wiederholte ich betont.

»Habe ich denn etwas begangen, was die Polizei interessieren könnte?«

»Einen Mord beispielsweise.«

»Einen Mord?« rief sie aus, und wieder legte sie die Hände auf ihre Lippen, als wolle sie die Worte wieder zurückdrängen, die sie so laut ausgesprochen hatte.

»Donald, was reden Sie für dummes Zeug.«

»Sie haben mich in dem Autohotel verlassen. Sie gingen hinaus, schnüffelten herum, bis Sie die gewünschte Kabine fanden. Sie klopften an die Tür. Sie gingen hinein und machten eine Szene. Dover Fulton ergriff seine Pistole und schoß auf Sie. Sie aber . . .«

»Jetzt sind Sie aber wirklich verrückt geworden, Donald!«

»Na schön, wenn Sie es besser wissen, erzählen Sie mir doch, was vorging.«

»Bitte, ich will es ja. Ich werde Ihnen die Wahrheit sagen. Aber Sie werden mich dann hassen. Und ich mag nicht, daß Sie mich hassen. Donald, ich mag Sie gern und ich . . .«

»Ja, das weiß ich bereits«, sagte ich. »Sie benutzen Ihre Reize, um das zu erreichen, was Sie vom Leben erwarten. Sie haben mir gestern ein ausgezeichnetes Theaterstück vorgespielt, aber heute wollen wir versuchen, ehrlich zu sein.«

Ich nahm den einen herabhängenden Zipfel ihres Morgenrockes und deckte ihn über das nackte Knie. Bewegungslos, abwartend und ohne Widerstand ließ sie es über sich ergehen.

Dann lachte sie wieder.

»Können Sie diesen Anblick nicht ertragen?«

»Nein«, sagte ich.

»Sie sind ein komischer Kauz.«

»Vermutlich bin ich das. Ich bin wunderlich und altmodisch. Und ich höre manchmal gern die Wahrheit. Beine verwirren die ganze Sache nur.«

»Gut, dann werde ich Ihnen jetzt die Wahrheit sagen müssen, weil, nun . . . Mein Gott, weil mir eben im Augenblick keine überzeugende Lüge einfällt. Ihre Gegenwart stört meine Ruhe ebenso, wie meine Beine Sie verwirren.«

»Also dann los, reden Sie, solange Sie noch in dieser Befangenheit sind«, sagte ich ironisch.

»Ich werde Ihnen die ganze Geschichte erzählen. Mein richtiger Name ist Lucille Hollister. Ich war verheiratet, jedoch nicht glücklich. Wir wurden geschieden, und ich erhielt eine Abfindung von meinem Mann. Ich habe Geld und . . .«

»Halten Sie sich nicht so lange mit der Vorrede auf – erzählen Sie mir lieber, was letzte Nacht geschah. Ich sehe, Sie wollen nur Zeit gewinnen, bis Ihnen wieder eine Lüge einfällt. Das finde ich verdächtig. Wenn Sie mir wirklich die Wahrheit sagen wollten, würden Sie damit heraussprudeln.«

»Ich sage die Wahrheit, Donald, aber ich möchte, daß Sie mich verstehen. Ich will – nun . . . Ich mag Sie mehr, als ich seit langem jemanden gern hatte. Sie sind fair, und Sie haben mir letzte Nacht geholfen.«

»Wollen wir uns denn noch länger mit Banalitäten aufhalten? Ich sagte es Ihnen doch bereits – erzählen Sie endlich . . .«

»Aber das gehört doch alles dazu, das sind keine Banalitäten.«

Sie wandte sich zu mir und legte ihre Hand auf meine Schulter. Ihre Augen sahen mich flehend an. »Bitte, bitte, Donald, glauben Sie mir doch.«

»Erzählen Sie mir etwas, was ich glauben kann«, antwortete ich, »und nach Möglichkeit ein bißchen schneller. Die Polizei ist vielleicht schon auf dem Weg zu Ihnen.«

»Die Polizei! Auf dem Weg zu mir?«

Ich nickte.

»Aber Donald – wie sollte das möglich sein? Das würden Sie mir doch nicht antun.«

»Ich habe Ihnen das nicht angetan. Sie selbst haben es sich eingebrockt.«

»Aber was soll ich denn nur machen?«

»Nur eines können Sie tun: mir die absolute Wahrheit sagen. Dann kann ich Ihnen vielleicht helfen.«

»Sie halten mich wohl für eine reichlich dumme Gans.«

Ich antwortete ihr nicht.

»Also bitte«, fuhr sie fort, »das ist die Geschichte in Kurzfassung: Meine Schwester war bisher nicht verheiratet. Sie heißt Rosalind Hart. Wir kommen aus Colorado und waren während der vergangenen vier Wochen hier zu Besuch. Meine Schwester ist vier Jahre jünger als ich. Sie ist ein bezauberndes kleines Ding. Sie ist sehr dezent im Benehmen, und . . . Nun, sie flirtet nicht so herum. Außerdem ist sie gefühlvoll und romantisch, und sie liebt diesen Stanwick Carlton, seit sie ihn zum erstenmal sah. Es ist wirklich eine ganz große Liebe. Sie ware eine Zeitlang verlobt. Er war der erste Mann in ihrem Leben und ist es bisher auch geblieben. Sie wissen, wie das ist, Donald. Wenn ein Mädchen völlig für einen Mann lebt, wird er das nach einer Weile leid. Es ist wie mit einer Ware, die sich ihm anbietet und um die er nicht handeln und feilschen muß; sie erscheint ihm auf die Dauer nicht wertvoll genug. Auf Carlton übertragen, heißt das: Er will stets erobern.

Ein geschicktes Mädchen, ein Mädchen, das mehr über Männer Bescheid weiß als Rosalind, würde Stanwick Carlton jederzeit um den Finger gewickelt haben. Lange Zeit liebte er sie, aber dann wurde sie ihm über, weil er sie zu einfach haben konnte. Ich versuchte sie zu warnen, aber sie lachte mich aus. Sie erklärte mir, daß sie heiraten und immer so glücklich bleiben würden. Sie wissen, was dann geschah?«

»Erzählen Sie bitte.«

»Nach einer Weile wurde er ihrer müde. Sie war immer für ihn da, sie verehrte ihn und las ihm jeden Wunsch vom Gesicht ab. Sie sah überhaupt keinen anderen Mann an, und sie erlaubte niemandem, sich um sie zu kümmern. Sie verstand es auch nicht, sich rar zu machen.«

»Und dann schneite Minerva in die Szene?«

»Das war es ... Minerva. Sie war klug, erfahren und leidenschaftlich. Ich scherze nicht. Ich weiß genau, was ich sage. Eine Frau kann auch in dieser Beziehung andere Frauen beurteilen.«

»Na schön. Und was geschah dann?«

»Sie kam nach Colorado. Sie erfaßte die Situation sofort und begann, die Unerreichbare zu spielen.«

»Und Stanwick Carlton heiratete sie auf der Stelle.«

»Seien Sie nicht närrisch, so einfach war das nun auch nicht. Er begann sich für sie zu interessieren. Aber sie sah ihn über die Schulter an und ging weiter ihren Weg. Er mußte sich also ihren Wünschen anpassen. Er versuchte ihr zwar zu zeigen, daß er auch ohne sie auskommen und zu Rosalind zurückgehen könne. Aber er erkannte wohl bald, daß er sich bereits zu sehr in ihren Fängen verstrickt hatte – und es folgte eine überstürzte Heirat. Ich glaube, er wurde sich dessen erst bewußt, als er bereits im Ehehafen gelandet war. Und er las das, was mit ihm geschehen war, in der Zeitung. Eine überraschende Liebesheirat nannten es die Zeitungen. Liebesheirat!« wiederholte sie zornig. »Vielleicht war es das auch. Bloß hatte nicht er, sondern sie die Überraschung inszeniert.«

»So, so, und weiter?«

»Sie waren zwei Jahre verheiratet. Da ich wußte, daß Minerva gern ein Auge auf andere Männer warf, behielt ich sie ein wenig im Auge. Sie kam hierher und besuchte eine alte Freundin, eine Claire Bushnell. Sie verbrachten gemeinsam ihre Ferien an der Küste und – sie tändelten so ein wenig herum. Dann ging Minerva nach Colorado zurück. Dieses Mal, als ich erfuhr, daß sie wieder nach Kalifornien reisen würde, richtete ich es so ein, daß ich zur gleichen Zeit ebenfalls hier sein konnte.«

»Um Detektiv zu spielen, ja?«

»Tatsächlich, und es war so einfach, höchst primitiv und einfach. – Sie traf, sobald sie hier in der Stadt ankam, mit Dover Fulton zusammen. Und am ersten Abend ging sie bereits zum Essen mit einem anderen Mann aus. Fulton sah sie sehr oft. Vergangene Woche fuhren sie schon einmal zu diesem Autohotel und schrieben sich als Mann und Frau ein. Sie blieben dort bis kurz nach Mitternacht. Dann brachte sie ihn zur Stadt zurück. Er stieg an dem Parkplatz in seinen Wagen und fuhr dann nach Hause.«

»Ich nehme an, daß diese eheliche Untreue Ihren Unmut erregt haben muß.«

»Warum reden Sie so läppisch? Ich freute mich sogar darüber. Es gab mir doch alle Trümpfe in die Hand. Ich überlegte mir nur, wie ich sie richtig ausspielen sollte.«

»Und zu welchem Entschluß kamen Sie?«

»Am vergangenen Abend, als ich wußte, daß sie wieder in das Hotel fahren würden, entschied ich mich dafür, sie ganz eindeutig hochgehen zu lassen, und zwar so, daß ihre Namen in den Zeitungen stehen würden.«

»Und wie stellten Sie das an?«

»Zunächst sprach ich Sie an. Ich veranlaßte Sie, mit mir in das Autohotel zu gehen, uns als Mrs. und Mr. Fulton einzutragen, und vor allem achtete ich darauf, daß Sie den Wagen von Fulton fuhren. Dann verließ ich Sie, rief die Polizei an und teilte ihr mit, daß Fultons Wagen gestohlen worden sei. Ich weiß, daß die Polizei unter diesen Umständen meist zuerst in den Autohotels mit ihren Nachforschungen beginnt. Diese Hotels haben immer die Eintragungen über die Lizenznummern und die Wagenmarke in ihren Gästebüchern. Vermutlich würde die Polizei also noch vor Mitternacht herausfinden, wo Dover Fultons gestohlener Wagen sei.«

»Und Sie hofften, man würde mich dann als Sündenbock erwischen!«

»Aber keineswegs! Bis dahin sollten Sie längst von der Bildfläche verschwunden sein. Ich hoffte sehr, Sie würden schlau und mißtrauisch genug sein und dann, nachdem ich Sie im Stich gelassen hatte, merken, daß an der Sache etwas faul war, und ebenfalls rechtzeitig verschwinden. Ich beobachtete, wie Sie das Hotel verließen und zur Straße hinaufgingen. Ich nahm an, daß die Polizei den gestohlenen Wagen in dem Autohotel entdecken würde. Dann hatte ich die Absicht, Mrs. Fulton anzurufen und ihr zu sagen, sie solle sich doch nicht von ihrem Gatten zum Narren halten lassen. Die ganze Geschichte mit dem gestohlenen Wagen sei nur eine Ausrede. Ihr Mann sei tatsächlich mit einer Frau in diesem Autohotel gewesen, und das bereits zweimal während der beiden letzten

Wochen. – Die Tatsache, daß man seinen Wagen dort aufgefunden hatte, würde Mrs. Fulton sehr wahrscheinlich veranlaßt haben, dort nachzuforschen. Und dann hätte die Besitzerin des Hotels Dover Fulton als den Mann wiedererkannt, der sich bei ihr als Mr. Carlton eingetragen hatte.«

»Und natürlich sollte auch Stanwick Carlton erfahren, was seine Frau während ihrer Ferien trieb?«

»Darauf können Sie sich verlassen!« sagte sie mit Nachdruck.

»Sie sind wirklich eine süße, harmlose Person, finden Sie nicht auch?«

»Ich bin nicht süß, und ich will es auch gar nicht sein«, antwortete sie. »Ich bin eine Katze und habe Krallen. Ich kämpfe für Rosalind. In Wirklichkeit hat Stanwick Rosalind immer geliebt und liebt sie auch heute noch. Minerva kam nur zufällig dazwischen. Und sie wandte ihre Psychologie mit Erfolg an. Rosalind war dagegen ein süßes, unschuldiges Lämmchen, das seine Chance nicht nützte. Minerva war eben eine Frau, die sich auf alles verstand. Was sollte die romantische Rosalind dagegen einsetzen?«

»Nachdem Sie aus unserem Zimmer hinausgegangen waren, hörten Sie da die Schüsse?«

Ihre Augenlider flatterten, und sie wich meinem Blick aus.

»Ob Sie Schüsse hörten, habe ich Sie gefragt!«

Ihre Finger krallten sich in meinen Arm.

»Antworten Sie mir«, drängte ich.

»Ja.«

»Wo waren Sie da?«

»In einer der Garagen. Ich wartete, bis ich Sie aus unserer Kabine herauskommen sah. Dann wollte ich zur Straße und ein Auto anhalten und – und dann hörte ich das Geräusch der Schüsse.«

»Erkannten Sie sofort, daß es Schüsse waren?«

»Ja, ich glaube schon – und wenn ich geahnt hätte, daß sie aus dieser Kabine kamen, nun, ich glaube, ich hätte . . .«

»Ja, das glaube ich, daß Sie dann die Polizei nicht mehr angerufen hätten. Wieviel Schüsse haben Sie gehört?«

»Drei.«

»Sind Sie sicher?«

»Aber ja.«

»Um welche Zeit?«

»Es war sieben Minuten nach Zehn. Ich sah auf meine Uhr.«

»Und dann?«

»Donald, ich sage Ihnen die Wahrheit. Ich war furchtbar erschrocken. Ich versteckte mich. Ich beobachtete alles genau. Und, Donald, ich versichere Ihnen, ich sah, daß sich in der Kabine noch Leute hin und her bewegten, nachdem die Schüsse gefallen waren – und ich sah auch einen Wagen wegfahren. Dann lief ich zur Straße hinauf. Meine Knie trugen mich kaum.«

»Und wie kamen Sie in die Stadt?«

»Ich hielt einen Wagen an und erzählte die übliche Geschichte. Ich sei mit meinem Mann ausgegangen, aber er habe sich schlecht benommen. Der Fahrer war sehr galant.«

»Er fuhr Sie hierher?«

»Was soll diese dumme Frage, Donald? Ich ließ mich von ihm vor einem Hotel in der Stadt absetzen. Und nachdem er weggefahren war, nahm ich mir ein Taxi und fuhr hierher.«

»Vermutlich haben Sie Ihrem Kavalier wieder eine wundervolle Geschichte erzählt, so mit allen Details. Ähnlich, wie Sie sie mir servierten?«

»Natürlich«, sagte sie. »Wenn ein Kavalier um diese Nachtstunde ein Mädchen auf der Straße aufliest, darf er doch zumindest eine gute Geschichte erwarten.«

»Zumindest?« fragte ich.

Sie lachte. »Donald, Sie sind wirklich ein ganz herziges und naives Schaf.«

»Er machte natürlich Annäherungsversuche?«

»Fragen Sie nicht so töricht! Kennen Sie denn Ihre eigene Gilde so wenig?«

»Wie kam es eigentlich, daß Sie auf die Rückseite der Menükarte ›Kozy Dell Slumber Court‹ schrieben?«

»Das schrieb nicht ich.«

»Wieso? Es steckte doch in Ihrem Zigarettenpäckchen, das Sie ...«

»Ich weiß, aber ich habe es nicht geschrieben.«

»Wer denn?«

»Wenn ich das nur selber wüßte. Ich bin dabei, es herauszufinden – verstehen Sie, Donald? ... Nein, das werde ich Ihnen erst sagen können, wenn ich Sie besser kenne.«

»Sie sind eine ganz gefährliche kleine Person, verstehen Sie mich?«

Sie drehte sich rasch auf dem Bett herum, so daß sie mir in die Augen sehen konnte.

»Ja«, sagte sie. Und dann nahm sie mein Gesicht zwischen ihre beiden Hände, zog mich näher zu sich und küßte mich. Es war ein Kuß, den man nicht so leicht vergessen kann, und er dauerte eine ganze Weile. Dann stieß sie mich von sich, ganz plötzlich.

»Nun«, sagt sie, »jetzt dürftest du wohl über alles Bescheid wissen.«

Dabei blickte sie mich aufreizend und herausfordernd an.

»Ja«, sagte ich und stand langsam vom Bett auf. Ich ging auf die Tür zu.

»Wo willst du hin?«

»Zuerst«, sagte ich, »werde ich meinen Freund Frank Sellers anrufen. Er ist bei der Mordkommission tätig und glaubt, ich hätte ihn in dieser Sache verdammt angelogen. Ich wünsche, daß er mit dir spricht.«

»Donald, du kannst doch auf diesem Weg nicht hinausgehen.«

»Nun, dann werde ich einen anderen nehmen.«

»Nein, nein, dann doch lieber hier durch. Meine Schwester ist in dem vorderen Zimmer.«

»Und wo ist Mrs. Marbury?«

»Sie ist heute abend ausgegangen. Donald – bitte, liebster Donald, gib mir doch eine Chance. Ich werde auch überall mit dir hingehen.«

»Was soll das heißen, überall?«

»Genau das, was es besagt. Wenn du mir eine Chance gibst und vierundzwanzig Stunden nichts unternimmst, werde ich alles tun, was du wünschst.«

»Du meinst . . .«

»Mein Gott, willst du denn nicht begreifen?«

»Zieh dich an«, sagte ich.

»Ich werde mich beeilen. Bitte geh solange in das Schlafzimmer am Ende der Halle. Es ist das meiner Schwester. Dort warte auf mich. Ich werde sofort hinüberkommen, sobald ich angezogen bin. Und dann werden wir zusammen zu meiner Schwester hineingehen und dich ihr vorstellen. Ich werde ihr sagen, daß du mich abholen wolltest und durch die Seitentür am Innenhof hereingekommen bist. Du wirst meine Schwester kennenlernen. Sie ist ein liebes, unschuldiges Mädchen. Stanwick hat ihr das Herz völlig gebrochen, und das einzige, was sie tut, ist lesen. Sie liest unentwegt. Wenn du sie siehst, wirst du sofort alles verstehen, was ich dir erzählt habe. Und du wirst auch mich verstehen. Vielleicht erkennst du doch noch, daß ich gar kein so abscheuliches Wesen bin. Ich habe lange über dich nachgedacht letzte Nacht. Und es tat mir leid, daß ich so mit dir umspringen mußte, aber es war zu spät. – Also gut, sei lieb und tu, was ich dir sage.«

Sie nahm mich beim Arm, schob mich hinaus und zeigte auf eine Tür, die unten am Ende des Ganges lag.

»Dort, Donald, und warte bitte, es dauert nicht lange.«

Ich ging ein paar Schritte und hörte, wie sie die Tür schloß. Dann schlich ich vorsichtig über vier Stufen hinunter zum Ende des Korridors. Neugierig blinzelte ich durch einen Vorhang. Ich sah in einen großen Wohnraum; ein junges, brünettes Mädchen lag ausgestreckt auf der Couch. In der einen Hand hielt sie ein Buch, in der anderen eine brennende Zigarette. Außer ihr war anscheinend niemand mehr im Haus. Dann ging ich weiter zu der Tür, auf die Lucille gezeigt hatte. Dieses Zimmer glich ihrem Schlafraum fast aufs Haar, nur daß hier die Vorhänge vorgezogen waren.

Ich befand mich in einem typischen Mädchenschlafzimmer mit all den kosmetischen Kleinigkeiten auf dem Frisiertisch, einem Bett mit farbiger Chintzdecke, einem bequemen, tiefen Sessel, hinter dem eine Leselampe stand. Neben dem Sessel lagen auf einem Tischchen verschiedene Magazinhefte und ein Buch.

Nachdem ich mich mit dem Zimmer vertraut gemacht hatte, ließ ich mich in dem Sessel nieder, um zu warten. Dann erinnerte ich mich, daß noch Spuren von Lucilles Lippenstift in meinem Gesicht sein mußten. Ich stand auf, blickte in den großen Spiegel und versuchte, die roten Flecke mit einem Taschentuch zu entfernen.

Ich sah mich nach einem Telefon um, konnte aber keines entdekken. Als mir die Lektüre der Magazine zu langweilig wurde, griff ich nach dem Buch.

Es war die Geschichte zweier Liebender. Ich blätterte ein bißchen darin. Allmählich wurde ich vom Inhalt gefesselt und begann es systematisch zu lesen.

Die Geschichte enthielt viel Romantik und war kurzweilig geschrieben. Sie begann mit dem Glück der Liebenden. Aber dann tauchte eine berechnende Intrigantin auf, die den Mann verwirrte. Sie spielte ihm die Rolle des kleinen, unwissenden Mädchens vor und zog ihn mehr und mehr in ihren Bann. Es war jedoch keine echte Liebe, sondern nur Erotik, was ihn bei ihr anzog. Das, was ihn mit seiner ersten Geliebten verbunden hatte, war ein tiefgründigeres Gefühl. Leider erkannte der Mann das nicht . . . Das Buch war noch nicht ganz aufgeschnitten, nur bis zu dieser Szene. Es war mir also nicht möglich, weiterzulesen. Aber es schien mir eine

Art Nachschlagewerk für die Bewohnerin dieses Zimmers zu sein, denn sie hatte es sorgfältig in Zellophan eingebunden.

Plötzlich fühlte ich mich gestört. Ich befeuchtete meine Lippen und dachte, daß es wohl der fremdartige Geschmack von Lucilles Lippenstift sein müsse, den ich noch immer empfand. Und wieder fuhr ich mir mit meinem Taschentuch über den Mund. Mir kam zum Bewußtsein, daß ich nun schon ziemlich lange hier saß und daß Lucille sich reichlich viel Zeit zum Umkleiden nahm. Auch fiel mir ein, daß sie womöglich durch den Innenhof davongelaufen sein könne. Ich wußte zwar nicht, was sie damit hätte bezwecken wollen, denn ich hatte sie nun gefunden – und so leicht würde sie mir nicht wieder entfliehen. Ihre Schwester saß nebenan, und ich konnte jederzeit zu ihr gehen, mich vorstellen – oder aber ich konnte durch Lucilles Schlafzimmer wieder das Haus verlassen.

Plötzlich hörte ich ein Geräusch hinter mir. Es war jemand im Zimmer.

»Nun«, sagte ich, »allmählich wird es auch Zeit.«

Ich hörte einen Schrei und sah mich um.

Es war nicht Lucille, die hinter mir stand, sondern ihre Schwester.

Man erkannte sofort die Ähnlichkeit an den ausdrucksvollen dunklen Augen und den hervorstehenden Backenknochen. Die Schwester war jünger als Lucille, zarter und sensibler. Ihre braunen, seelenvollen Augen sahen mich in diesem Moment überrascht und erschrocken an, und sie war gerade dabei, einen neuen Schrei auszustoßen.

Schnell stand ich auf, um sie zu beruhigen. »Ich warte auf Lucille. Sie zieht sich gerade an – und bat mich, hier hereinzugehen.«

Sie betrachtete mich aufmerksam und fragte dann mißtrauisch: »Wie kamen Sie denn überhaupt ins Haus herein?«

»Lucille ließ mich durch die Seitentür.«

»Durch die Seitentür?«

Ich nickte.

»Ich habe aber nichts gehört.«

»Das weiß ich. Ich sah Sie im Wohnzimmer sitzen, Sie waren von Ihrer Lektüre völlig gebannt.«

»Ja, ich habe gelesen, aber ich ...«

»Lucille sagte mir, ich sollte mich ruhig verhalten, bis sie mich holen würde. Sie wollte sich nur schnell umkleiden.«

»Aber warum führte meine Schwester Sie ausgerechnet in mein Schlafzimmer?«

»Das weiß ich nicht. Wir können sie ja selbst fragen, sie dürfte jetzt fertig sein.«

»Wo ist sie?«

Inzwischen waren wir in die Halle gegangen, und ich deutete den Korridor hinunter.

»Dort unten irgendwo, in einem dieser Zimmer. Ich vermute, es ist ihr Schlafzimmer.«

Rosalind sah mich noch immer scheu und unsicher an. Sie wußte nicht, ob sie lieber um Hilfe rufen oder mit mir den Korridor hinuntergehen solle.

Als ich auf sie zuging, löste sich plötzlich der Bann. Sie flog geradezu den Korridor hinab und rief laut: »Lucille, Lucille!«

Dann riß sie Lucilles Schlafzimmertür auf und blieb wie angewurzelt stehen. Lächelnd kam ich den Gang herab. »Nun, Rosalind«, sagte ich, »Sie sehen, es stimmt, was ich sagte – und ich hoffe, Sie werden mich bald besser kennenlernen.« Sie taumelte einen Schritt vorwärts ins Zimmer, und dann hörte ich ihren Schrei. Es war ein furchtbarer, schriller Schrei, ein Entsetzensschrei. »Hilfe! Hilfe! Polizei!« schrie sie laut. Die ganze Nachbarschaft mußte es hören.

Ich ging ein paar Schritte vorwärts, so daß ich hinter ihr stand und über ihre Schulter ins Zimmer sehen konnte. Lucille hatte den Morgenrock ausgezogen und auch das durchsichtige Unterkleidchen, das sie trug, als ich ins Zimmer kam. Um ihren Hals war ein Strumpf geschlungen. Sie lag ausgestreckt auf dem Boden und war tot. Man hatte sie mit einem ihrer Strümpfe erdrosselt. Ihr Gesicht sah entstellt und völlig verzerrt aus. Ihr graziöser Körper war so schön wie zuvor, aber es war kein Leben mehr in ihm.

»Polizei, Polizei!« schrie Rosalind außer sich.

Ich hörte eine Tür aufgehen und die Schritte eines Mannes über den Hof kommen. Rasch wandte ich mich um und lief den Korridor hinab, durch den Wohnraum, und von dort aus die Stufen zum Innenhof hinunter, hinaus in die Nacht. Ich brauchte Ruhe. Ich mußte mich von diesem Anblick erholen, und ich mußte nachdenken. Aber das konnte ich nicht in diesem Hause. Die Erlebnisse, die ich zu erzählen hatte, würde mir auch niemand geglaubt haben.

12

Das Ereignis war ein Leckerbissen für die Zeitungen. Und was sie nicht wußten, das erfanden sie einfach. Sie brachten die Sache in großer Aufmachung.

Hiernach hatte Lucille vor dem Spiegel gestanden, ganz damit beschäftigt, sich für ein Rendezvous schönzumachen. Es war eine warme, lauschige Nacht. Die französische Tür, die aus dem Schlafzimmer auf den Innenhof führte, stand offen. Da man von der Straße aus nicht in das Zimmer hineinsehen konnte, hatte das Mädchen auch die Fenstervorhänge zur Seite geschoben.

Ein Sexualverbrecher, vielleicht einer von jenen, die regelmäßig ihre nächtlichen Runden machen, um in die Schlafzimmer zu schauen, hatte das halbbekleidete Mädchen vom Innenhof aus durch das Fenster gesehen und beobachtet, wie es vor dem Spiegel stand.

Er war über den Hof gegangen, schnurstracks auf das Schlafzimmer zu. Dabei war er über ein frisch angelegtes Rasenstück gestolpert und bis zu den Knöcheln in der feuchten Erde eingesunken. Dann war er über die Zementplatten geradewegs auf die Veranda des Schlafzimmers zugeschritten. Auf dem Zement fand man die Spuren seiner mit Erde beschmutzten Schuhe.

Plötzlich hatte Lucille sich anscheinend beobachtet gefühlt und den Versuch gemacht, sich umzudrehen. Aber es war zu spät.

Einer ihrer Strümpfe wurde ihr über den Kopf geworfen, dann um den Hals gewunden und verschlungen; mit dem Knie hatte ihr der brutale Verbrecher einen Stoß in den Rücken versetzt. Sie hatte zu schreien versucht, aber sie war nicht mehr imstande gewesen, auch nur einen Ton herauszubringen. Der Strumpf hatte den Hals enger und enger umspannt, fester und fester. Ihr Widerstand war ein hoffnungsloser, schwacher Versuch geblieben.

Erstickend hatte sie noch versucht, sich mit Armen und Beinen zu wehren, aber das Knie in ihrem Rücken hatte sie unbarmherzig und grausam zu Boden gezwungen. Nach einigen Zuckungen war sie still geworden.

Es war die Stille des Todes.

Und dann hatte der Mörder sie auf den Rücken gelegt und sie geküßt. Die Spuren des verschmierten Lippenstiftes auf ihrem Mund erzählten die Geschichte von diesem letzten Kuß.

Es war der Todeskuß.

Kein Wunder, daß die Tratsch- und Sensationsblätter dieses stets willkommene Thema weitestgehend ausschlachteten. Sie brachten nicht nur Bilder von der lebenden Lucille, sondern auch von ihrem toten Körper, der ausgestreckt und nur wenig bekleidet am Boden lag.

Über den Mörder wußten sie auch einiges zu sagen:

Der Bandit war dann noch weiter in das nächste Zimmer gegangen, und zwar in das Schlafzimmer der Schwester. Anscheinend hatte er noch ein zweites Opfer gesucht und wollte dort warten, bis die jüngere Schwester zu Bett gehen würde.

Während er es sich dort in einem Sessel bequem gemacht hatte, vergaß er seine Umwelt über der Lektüre eines Romans.

Also ein Verbrecher mit literarischem Einschlag!

War dieser Mensch nicht eine ganz außergewöhnliche Bestie? Das Buch gehörte zu den Lieblingsbüchern der jüngeren Schwester der Ermordeten. Es lag ständig in ihrem Zimmer und war in einen Zellophaneinband gehüllt. Als die Polizei erfuhr, daß der Mörder dieses Buch in der Hand gehabt hatte, war sie sofort imstande gewesen, nicht nur die Fingerabdrücke, sondern den Abdruck der ganzen Innenfläche seiner Hand darauf festzustellen.

Rosalind Hart, die Schwester, hatte ausgesagt, daß in dem Augenblick, als sie in das Zimmer trat, jener Mann, der lesend in dem Sessel saß, mit seinem Taschentuch über seine Lippen gewischt habe. Anscheinend wollte er die Spuren des Lippenstiftes verschwinden lassen, die noch von dem Mund der Toten in seinem Gesicht hafteten. Er sei völlig überrascht gewesen, als sie plötzlich hinter ihm gestanden habe. Vor Aufregung habe er sein Taschentuch fallen lassen. Die Polizei hatte inzwischen eine Analyse der Lippenstiftflecken, die sich darin befanden, vorgenommen und festgestellt, daß sie von dem Lippenstift der Ermordeten herrührten. Auf dem Taschentuch befinde sich das Zeichen einer Wäscherei. Die Polizei glaubte, daß ihr dieser Hinweis sehr nützlich sein werde . . .

Während ich die Zeitung las, beschlich mich immer mehr das Gefühl, als stünde ich schlotternd auf einem brüchigen Felsstück, und unter mir sähe ich nichts als einen unendlich tiefen Abgrund.

Vor dem Bürohaus blickte ich gewohnheitsmäßig nach unserem gemieteten Parkplatz.

Was ich sah, ließ meinen Atem stocken. Meine Agenturkarre, die ich vor einigen Stunden verlassen hatte, weil kein Benzin mehr im Tank war, stand auf ihrem üblichen Platz. Ich ließ sofort den Motor anlaufen und blickte auf die Benzinuhr. Der Tank war voll.

Der Parkwächter hatte keine Ahnung, wer den Wagen hierhergestellt hatte. Es mußte irgendwann während der Nachtstunden geschehen sein. Als er am Morgen kam, stand der Wagen bereits da.

Ich brauchte nicht weiter zu fragen.

Die Morgenzeitungen unter den Arm geklemmt, ging ich die Treppen zum Büro hinauf und versuchte, einen möglichst nonchalanten Eindruck zu erwecken.

Elsie Brand, meine Sekretärin, blickte lächelnd von ihrer Schreibmaschine auf.

»Hatten Sie ein schönes Wochenende?« fragte sie.

»Wunderbar!«

»Aber Sie sehen ein bißchen blaß aus heute morgen.«

»Ich fühle mich großartig«, versicherte ich ihr. »Sie hingegen sehen aus wie ein Filmstar, Elsie. Ist Bertha drin?«

Sie nickte. »Sie hat schon nach Ihnen gefragt.«

»Wenn ein anderer nach mir fragen sollte, sagen Sie, ich sei wegen eines Falles unterwegs.« – Dann ging ich in Berthas Büro.

Ihre schmalen Äuglein schossen mir einen scharfen, examinierenden Blick entgegen. Dann drehte sie sich in ihrem Stuhl herum. Er quietschte wie immer unter der Last ihres Körpergewichtes gequält auf, und es war alles wie an jedem anderen Morgen.

»Mach die Tür zu, mein Schatz«, forderte Bertha mich auf.

Ich tat, wie sie befohlen hatte.

»Nun, was hat sich ereignet? Hast du etwas herausbekommen, was uns den achtzigtausend Dollar näherbringt?«

»Wie steht es mit dem Koffer?« stellte ich ihr eine Gegenfrage.

»Das war eine ganz einfache Sache. Du siehst, du mußt dir nur etwas wünschen, und – Bertha schafft es herbei.«

Sie schob ihren Stuhl zurück und zog unter dem Schreibtisch einen kleinen Koffer hervor.

»Und wie bekamst du ihn?«

»Ich ging zu Stanwick Carlton und erzählte ihm, daß ich diesen Koffer noch einmal untersuchen wolle, weil ich nicht an die Theorie der Polizei glauben könne. Ich dächte vielmehr, die ganze Geschichte sei nur so aufgemacht, um womöglich etwas anderes, Gefährlicheres zu vertuschen.«

»Ja, was zum Beispiel?«

»Mein Gott, das sagte ich ihm natürlich nicht. Ich servierte ihm so ein paar allgemeine Redewendungen. Und der arme Bursche ist ja wirklich ziemlich kaputt. Er weinte sich an meiner Schulter aus, und dann ertränkte er seinen Kummer im Alkohol. Ich sagte ihm, er solle mir den Koffer überlassen. Er gab ihn mir sofort, und gleichzeitig küßte er mich. Denk dir, dieser arme Narr küßte mich!« Bertha grunzte vor Vergnügen.

»Die Hauptsache ist, daß du den Koffer bekommen hast.«

Sie fuhr sich mit dem Handrücken über die Lippen. »Da hast du recht, den Koffer haben wir.«

Ich stand auf und sah ihn mir an. »Wurde seither etwas darin verändert, oder . . .«

»Wie, zum Teufel, soll ich wissen, was die Polizei mit dem Koffer angestellt hat? Ich fragte Stanwick Carlton, ob er hineingesehen habe. Aber er schüttelte den Kopf. Er könne es nicht ertragen, sagte er.«

Ich ließ das Kofferschloß aufschnappen. »Das Geschoß werden sie auf jeden Fall entfernt haben. Hilf mir einmal nachdenken, Bertha.«

»Was gibt's da schon viel nachzudenken, es ist und bleibt halt ein Koffer.«

»Wir werden nicht allzuviel Zeit haben, um ihn gründlich studieren zu können. Aber wir müssen etwas klären. Zum Beispiel: Warum schoß man in ihn hinein?«

»Weil der Mann, der auf die Frau schießen wollte, sie nicht traf, und die Kugel eben in den Koffer ging.« Ich begann die zusammengelegten Kleidungsstücke herauszunehmen und sie vorsichtig auf Berthas Tisch zu legen. Dann schichtete ich sie so übereinander, daß die Löcher, welche die Kugel in jedes der Stücke gebohrt hatte, aufeinanderzuliegen kamen. Schließlich fuhr ich mit Berthas Bleistift durch diese Löcher, um die Richtung der Kugel zu rekonstruieren.

Eine Bluse lag sauber zusammengefaltet darin, aber die Kugellöcher verliefen im Zickzack durch die ganze Bluse.

»Diese Bluse muß jemand nachträglich zusammengelegt haben.«

»Höchstwahrscheinlich die Polente«, sagte Bertha.

»Sie ist aber kunstgerecht zusammengelegt.«

»Na, und wenn schon?«

»Komm, nun versuchen wir einmal, die Bluse so zu legen, daß die Löcher der Kugel aufeinandertreffen.«

Ich versuchte vielleicht ein halbes Dutzend verschiedene Legearten, aber die Löcher paßten nie aufeinander. Bertha zeigte plötzlich mehr Interesse.

»Nun sag mir bloß, wie man sie noch zusammenlegen könnte«, bat ich sie. »Wie würde sie denn eine Frau falten?«

»Das darfst du mich nicht fragen«, antwortete Bertha in unverblümter Offenheit. »Ich pflege meine Sachen immer in den Koffer hineinzuwerfen, den Deckel draufzudrücken und mit meinen hundertsechzig Pfund das Kofferschloß zum Einschnappen zu bringen! Du kennst mich doch, Schätzchen.«

»Es bleibt uns nicht allzuviel Zeit, Bertha«, unterbrach ich ihren Redeschwall.

»Das sagtest du schon einmal. Was soll das heißen?«

»Es kann sein, daß ich für eine Weile verschwinden muß.«

»Um an diesem Fall zu arbeiten?«

Ich nickte.

»Mir soll es recht sein, wenn du nur die viele Pinke sicher nach Haus bringst«, meinte sie. »Acht Tausender könnten uns schon recht guttun ...«

»Du vergißt, daß wir acht Prozent davon an die Steuer abführen müssen.«

Ich wußte, welche Reaktion das bei ihr auslösen würde.

Bertha begann rot anzulaufen; wütend suchte sie nach Worten. Ich legte die Kleider wieder sorgfältig in den Koffer zurück, schloß ihn ab und nahm ihn in mein Büro hinüber.

Elsie Brand blickte von ihrer Arbeit auf.

Neugierig reckte sie den Hals über ihre Schreibmaschine hinweg und betrachtete den Koffer. »Verreisen Sie?«

»Vielleicht.«

»Ist das nicht der Koffer einer Dame?«

Ich nickte. »Kommen Sie doch einen Augenblick in mein Zimmer.«

Sie stand sofort auf und folgte mir.

Ich schloß die Tür hinter ihr. »Elsie, wir haben nur ein paar Minuten Zeit und müssen uns daher kurz fassen. Nehmen Sie einmal an, Sie seien eine Frau, die mit ihrem Liebsten zu einem Autohotel gefahren ist. Die Tür des Hotelzimmers ist hinter Ihnen zugefallen, und Sie befinden sich nun in absolut privater Sphäre. Was würden Sie tun?«

Sie errötete.

Lächelnd sagte ich: »Nein, nein, Sie müssen wegen dieser Frage nicht rot werden! – Würden Sie nicht zuerst Ihre Kleider aus dem Koffer auspacken?«

»Ja, ich würde sie auspacken und auf Bügel hängen.«

»Sehen Sie mal in den Koffer hinein. Es ist inzwischen vieles darin verändert worden, und man kann nicht mehr richtig erkennen, wie er zuvor gepackt war. Aber achten wir doch mal auf die Kugellöcher. Hier sind ein paar Stücke Unterwäsche, und auch ein Paar Strümpfe, in denen diese Löcher sind. Und nun kommen wir zu der Bluse. Sie ist für mich das größte Problem. Können Sie die Bluse so zusammenlegen, daß die Löcher aufeinandertreffen? Sehen Sie, drei- oder sogar viermal ging die Kugel hindurch.«

Elsie nickte. »Wenn sie überhaupt zusammengefaltet war«, meinte sie.

»Versuchen Sie es mal!« bat ich sie.

Elsie breitete die Bluse auf meinem Schreibtisch aus. Sie versuchte die verschiedensten Arten des Zusammenlegens, ähnlich, wie ich es selbst bereits getan hatte – aber die Kugeldurchschläge trafen nie aufeinander.

Nun begann Elsie die Bluse eingehender zu betrachten, sie beroch sie sogar, faltete sie wieder und sagte schließlich: »Die Bluse kann nicht gepackt im Koffer gewesen sein. Oder sie war höchstens so zusammengefaltet.« Damit knüllte sie die Bluse zusammen, schlug ein paar unregelmäßige Falten hinein, nahm meinen Füller und führte ihn durch die Löcher.

Zu dem gleichen Ergebnis war ich zuvor auch gekommen.

»Würde denn eine Frau ihre Bluse so in den Koffer legen?«

Sie schüttelte den Kopf. »Die Bluse war zwar nicht frisch, sie ist bereits getragen worden, aber trotzdem kann ich mir nicht denken, daß eine Frau sie so nachlässig hineinwirft.«

»Warten Sie mal, was sagten Sie, die Bluse war getragen?«

»Ja, sie ist leicht angeschmutzt. Sicherlich hat die Frau die Bluse wenigstens einmal angehabt.«

»Wenn Sie zu einem Rendezvous in ein Autohotel gingen, und zwar mit einem Mann, den Sie liebten, würden Sie dann angeschmutzte Wäsche in Ihrem Koffer mit sich führen?«

»Bestimmt nicht! War dieser Koffer ihr einziges Gepäckstück?«

»Ja.«

»Was hatte denn der Mann bei sich?«

»Nichts.«

Elsie begann den Inhalt des Koffers durchzusehen.

Ich ging zum Fenster und zündete mir eine Zigarette an. Elsie sagte: »Ich glaube, daß sie diese Bluse angehabt hat, als sie zu dem Autohotel hinausfuhr.«

»Das denke ich auch, Elsie. Ich kann es nicht beweisen, aber ich nehme auch an, daß es so war.«

»Und wenn sie ihre Sachen gefaltet hatte, muß das so ausgesehen haben.«

Ich sah in den Koffer, die Kugeldurchschläge waren nun alle in einer Linie, aber die Kleidungsstücke waren teils gerollt, teils gefaltet, und die Bluse war in eine schmale Lücke gepreßt.

»Sie würden Ihre Kleider niemals auf diese Weise hineingelegt haben?«

Sie schüttelte den Kopf.

»Danke, Elsie«, sagte ich. »Ich glaube, ich weiß nun Bescheid. Hören Sie, Elsie: Die Dinge werden sich ziemlich kompliziert gestalten.«

»Wieso?«

»Sie werden sogar sehr schwierig werden. Bitte denken Sie daran, ich bin unterwegs und arbeite an einem Fall, der so kompliziert ist, daß ich euch nicht immer sagen kann, wo ich gerade zu finden bin. Aber bitte, sagen Sie jedem, daß ich heute morgen hier im Büro gewesen sei und es nicht gerade so ausgesehen habe, als sei ich in besonderer Eile ...«

Die Tür wurde aufgerissen. Bertha Cool füllte den ganzen Türrahmen aus, sie war in höchster Empörung.

»Was ist denn los?«

»Was? Diese verdammte Bank macht mich noch völlig verrückt. Was die sich nur einbilden!«

»Welche Bank meinst du, und was hast du mit ihnen?«

»Es geht um den Scheck, den Claire Bushnell mir gab. Die haben die Stirn, mir heute zu sagen, daß die Bushnell zwar einen Scheck hinterlegt habe, aber daß dieser Scheck nichts wert sei. Und nun wollen sie mein Konto mit den zweihundert Dollar belasten.«

»Er ist nicht gedeckt?«

»Die behaupten es.«

»Wer unterzeichnete den Scheck, den Claire Bushnell hinterlegte?«

»Das wollen sie nicht sagen.«

»Schon gut, reg dich nicht auf. Ich kümmere mich darum.«

»Was denkt sich die Bank überhaupt? Erst geben sie mir eine positive Auskunft – und dann versuchen sie, mich doch noch hineinzulegen.«

»Versuchen können sie es immer.«

»Jawohl, aber da sind sie bei mir an der falschen Adresse.«

»Wo hast du den Scheck eingelöst? Bei der Bank, auf die er ausgestellt war?«

»Nein, sei doch nicht so schwer von Begriff. Ich ging zu unserer Bank. Sie stellten dort Nachforschungen an, ob der Scheck gedeckt sei. Die andere Bank bestätigte das. Und auf Grund dieser Rückfrage zahlte mir unsere Bank das Geld auf Kredit aus.«

»Wenn du den Scheck bei unserer Bank zwecks Einziehung hinterlegtest, sind sie völlig im Recht. Sie müssen ihn nicht einlösen, bevor sie nicht wissen, ob er gedeckt ist.«

»Aber am Telefon haben sie doch erklärt, daß er gedeckt sei.«

»Vielleicht war das Sonnabend morgen noch der Fall. Inzwischen ist es aber Montag. Und nun ist die Situation eine andere.«

»Aber Donald, das können sie uns doch nicht antun. Zum Teufel noch mal! Jetzt haben wir die ganze Arbeit umsonst gemacht.«

»Warte erst einmal ab, Bertha. Und bitte erzähle niemandem, womit ich mich gerade befasse. Und wag es nicht, irgend jemandem einen Hinweis zu geben, wo er mich antreffen könne. Die ganze Sache ist ein Pulverfaß, und ich muß sehr, sehr vorsichtig zu Werke gehen. Hast du mich verstanden?«

»Ich werde zu niemandem darüber sprechen«, versicherte Bertha. »Aber kümmere dich auch um diese Claire Bushnell. Sie soll sehen, wo sie das Geld herbekommt. Vielleicht hat sie Schmuck oder sonst etwas. Außerdem hat sie ja die reiche Tante. Die soll sie mal anpumpen, damit sie ihre Schulden an uns bezahlen kann.«

Ich grinste Bertha ins Gesicht. »Du meinst, die Tante soll dafür zahlen, daß man ihren Liebhaber beschatten läßt?«

»Es ist mir egal, wie du es anstellst, aber die Sache mit dem Scheck muß in Ordnung kommen. Zweihundert Dollar! Die dürfen uns doch nicht durch die Lappen gehen!«

»Bevor ich in dieser Sache etwas tun kann, habe ich noch einige andere Kleinigkeiten zu erledigen. Du wirst jedem erzählen, daß ich an einem unserer üblichen Routinefälle arbeite.«

»Warum bist du nur heute so zappelig?«

»Ich bin nicht zappelig. Ich möchte nur einer Sache nachgehen, bevor . . .«

»Bevor was?« fragte Bertha.

»Bevor die Polizei beginnt, darüber nachzuforschen, welchen Weg die Kugel nahm, die durch den Koffer schlug.«

»Du spinnst doch! Diese Frage dürfte doch längst geklärt sein. Nur soweit es die Versicherung angeht, ist sie es natürlich nicht. Du wirst doch diesmal kein Pech haben? Achtzigtausend! Denk immer daran!«

»Schon gut«, sagte ich. »Halte dich nur an diese Achtzigtausend,

Bertha, das hilft dir vielleicht! Und vergiß nicht, wie wichtig die Versicherungsfrage ist.«

»Das ist richtig. Vielleicht ist es besser, du zerbrichst dir nicht den Kopf wegen der zweihundert Dollar. Wir werden uns an die Bank halten. Ich werde es schon schaukeln, aber bitte, laß dich nicht von dieser Bushnell becircen.«

»Warum nicht?« fragte ich lächelnd.

»Nein!« rief Bertha aus. »Du müßtest doch allmählich selbst wissen, daß keine Frau der Welt zweihundert Dollar wert ist.«

Mit diesen Worten ging Bertha hinaus. Die Tür flog hinter ihr ins Schloß.

Unten nahm ich mir ein Taxi. Ich ließ es vor einem Laden in Veronica Way halten und ging den Weg bis zur Nummer 1624 zurück.

Wieder versuchte ich das Klingelsignal, mit dem ich am Tage zuvor so erfolgreich gewesen war.

Claire Bushnells Stimme kam durch das Sprachrohr.

»Wer ist da?«

»Lam«, sagte ich.

»Oh . . . Ich kann Sie aber jetzt nicht empfangen.«

»Warum nicht?«

»Ich bin gerade erst aufgestanden. Ich habe die Zeit verschlafen.«

»Ziehen Sie sich etwas an und machen Sie auf. Es ist sehr wichtig.«

Sie zögerte. Doch dann hörte ich den Türöffner summen. Ich öffnete und ging hinauf, und da die Wohnungstür nur angelehnt war, trat ich, ohne anzuklopfen, ins Zimmer. Claire Bushnell rief mir vom Schlafzimmer aus zu: »Machen Sie's sich bequem, ich bin in wenigen Minuten fertig.«

»Warum sind Sie so formell?« fragte ich. »Es ist doch egal, was Sie anhaben. Ich muß sofort mit Ihnen sprechen.«

Sie öffnete die Tür einen Spalt breit. »Wer ist formell? Ich muß mich doch ein bißchen schönmachen. Wissen Sie nicht, daß wir Frauen am Morgen gar nicht sehr attraktiv aussehen?«

»Woher sollte ich das auch wissen?«

»Und das soll ich glauben?« antwortete sie und schlug die Tür zu.

So saß ich dann und wartete.

Fünfzehn Minuten dauerte es, bis sie herauskam. Sie trug Slippers und ein farbenfrohes Negligé, ihre Haare waren gut frisiert, ihr Gesicht geschminkt und die Lippen nachgezogen.

»Sie kommen doch stets zu den ungelegensten Zeiten«, sagte sie zur Begrüßung.

Ich betrachtete sie eingehend. »Zauberhaft wie eine Lilie«, antwortete ich.

»Was wollen Sie damit sagen?«

»Daß Sie keinerlei Kriegsbemalung benötigen. Sie könnten geradewegs aus dem Bett stolpern und anschließend einen Schönheitspreis gewinnen.«

»Anscheinend haben Sie doch umfassendere Kenntnisse, als Sie zugeben. Was halten Sie von einer Tasse Kaffee?«

»Guter Einfall.«

Sie öffnete eine kleine Tür, die eine Kochnische verbarg. Alles darin sah sehr niedlich und sauber aus. »Viel kann ich Ihnen zum Frühstück nicht anbieten, ich esse morgens nur sehr wenig und bin auf Besuch nicht eingestellt.«

»Lassen Sie nur, ich habe schon gefrühstückt. Ich wollte nur eine Tasse Kaffee.«

»Und warum kreuzen Sie so früh bei mir auf?«

»Wegen des Schecks, den Sie uns gaben.«

»Wegen der zweihundert Dollar?«

»Ja.«

»Und was ist damit?«

»Er ist geplatzt.«

Sie war gerade dabei, den Kaffee in die Kanne zu schütten. Aber nun riß es sie herum. Die Kaffeekanne hielt sie in der Hand.

»Was reden Sie da?«

»Der Scheck platzte, habe ich gesagt.«

»So ein Quatsch, der Scheck war vollkommen in Ordnung.«

»Anscheinend gibt es Leute, die darüber anderer Meinung sind. Die Bank zum Beispiel denkt schon anders als Sie. Der Scheck, den Sie uns gaben, war nicht gedeckt.«

»Donald, das ist unmöglich. Dieser Scheck war wirklich in Ordnung. Ich kann das nicht begreifen.«

»Wenn Sie mir nicht glauben wollen, rufen Sie doch Ihre Bank an.«

Langsam setzte sie die Kaffeekanne auf den Tisch nieder. Ihre Gedanken waren abwesend.

»Guter Gott, daran hätte ich nie gedacht.«

Nach einer Weile sagte ich zu ihr: »Bertha Cool ist natürlich aus dem Häuschen.«

»Das glaube ich Ihnen gern.«

»Und was können Sie dagegen tun?«

Sie sah mich nachdenklich an. »Nichts, glaube ich. Im Augenblick jedenfalls nichts.«

»Sie können das Geld nicht aufbringen?«

»Nein, nicht einen Cent.«

»Aber Sie haben doch sicherlich noch etwas Geld? Oder ein paar Sachen, die Sie verkaufen könnten?«

»Ich habe aber gar nicht die Absicht, das zu tun.«

»Mir scheint, daß Ihnen Ihre liebe Tante heute nicht mehr so wichtig ist, als es am Samstag noch den Anschein hatte.«

»Schweigen Sie. Und warten Sie, bis der Kaffee kommt.«

»Von wem kam der Scheck?« fragte ich. »Ich meine, der geplatzte?«

»Was wollen Sie lieber, auf den Kaffee warten oder rausgeworfen werden?«

»Auf den Kaffee warten«, entschied ich mich seufzend. Sie ließ Wasser in den Filterapparat, zündete das Gas an und brachte einen Laib Weißbrot, Butter und Marmelade aus der kleinen Küche mit.

»Haben Sie schon in die Zeitung gesehen?«

»Nein.«

Ich reichte ihr die Morgenblätter hinüber. »Bis der Kaffee fertig ist, können Sie ruhig mal hineinschauen.«

»Ich würde lieber mit Ihnen sprechen. Die Zeitungen kann ich auch später noch lesen. Sie sind interessanter für mich, denn Sie versuchen doch, etwas aus mir herauszuquetschen. Nicht wahr?«

»Ich weiß längst Bescheid«, sagte ich abwehrend.

Sie schlug die Zeitungen auf. Nachdem sie einen kurzen Blick auf die Titelseite geworfen hatte, entdeckte sie den Bericht von dem Mord. Sie las die Überschriften und blätterte dann weiter bis zur Rückseite, auf der die Bilder der Ermordeten zu sehen waren.

»Das ist wirklich ganz entsetzlich.«

»Was?«

»Auf diese Weise umgebracht zu werden.«

Ich schwieg.

»Anscheinend ein Sexualverbrecher«, sagte sie und schüttelte sich. »Ich mag nicht an diese Dinge denken.«

Ich nahm mein Zigarettenpäckchen aus der Tasche. »Möchten Sie eine?«

»Bitte, ja.«

Sie nahm sich eine Zigarette und führte meine Hand mit ihren Fingerspitzen, als ich ihr das Streichholz hinhielt. Dann zündete ich mir auch eine Zigarette an, stand auf und ging zum Fenster.

Langsam drehte ich mich nach einer Weile um.

Claire hatte inzwischen die Sportseite aufgeschlagen und las die Rennberichte.

Ich sah weiter zum Fenster hinaus.

Dann hörte ich, wie sie die Zeitung zusammenfaltete. »Haben Sie die Aussicht so gern?«

»Warum nicht?«

»Das freut mich. Manche Leute machen sich nichts daraus.«

»Sie sind heute wesentlich freundlicher zu mir als gestern.«

»Vielleicht mag ich Sie heute schon besser leiden.«

»Vielleicht.«

»Vielleicht fühle ich mich heute besser.«

»Vielleicht.«

»Vielleicht bilden Sie es sich auch nur ein, daß ich netter sei.«

»Vielleicht.«

»Du liebe Güte, wollen Sie denn gar nicht mit mir streiten?«

»Nein, das überlasse ich Bertha.«

»Dann ist es gut, und vor Bertha werde ich mich hüten.«

»Seien Sie nicht leichtsinnig. Wenn Bertha Sie verklagt, daß Sie einen ungedeckten Scheck ausgegeben haben, kann es für Sie übel werden.«

»Der Scheck war gedeckt, als ich ihn ihr übergab. Wenn sich inzwischen einiges andere ereignete, so bin ich völlig unschuldig daran.«

»Die Bank ist anderer Meinung. Sie erklärte, daß sie diesen Scheck annahm, um ihn für Sie einzuziehen. Sie durften ihn nicht ausgeben, bevor seine Deckung nicht geklärt war.«

»Davon haben sie mir aber nichts gesagt. Sie nahmen ihn an und buchten den Betrag auf meinem Sparbuch ab.«

Sie zögerte einen Moment, dann stand sie auf und ging in ihr Schlafzimmer. Kurz darauf kam sie zurück, reichte mir ein schmales Sparbuch, öffnete es und deutete mit einem wohlgeformten Fingernagel auf die letzte Eintragung. Ein Kredit von 500 Dollar stand dort. Darunter fand sich der Namenszug eines Bankangestellten, der die Eintragung vorgenommen hatte.

Ich schob ihren Finger ein wenig zur Seite, um auch die anderen

Eintragungen sehen zu können. Eine Summe von 250 Dollar wurde regelmäßig jeden Monat für sie eingezahlt.

Plötzlich merkte sie meine Neugier und zog rasch das Buch weg. Ihre Augen flammten zornig auf. »Sie sind der naseweiseste und impertinenteste Mann, der mir je begegnet ist!«

»Ihre monatliche Abfindung ist gar nicht so gering«, sagte ich ungerührt, »wenn Sie sich ein bißchen einzurichten verstehen, müßten Sie damit auskommen. Wenn nicht, dann können Sie's ja noch einmal mit einer neuen Heirat versuchen, vielleicht fällt dann die nächste Rente höher aus.«

Sie blickte mich ruhig an. »Eines Tages werde ich Ihnen eine Ohrfeige geben, Donald Lam.«

»Tun Sie das nicht. Womöglich werden dann meine primitiven Instinkte zum Vorschein kommen, und ich könnte zurückschlagen.«

»Sie und primitive Instinkte!« sagte sie zornig. »Sie sind weder primitiv noch haben Sie überhaupt ein Gefühl.«

»Sobald ich meinen Kaffee getrunken habe, können Sie mich ja rauswerfen.«

»Das werde ich auch.«

Der Kaffee war inzwischen durch den Filter gelaufen, und sie legte zwei Brotscheiben in den Toaster. Das Brot lehnte ich ab, aber ich trank zwei Tassen Kaffee mit ihr. Ihre Augen studierten mich immer wieder.

»Ich möchte gern die Wahrheit wissen, Claire«, begann ich.

»Ich habe Sie nicht belogen.«

»Sie erzählten mir, daß Sie befürchteten, dieser junge Mann werde Ihrer Tante Aktien verkaufen, oder sonst etwas.«

»Das befürchtete ich auch.«

»Und Sie erzählten mir weiterhin, Sie hätten Bedenken, daß er Ihre Tante heiraten wolle, um sich ein Stück von dem großen Kuchen abzuschneiden.«

»Das stimmt auch.«

»Aber Sie bezahlten keine zweihundert Dollar dafür, um nur das herauszufinden.«

Sie antwortete nicht.

»Bitte, Claire, lassen wir die Geheimnistuerei.«

»Sie sind ja derjenige, der geheimnisvoll tut. Sie stellen alle möglichen wilden Vermutungen an, um irgend etwas herauszufinden, was Sie für ungemein wichtig halten. Sie zermartern Ihr armes Hirn mit Einbildungen und Kombinationen . . .«

»Hören Sie einmal zu, Claire. Wir wollen jetzt offen sprechen. Sehr wahrscheinlich haben Sie eine gewisse Chance, von Ihrer Tante Geld zu erben. Ich glaube aber nicht, daß diese Chance so groß ist, wie Sie uns berichtet haben, und ich bezweifle auch sehr, daß Ihre Tante so reich ist, wie Sie es Bertha angedeutet haben.«

»Na und, ist das nicht meine Sache?«

»Bis zu einem gewissen Punkt ist es Ihre Sache, natürlich. Als Sie ins Büro kamen und Bertha die Geschichte von dem Mann und Ihrer Tante erzählten und daß Sie den Mann beobachtet haben wollten, um herauszufinden, wer er sei und so weiter, da erzählten Sie uns eine Geschichte. Sie war ganz gut erdacht, aber irgendwo fehlten ihr doch die Glaubwürdigkeit und der Zusammenhang. Für ein Mädchen in Ihren finanziellen Verhältnissen war die Summe, die Sie ohne mit der Wimper zu zucken bezahlten, zu hoch – jedenfalls gemessen an den Motiven, die Sie uns angaben. Nun stellt es sich heraus, daß Sie gar nicht soviel Geld haben, wie Sie annahmen. Sie erwarteten Samstag einen Scheck über fünfhundert Dollar. Das war, bevor Sie zu Bertha gingen. Und Bertha ließ bei Ihrer Bank nachfragen, worauf man ihr mitteilte, der Scheck sei gedeckt. – Heute vertritt Ihre Bank jedoch die Ansicht, daß dieser Scheck ungedeckt ist, nur zur Einziehung angenommen und Ihnen zeitweilig ein Kredit gewährt wurde.«

»Mein Gott«, sagte sie. »Sie sind wirklich zu genau, aber wahrscheinlich haben Sie recht.«

»Die Schlußfolgerung daraus liegt auf der Hand. Wenn Sie eine geschäftliche Abmachung getroffen hätten, und ich käme heute morgen zu Ihnen und sagte, der Scheck ist geplatzt, was würden Sie dann tun? – Sie würden sofort Schritte unternehmen, um Ihre fünfhundert Dollar einzutreiben, damit Sie uns die zweihundert zahlen könnten. Der Grund jedoch, warum Sie das nicht versuchen, ist folgender: Sie wissen, daß es inzwischen aussichtlos geworden ist, diese fünfhundert Dollar zu fordern.«

»Bitte, Donald, wenn das nun wirklich der Fall ist? Viele Leute haben schon Schecks angenommen und später zu ihrem Entsetzen feststellen müssen, daß sie betrogen wurden.«

»Sie sind nicht betrogen worden. Sie nahmen den Scheck und wußten, daß er gedeckt war. Aber der Grund, warum die Bank sich jetzt weigert, ihn auszuzahlen, ist einfach der, daß man inzwischen festgestellt hat: Die Person, die den Scheck ausstellte, ist tot.«

Claire hielt gerade ihre Kaffeetasse an die Lippen. Ihre Hand begann zu flattern, und der Unterteller klirrte, als sie die Tasse niedersetzte.

In wortloser Verblüffung sah sie mich an.

»Mit anderen Worten«, fuhr ich fort, »der Scheck über fünfhundert Dollar stammt von Minerva Carlton. Sie trafen sie am Samstag vormittag, bevor Sie zu unserer Agentur gingen. Minerva Carlton bat Sie, herauszufinden, wer dieser Mann sei, der im Haus Ihrer Tante verkehrte. Sie gab Ihnen diesen Scheck über fünfhundert Dollar, den Sie für Ihre Auslagen benutzen sollten. Und dann gingen Sie zu unserem Büro und trugen Ihre rührende Geschichte vor, und Sie gaben uns auch den Grund an, warum Sie diesen Mann beobachten lassen wollten. Minerva Carlton wußte, daß es entschieden glaubwürdiger wirken würde, wenn Sie zu uns kamen. Wäre sie selbst mit dem gleichen Anliegen erschienen, so hätte das wesentlich verdächtiger ausgesehen. In Wirklichkeit denkt Ihre Tante weder daran, Ihnen etwas zu vermachen, noch glauben Sie selbst ernstlich, daß dies jemals der Fall sein wird. Aber Ihre Geschichte klang zunächst so glaubhaft, daß wir an Ihrem Fall zu arbeiten begannen. Den Zweihundertdollarscheck konnten Sie uns ja leicht übergeben, denn Sie wußten, daß Minerva Ihnen das Geld überweisen werde. So, und nun hoffe ich, werden Sie mir endlich die Wahrheit sagen und mir die echten Motive angeben.«

Sie blickte mich zornig an. »Was Sie doch für eine blühende Phantasie entwickeln können!« sagte sie, aber es klang etwas unsicher.

»Claire, wenn Sie nicht endlich mit der Wahrheit herausrücken, muß ich meine Informationen der Polizei übergeben.«

»Und was kann die Polizei schon tun?«

»Die Polizei? Als nächstes wird sie sich mit Ihrer Bank in Verbindung setzen und nachprüfen, von wem der Fünfhundertdollarscheck unterschrieben war. Dann wird man Sie einer höchst peinlichen Befragung unterziehen, denn Minerva ist tot, vergessen Sie das nicht.«

Sie spielte mit dem Henkel ihrer Kaffeetasse, während sie nachdenklich vor sich hin sah.

»Ich kann nicht den ganzen Tag auf Ihre Antwort warten, Claire.«

Sie nickte. »Geben Sie mir eine Zigarette, Donald.«

Ich reichte ihr eine. Und nachdem sie hastig einen tiefen Zug gemacht und noch einen Augenblick das glühende Zigarettenende betrachtet hatte, sagte sie: »Okay, Donald, Sie haben gewonnen.«

»Und wie war es?«

»Minerva und ich waren gute Freundinnen. Wir hatten viel Spaß daran, zusammen auszugehen, die eine oder andere Bekanntschaft zu machen und dann die Männer sitzenzulassen. Wir haben beide genügend Erfahrungen, um nicht mehr so leicht auf einen x-beliebigen Mann hereinzufallen. Aber so kleine Abenteuer einzufädeln, das machte uns Spaß.«

»War das damals, während der Zeit, als Minerva noch hier lebte und bei Dover Fulton arbeitete?«

»Sie war seine Sekretärin.«

»Und was ereignete sich dann?«

»Minerva ging nach Colorado, sie hatte dort reiche Verwandte. Bald traf sie Stanwick Carlton. Ich glaube nicht, daß sie sehr in ihn verliebt war, aber er war ein netter Mann, und für eine Ehe schien er ihr ein recht guter Fang. Sie warf also ihre Netze aus und zog ihn an Land. Minerva wurde es jedoch bald leid, ständig die sittsame Hausfrau zu spielen. Sie war klug genug, zu wissen, daß die Tage ihrer Freiheit vorüber waren. Aber sie sprach gern mit mir von den vergangenen Zeiten. So kam sie mich häufig besuchen, wir saßen bis tief in die Nächte hinein, und wir lachten herzhaft, sobald wir von unseren vergangenen Abenteuern sprachen. Einmal verbrachten wir auch gemeinsame Ferien an der Küste. Die bürgerliche Atmosphäre in Colorado ging ihr damals wieder einmal auf die Nerven. Sie kam mich abholen, und wir fuhren also ans Meer.«

»Und flirteten natürlich herum?«

»Seien Sie doch nicht so plump, Donald. Natürlich hielten wir ein bißchen Ausschau. Aber schließlich war Minerva verheiratet. Sie hatte doch alles, was man sich wünschen kann, ein schönes Heim, Dienstboten, eine gehobene soziale Stellung und genügend Geld. Wenn sie auch nicht gerade überglücklich war, so war sie doch, im ganzen gesehen, zufrieden. Minerva war eben keine Spießerin, sie machte gern ihre Späße und konnte auch über sich selbst lachen. Sie liebte Betrieb, und vor allem mochte sie solche Menschen, die keine Vorurteile hatten. Es war ihr schon immer klar, daß sie sich trotzdem eines Tages in einem bürgerlichen Milieu verfangen würde, was ja auch dann der Fall war.«

»Und wie war es während der Tage am Meer, wurden Sie sehr umschwärmt?«

»Sie meinen mich?«

»Nein, Sie und Minerva.«

»Natürlich wurden wir hier und da beachtet. Ich bin bisher keinem Mann begegnet, der nicht früher oder später einen Annäherungsversuch unternommen hätte.«

»Und wie verhielt sich Minerva?«

»Sie führte die Männer ein bißchen an der Nase herum und hielt sie hin. Wir hatten unsere ständigen Begleiter, beim Ausgehen, beim Schwimmen – einer von ihnen wurde ganz närrisch, er verliebte sich regelrecht in Minerva, aber das nützte ihm nichts.«

»Minerva wurde mit ihm auch einmal fotografiert, und ihr Kopf ruhte auf dem Bild an seiner nackten Schulter.«

»Woher wissen Sie das?«

»Ich sah das Foto.«

»Donald Lam«, sagte sie betont ernst, »haben Sie mir diese Negative gestohlen? Ich wette, es ist so. Ich suchte sie schon überall und konnte mir nicht erklären, wohin ich sie gelegt haben könnte, ich . . .«

»Natürlich habe ich sie. Weil Sie versuchten, sie vor mir zu verbergen, habe ich sie genommen.«

»Das mag ich aber nicht gern.«

»Ist ja nun geschehen. Bleiben wir bei der Hauptsache. Hatte Stanwick Carlton eine Ahnung davon, was Sie beide während der Ferien trieben?«

»Ich sagte Ihnen doch, daß wir nichts Ernsthaftes angestellt haben. Wir hatten einige harmlose Verehrer, und das war alles.«

»Und einer von ihnen war Tom Durham?«

»Nein, ich habe diesen Mann nur einmal in meinem Leben gesehen, und das war damals, bei meiner Tante. Es war alles so, wie ich es Ihnen beschrieben habe. Tante Amelia stellte uns nicht einmal einander vor.«

»Warum wünschte Minerva dann, daß er beobachtet werden sollte?«

»Sie wollte es ja nicht, daß man ihn beobachtete. Sie wollte nur seinen Namen erfahren und wissen, in welcher Beziehung er zu meiner Tante stehe.«

»Und woher wußte sie, daß er ein Bekannter Ihrer Tante sei?«

»Von all diesen Dingen weiß ich nichts, Donald. Ich schwöre es Ihnen. Minerva kam am Sonnabend morgen zu mir. Wir hatten uns während der Zeit, die sie in der Stadt verbrachte, drei- oder viermal gesehen: Am Sonnabend erschien sie mir ein wenig triumphierend. Ich hatte den Eindruck, als habe sie etwas überwunden, was sie bisher bedrückt hatte. Sie war aufgeregt. Sie gab mir diesen Scheck und bat mich, in Ihr Büro zu gehen. Aber sie bat mich inständig, sehr, sehr vorsichtig zu sein, denn der Mann dürfe nicht erfahren, daß sie Nachforschungen anstellen lasse. Sie berichtete mir dann von seiner Freundschaft mit Tante Amelia, und nach ihrer Beschreibung wurde es mir klar, daß es jener Mann sein müsse.«

»Und Sie haben keine Ahnung, was er von Ihrer Tante wollte?«

»Beim Himmel, nein! Minerva sagte mir, daß er um vier Uhr nachmittags dort sein werde.«

»Und Sie wissen wirklich nicht, ob er sie heiraten wollte – oder ihr Aktien verkaufen oder . . .«

»Ich weiß überhaupt nichts. Vielleicht ist er Agent für eine Lebensversicherung! Ich erzählte Ihnen damals eine kleine Geschichte, damit Sie an die Arbeit gehen konnten. Und für den Fall, daß er etwas merken sollte, würden die Spuren immer nur bis zu mir geführt haben und nicht zu Minerva. Das war ihre Hauptsorge. Sie sagte mir, es sei äußerst wichtig für sie, daß niemals der geringste Verdacht auf sie fallen werde.«

»Und während dieser Zeit verschwieg Ihnen Minerva das Wichtigste.«

»Was meinen Sie damit?«

»Sie hatte eine große Liebesaffäre mit Dover Fulton und erzählte Ihnen nichts davon.«

»Donald«, sagte Claire und sah mich offen an, »das ist der Punkt, den ich nicht verstehen kann. Ich bin sicher, daß Minerva mir das erzählt haben würde. Warum sollte sie mir das verheimlichen, wo wir doch sonst alles miteinander besprachen? Ich kann diese Sache mit Dover Fulton einfach nicht begreifen.«

»Wo waren Sie am Sonnabend abend so gegen zehn Uhr?«

»Ich? Ich war ausgegangen.«

»Mit einer Freundin?«

»Geht Sie das etwas an?«

»Freund?«

»Ich höre auf diesem Ohr nicht gut!«

»Ich hoffe, Sie haben ein Alibi!«

»Ein Alibi? Was wollen Sie damit sagen?«

»Zu dieser Zeit wurde der Mord begangen.«

»Welcher Mord? Wovon sprechen Sie eigentlich? Von dem Mord, der letzte Nacht geschah?«

»Meinen Sie den Strumpfmord?«

»Ja.«

»Ich nicht.«

»Nun sagen Sie schon, was Sie meinen.«

»Ich spreche von dem Mord, der an Minerva Carlton begangen wurde.«

Nach einer kleinen Pause sagte sie: »Erwarten Sie von mir, daß ich total überrascht bin?«

»Nein.«

»Ich weiß nur zu genau, daß es kein Selbstmord gewesen sein kann«, sagte sie. »Minerva war nicht der Typ. Minerva würde niemals Selbstmord begangen haben, und vor allem glaube ich nicht, daß Dover Fulton ihr so viel bedeutet haben kann. Ich weiß, daß sie ihn gern hatte, ihn verehrte und respektierte. Aber ich weiß genau, daß außer den üblichen kleinen Schäkereien, wie sie nun mal im Büro so vor sich gehen, Dover Fulton sich ihr nie ernsthaft genähert hat während der Zeit, als sie für ihn arbeitete.«

»Vielleicht war Fulton aber trotzdem sehr verliebt in sie.«

»Das kann ich ja eben nicht begreifen. Ich glaube es nicht. Minerva und ich waren so eng befreundet, daß sie mir das niemals verschwiegen haben würde.«

»Sie glauben, daß Sie sie so gut gekannt haben?«

»Ganz bestimmt!«

Ich stand auf. »Falls jemand nach mir fragen sollte, sagen Sie bitte, daß ich bei Ihnen war und wieder fortgegangen bin.«

»Wer sollte denn nach Ihnen fragen, Donald?«

»Ich weiß es nicht. Aber es könnte ja möglich sein.«

»Ihr Büro?«

»Vielleicht.«

»Was wird Ihre Partnerin nun mit meinem Scheck machen?«

»Sie wird sich noch mit Ihnen beschäftigen.«

»Donald, ich habe Ihnen doch nun erklärt, daß ich nicht schuld an der Geschichte bin.«

»Ich weiß! Aber ich glaube kaum, daß Sie Phantasie genug entwickeln werden, Bertha Cool eine berechtigte Forderung von zweihundert Dollar ausreden zu können. Es wäre dasselbe, als versuchten Sie, aus einer Atombombenexplosion einen Schluckauf zu machen!«

Mit diesen Worten verließ ich sie. Ich hatte selbst genügend Sorgen, und die waren wesentlich größer als die ihren.

13

Ich mußte noch einer Spur nachgehen. Bob Elgin hatte die Telefonnummer Waverlay 98765 angerufen, nachdem ich seine Wohnung verlassen hatte. Die Adresse, die auf dem Lizenzschein des Wagens stand, der mich in der Nacht verfolgt hatte, war Sam Lowry, 968 Rippling Avenue.

Die Chancen standen nur eins zu hundert. Aber es zeigte sich, daß meine Kombination richtig war. Waverlay 98765 war die allgemeine Telefonnummer eines Apartmenthauses. Und die Adresse dieses Apartmenthauses war tatsächlich 968 Rippling Avenue.

Es war ein letzter, verzweifelter Versuch, und die Zeit verstrich schnell. Sobald erst die beiden Fotografinnen aufwachten und die Morgenblätter lesen würden, mußten sie sich sofort der Adresse erinnern, die sie mir gegeben hatten. Und von dem Augenblick an würde Frank Sellers sein großes Fangnetz nach mir auswerfen, dessen war ich sicher.

Ich fuhr so rasch wie möglich zur Rippling Avenue. Das Apartment machte keinen vertrauenerweckenden Eindruck. Sam Lowry hatte im zweiten Stock seine Wohnung.

Ich läutete.

Es dauerte eine geraume Zeit, bevor sich etwas rührte. Dann hörte ich die Stimme eines Mannes, der durch das Haus rief:

»Wer ist da?«

»Eine Nachricht für Sie«, antwortete ich.

Die Tür wurde von oben aufgedrückt. Ich ging hinein und stieg die Stufen zum zweiten Stock empor.

Der Mann, der mich oben an der Treppe erwartete, war ein gutgebauter, breitschultriger Bursche, etwa 28 oder 29 Jahre alt. Er hatte den breiten Stiernacken, wie ihn Ringer und Boxer haben. Seine gelockten Haare waren noch ungekämmt. Er trug Hosen, in die er das Oberteil seines Pyjamas gesteckt hatte, und hatte Pantoffeln an. Durch das gebrochene, flache Nasenbein hatte sein Gesicht einen mongolischen, abgestumpften Ausdruck. Sobald er lächelte, wirkte es jedoch gutmütig.

»Was ist los?« fragte er mich.

Ich schloß die Wohnungstür hinter mir. »Es tut mir leid, wenn ich Sie aus dem Bett geholt habe.«

»Oh, das macht nichts. Ich stehe um diese Zeit immer auf. Aber nun sagen Sie schon, was Sie wollen. Von wem bringen Sie mir eine Nachricht?«

»Von mir«, sagte ich.

Das gutmütige Grinsen verschwand aus seinem Gesicht. Breitbeinig stand er vor mir, die Hände in den Hosentaschen. »Das gefällt mir nicht Kamerad«, meinte er und sah mich durchdringend an.

»Mein Name ist Donald Lam, vielleicht gefällt Ihnen das schon besser.«

Er schlug die Hand gegen seine Stirn, als ob er sich erinnern müsse, wo er den Namen zuvor schon gehört habe.

Ich half ihm ein wenig, seine Erinnerung aufzufrischen.

»Vielleicht wissen Sie noch, daß wir beide in der vergangenen Nacht Verstecken gespielt haben.«

Ein Leuchten ging über sein Gesicht. Er grinste, und man sah, daß ihm im linken oberen Kiefer mehrere Zähne fehlten, die ihm vermutlich bei einer Auseinandersetzung verlorengegangen waren.

»Ja, das ist gut!« rief er aus. »Kommen Sie, setzen Sie sich.«

Er reichte mir seine Pranke herüber, und wir gaben uns die Hände.

»Haben Sie Ihren Wagen gefunden?«

Ich nickte. »Alles in Ordnung.«

»Wir haben das Benzin aufgefüllt und stellten fest, wo Sie ihn zu parken pflegten. Ich fuhr ihn dorthin, damit Sie ihn am Morgen wiederfinden konnten. Die Schlüssel mußte ich allerdings steckenlassen, aber ich glaubte nicht, daß jemand die Karre stehlen würde.«

»Nein, so leicht nicht.«

»Was machten Sie denn mit meinem Wagen?«

»Ich parkte ihn in der Nähe einer Straßenbahnhaltestelle. Ich nahm an, Sie würden ihn als gestohlen melden.«

Er zog seine Nase kraus. »Sie müssen wissen, ich bin ein Sportsmann und immer fair. Das würde ich Ihnen nicht angetan haben.«

»Ich habe schon versucht, Sie anzurufen, aber es meldete sich niemand.«

»Woher hatten Sie denn die Telefonnummer?«

»Ich verfüge über genügend Informationsquellen.«

Er lachte. »Meine Nummer ist die vom ganzen Haus unten in der Halle. Der Hausmeister, der in der Nähe sein Zimmer hat, geht manchmal hin, wenn er es läuten hört. Er ruft dann die Betreffenden herunter. Manchmal schläft er aber auch, und dann läßt er es klingeln.«

»Was wollten Sie eigentlich letzte Nacht von mir?«

»Ich wollte mich mit Ihnen unterhalten, und je nachdem, wie die

Unterhaltung ausgefallen wäre ... Wenn Sie schwierig geworden wären, dann ...«

»Dann hätten Sie die Konturen meines Gesichts ein wenig verändert«, fügte ich hinzu.

Er grinste wieder.

»Und was werden Sie nun heute morgen mit mir machen?«

»Zum Teufel, zunächst will ich Ihnen zu einer Tasse Kaffee verhelfen«, antwortete er. »Was halten Sie davon? Ich habe im Bett schon die Zeitung gelesen und bin nun verdammt hungrig.«

»Ich habe bereits dreimal gefrühstückt und noch zwei Tassen Kaffee zusätzlich getrunken.«

»Na schön, dann setzen Sie sich und warten Sie. Ich muß zunächst mit jemandem sprechen, bevor ich Sie wieder gehen lasse.«

»Was war denn eigentlich gestern nacht los?«

»Sie wissen es doch.«

»Nein, ich weiß es nicht.«

»Nun, Sie sollten es aber wissen.«

Inzwischen hantierte er im Zimmer herum. Er hatte den lockeren Gang, der sportlich durchtrainierten Leuten eigen ist. Er setzte das Kaffeewasser auf und steckte dann seinen Kopf durch die Schlafzimmertür.

»Hallo, Süße, aufwachen!«

Eine schläfrige Frauenstimme fragte: »Wer ist es denn?«

»Das wirst du niemals erraten. Mach dich hübsch und komm heraus.«

Gleich darauf öffnete sich die Tür. Ein verschlafenes rothaariges Mädchen erschien. Sie trug einen Bademantel, der offensichtlich Sam Lowry gehörte, denn sie konnte sich fast zweimal hineinwikkeln. Außerdem schleppte sie ihn auf dem Boden nach. Wie sie so dastand, wirkte sie ungemein zierlich und kindlich.

»Schau ihn dir an«, sagte Lowry, »das ist der Bursche, der uns heute nacht den Streich spielte, du weißt, bei den Güterwagen.«

»Donnerwetter«, sagte die Rothaarige anerkennend. »Und heute kommt er dich freiwillig besuchen?«

»So ist es.«

»Und was will er?«

»Das möchte ich auch wissen. Putz deine Zähne, meine Süße, und wasch dir den Schlaf aus den Augen. Dann werden wir frühstücken und uns mit ihm unterhalten.«

Sie nickte und verschwand wieder hinter der Tür.

Einen Augenblick später hörte ich, wie das Wasser im Bad zu laufen begann.

»Ein netter Käfer«, sagte Lowry.

»Das ist sie wirklich«, bestätigte ich.

»Na, und Sie haben sie noch nicht richtig gesehen«, sagte er voll Besitzerstolz. »Warten Sie ab, Sie werden staunen, was alles unter dem Bademantel verborgen ist. Ein netter, kleiner Teufel. Wie wollen Sie Ihre Eier haben?«

»Ich sagte Ihnen doch, daß ich schon dreimal gefrühstückt habe. Ich danke wirklich.«

»Schön, wie Sie wollen. Ich muß immer gut frühstücken. Ich brauche das Futter für die Maschine.« Er zeigte auf seine kräftigen Armmuskeln.

»Die Kleine ist zwar süß, aber mit dem Kochen steht sie auf dem Kriegsfuß.«

»Warum bringen Sie es ihr nicht bei?«

»Das werde ich schon mit der Zeit. Aber es ist auch nicht so wichtig.«

Er wickelte einige Scheiben Schinken aus, legte sie in eine Bratpfanne, stellte die Pfanne aufs Gas und ließ den Schinken in seinem eigenen Fett schmoren. Dann sagte er: »Bei Ihnen muß ich mich in acht nehmen, Sie sind ein gerissener Bursche.«

»Nicht so gerissen, wie Sie denken. Ich hatte halt Glück!«

»Ich habe mich schön hereinlegen lassen«, gab er zu. »Es war ein verdammter Blödsinn von mir, aber ich hatte das wirklich nicht erwartet. Wo steckten Sie denn nur? Etwa unter den Güterwagen?«

»Natürlich. In dem Untergestell des einen Frachtwagens.«

»Kruzitürken!« rief er aus. »Sie denken rasch. Sie konnten meine Scheinwerfer nur ganz entfernt in Ihrem Rückspiegel sehen, und der Zufall, daß Ihnen gleichzeitig das Benzin ausging, ließ Sie schon Verdacht schöpfen. Ich bewundere Ihre schnelle Reaktion – Sie sind ein prächtiger Kerl.«

»Was wollten Sie von mir?«

»Ach zum Teufel, Sie wissen doch selbst, was ich wollte. Die Bilder wollte ich natürlich. Und falls Sie sich weigern würden, mußte ich Sie natürlich etwas härter anpacken. Nur so weit natürlich, um Sie darüber zu belehren, daß man seine Nase nicht in anderer Leute Angelegenheiten stecken soll.«

»Und warum nicht?«

»Sehen Sie«, begann er wieder, während er die Flamme unter der

Bratpfanne kleiner stellte, »das ist eben eine Frage der Berufsethik. Und das besprechen Sie besser woanders.«

»Ich möchte aber mit Ihnen darüber sprechen. Warum hetzte Bob Elgin Sie auf mich?«

»Nun brechen Sie sich mal keine Knochen, Kamerad. Es ist früh am Morgen, und ich habe noch nicht gefrühstückt. Und mit leerem Magen zu denken, hasse ich.«

»Mir kann es ja gleich sein, ich habe das bekommen, was ich wollte.«

»Das nahm ich gleich an, sonst würden Sie sicher hier nicht erschienen sein. Sie sind ja kein Anfänger, ganz im Gegenteil! – Wofür brauchten Sie die Bilder denn?«

»Ich untersuche einen Versicherungsfall.«

»Und was hat das Foto von einem Schwindlerpaar mit dieser Versicherung zu tun?«

»Vielleicht mehr, als Sie denken.«

»Na, bitte schön, Sie können es mir erzählen, während ich esse.«

Der Schinken begann in der Pfanne zu brutzeln, und er wendete ihn mit einer Gabel um.

Da öffnete sich die Badezimmertür. Die Rothaarige kam heraus. Sie trug eng anliegende Hosen und einen Pullover, der zwei Nummern zu klein war.

»Nun«, sagte Lowry stolz, »was habe ich Ihnen gesagt?«

Ich nickte.

»Tu mir den Gefallen, Kleines, und koch jetzt weiter«, bat Lowry das Mädchen. »Ich will mich im Bad ein wenig herrichten.«

Sie ging zu der Gasplatte hinüber, lächelte mich an und beugte sich dann hinunter, um das Gas größer zu drehen. Lowry rief ihr über die Schulter zu: »Dreh nicht an dem Gas herum, es ist richtig eingestellt.«

Sie hörte nicht auf ihn, sondern blieb weiterhin über den Ofen gebeugt stehen und drehte an dem Hahn.

Lowry schloß die Badezimmertür.

Dann hatte sie die Flamme so eingestellt, wie sie es wünschte. Sie drehte sich zu mir um und lächelte wieder. »Sie sind nett«, sagte sie.

»Ich versuche es zu sein«, antwortete ich.

»Eigentlich bin ich froh, daß wir Sie in der vergangenen Nacht nicht erwischt haben. Sam ist manchmal ein bißchen rauh. Ich glaube, er weiß gar nicht, wie stark er ist.«

»Das kann ich mir lebhaft vorstellen.«

Sie zog ihren Sweater glatt. »Wie möchten Sie denn die Eier haben?«

»Danke. Keine für mich. Ich kann einfach nichts mehr essen.«

»Und was gibt es sonst Neues?« fragte der Rotschopf.

»Ich hole Ihnen gern die Morgenzeitungen, wenn . . .«

»Ach, Zeitunglesen ist mir viel zu umständlich, wir wollen lieber zuhören!«

Sie ging durchs Zimmer und drehte das Radio auf. »Ich will es ein bißchen lauter stellen, dann kann Sam es im Bad mit anhören. Stört Sie das?«

Ich schüttelte den Kopf.

Der Ansager beendete gerade die letzten Sätze über die Auslandsereignisse. Dann sprach er über gewisse Schwierigkeiten, die die Gewerkschaften hatten, und ging allmählich zu den lokalen Nachrichten über.

Das Empfangsgerät war zwar klein, aber dennoch war die Stimme des Sprechers sehr klar und deutlich, als er sagte:

»Die letzten Ermittlungen über den Mord an Lucille Hollister, die mit ihrem Strumpf von einem Sexualverbrecher erwürgt wurde, sind eine Bestätigung dafür, wie exakt die Männer unserer Mordkommission arbeiten, und ein Beweis für die Tüchtigkeit von Frank Sellers, der diese Abteilung leitet.

Frank Sellers, der einen gewissen Verdacht hatte, verfolgte die Spuren eines Privatdetektivs, von dem er wußte, daß er an einem Fall arbeitete, in dem auch die junge Lucille Hollister irgendeine bisher noch nicht geklärte Rolle spielte. Vor wenigen Minuten hat nun die Polizei festgestellt, daß als Mörder des Mädchens nur dieser Detektiv in Frage kommt. Sein Name ist Donald Lam. Er führt zusammen mit seiner Partnerin Bertha Cool ein Detektivbüro unter der Firmenbezeichnung ›Cool und Lam‹. Die Schwester der Ermordeten hat ihn eindeutig auf Bildern wiedererkannt und ihn als den Mann identifiziert, den sie in der vergangenen Nacht in ihrem Schlafzimmer lesend angetroffen hatte. Auch die Fingerabdrücke, die man auf dem Zellophaneinband des Buches fand, erwiesen sich klar als die von Donald Lam.

Weiterhin hat die Besitzerin eines Autohotels bestätigt, daß dieses rote Mädchen am Abend zuvor mit Donald Lam in ihrem Hotel gewesen sei. Er habe sich unter dem Namen ›Dover Fulton und Frau‹ eingetragen und eine der Kabinen für eine Nacht gemietet.

Frank Sellers ist selbst erschüttert über dieses Treiben des Privatdetektivs Donald Lam. Der Verdacht, so sagte er, sei ihm gekommen, als er die Beschreibung der Ermordeten gelesen habe, die bis aufs Haar der Beschreibung jenes Mädchens glich, das als Mrs. Fulton in dem Autohotel eingetragen war. Da er wußte, daß dieses Mädchen mit dem Privatdetektiv in Verbindung gestanden hatte, konnte Sellers den Fall schnell klären. Auf die Frage, worin das Motiv zu diesem Verbrechen liegen könnte, erklärte Sellers wörtlich: ›Lam war immer ein ungewöhnlich scharfsinniger Mensch; aber es gab verschiedene Dinge, bei denen man sich fragen mußte, ob er überhaupt völlig normal sei!‹ Auch seine Geschäftspartnerin bestätigte, daß Frauen sich sehr schnell für Lam interessierten, Lam habe sich ihnen gegenüber aber meist sehr zurückhaltend, ja fast außergewöhnlich kalt verhalten.

Die Polizei hat bis jetzt noch keine Personalbeschreibung des Mörders herausgegeben, aber wir hoffen, in unserer nächsten Nachrichtensendung eine ins einzelne gehende Beschreibung des Täters bringen zu können. In der Zwischenzeit wird die Polizei alle Eisenbahnlinien, Flughäfen und Fernstraßen im ganzen Land überwachen. Sellers ist sicher, daß Lam schon in wenigen Stunden gefaßt sein wird. Jedoch ist Vorsicht bei der Festnahme geboten. Donald Lam ist vermutlich jetzt verzweifelt, und es ist möglich, daß er Schwierigkeiten machen wird, wenn es nicht gelingt, ihn überraschend zu verhaften.«

Der Ansager legte eine Pause ein, dann begann er, über ein anderes Thema zu sprechen. Die Rothaarige ging ruhig zum Apparat hinüber und stellte ihn ab.

Sam Lowry kam aus dem Badezimmer. Er wischte sich sein Gesicht mit einem feuchten Handtuch ab.

»Donnerwetter, das ist ja eine schöne Geschichte.«

Ich zündete mir eine Zigarette an.

»Was sollen wir machen?« fragte der Rotschopf.

»Haben Sie einen Revolver?«

»Nein.«

»Sind Sie wirklich der Mörder von dem Mädchen?«

»Nein.«

»Wie kam es, daß Sie Ihre Fingerabdrücke hinterließen?«

»Das werde ich Ihnen erklären, wenn der geeignete Zeitpunkt kommt.«

»Ich finde, daß jetzt gerade der richtige Zeitpunkt dazu wäre.«

Er ging durchs Zimmer und blieb hinter mir, in der Nähe der Tür, stehen.

»Sam«, schrie das Mädchen auf, »laß mich aus der Feuerlinie gehen. Du hast sicher deinen Revolver bei dir.«

»Ich brauche keinen Revolver«, antwortete er.

Ich rauchte still meine Zigarette weiter.

»Und ich werde die Polizei anrufen«, entschied das Mädchen.

»Komm, nun warte mal einen Moment, mach keine Dummheiten!« fuhr Sam Lowry dazwischen.

»Wozu das?«

»Wenn die Polizei unseren Vogel bis morgen nicht gefangen hat, dann werden die eine Belohnung auf seinen Kopf aussetzen. Wenn er nun einfach verschwunden bliebe? Du weißt, wie das mit den Sexmördern so ist. Die Polizei rührt die Trommeln, alle Leute werden verrückt gemacht, und dann setzt gewöhnlich die Stadt eine Prämie aus.«

Die Rothaarige sah mich voller Widerwillen an.

»Sie sehen so nett aus, wie ein normaler Mensch, den man gern haben möchte. Wie konnten Sie das einer Frau antun?«

»Sei still«, fuhr Lowry dazwischen, »ich habe eine Idee. Stehen Sie auf, Lam.«

Er kam auf mich zu. »Versuchen Sie keine Späße, Kamerad«, sagte er, »Sie sollen aufstehen und sich umdrehen.«

Ich stand auf und wandte ihm meinen Rücken zu.

Seine Hände tasteten meine Kleider sorgfältig ab.

»Was sagst du jetzt, Baby? Er hat die Wahrheit gesagt, er hat tatsächlich kein Schießeisen bei sich.«

Ich setzte mich wieder auf den Stuhl.

»Ich sage dir nur eins, Sam, laß diesen Mann nur keine Sekunde allein mit mir.«

Lowry nickte zustimmend. Er beobachtete mich scharf aus seinen schmalen Augen, die hinter verschwollenen Backenknochen lagen, weil sie während seiner Boxerkarriere ständig mit Fäusten bearbeitet worden waren.

»Ich habe sie nicht umgebracht«, sagte ich.

»Ich weiß«, meinte Lowry grimmig. »Sie hat Sie geküßt, und dann wurde sie plötzlich von einem übermenschlichen Drang befallen, ergriff einen ihrer Strümpfe, wickelte ihn um den Hals und strangulierte sich selbst zu Tode. Sie standen vor Schrecken gelähmt und völlig machtlos daneben. Nicht wahr, so ging das vor sich, Kamerad?«

»Wenn du ihn auch nur in meine Nähe läßt, Sam«, sagte das

Mädchen mit wachsender Angst in der Stimme, »dann bringe ich dich um.«

»Reg dich nicht auf, er wird nicht in deine Nähe kommen. Schau nach dem Schinken, der verkohlt ja schon.«

»Mach deine Kocherei selbst«, sagte sie, »ich bin nicht imstande . . .«

»Du tust, was ich dir sage«, befahl er. »Inzwischen werde ich diesen seltenen Vogel im Auge behalten. Und wenn du nicht anständig kochst, gehe ich spazieren und lasse euch beide allein.«

Sie riß die Gabel an sich und nahm die Schinkenscheiben aus der Pfanne.

»Nun tu etwas Wasser, Milch und ein bißchen Mehl hinein und mach die Soße fertig.«

»Ich weiß. Wie oft habe ich das nun schon gehört.«

»Dann ist es ja gut, Baby.«

Das Mädchen bereitete die Soße zu, und Lowry befeuchtete seine wulstigen Lippen. »Lam«, sagte er, »vielleicht kann ich aus Ihnen etwas herausholen.«

»Sie halten mich fest, und wenn Sie mich dann abliefern, um die Belohnung zu bekommen, werde ich der Polizei alles erzählen, vor allem, daß Sie mich hier absichtlich festgehalten haben.«

Er lachte. »Sie nehmen wohl an, daß man Ihren Worten noch Glauben schenkt? Genauso, wie Sie der Polizei erzählen werden, daß Sie das Mädchen nicht getötet haben, wo sich doch Ihre Fingerabdrücke ganz eindeutig auf dem Buch befanden! Und die Flecken des Lippenstiftes auf Ihrem Taschentuch! Alles, was Sie sagen, wird Ihnen nichts mehr nützen. Und ich werde ein Geschäft machen; ich glaube, dabei könnten einige Dollar herauszuholen sein!«

»Aber du glaubst doch hoffentlich nicht, daß du mich mit ihm hier allein lassen kannst?« fuhr das Mädchen dazwischen.

»Schweig, Baby, ich muß nachdenken. Wozu brauchten Sie diese Bilder, Lam?«

»Ich arbeitete an einem Fall, das sagte ich Ihnen bereits.«

»An was für einem Fall?«

»Es war diese Doppelselbstmord-Geschichte.«

»Die da draußen in dem Autohotel passierte?« fragte der Rotschopf.

Ich nickte.

Sie sah mich aus großen, runden Augen an.

»Dieses Mädchen ging mit Ihnen in das Autohotel, und Sie trugen sich als Mann und Frau ein?«

»Das behauptet die Polizei.«

»Sie wollten mit ihr allein sein, damit Sie sie ... Sie wollten sie in ein Zimmer einsperren, um ihr dann den Strumpf um den Hals zu legen?«

»Jetzt sei aber still, Baby. Gieß die Soße aus der Pfanne und mach ein paar Spiegeleier. Sie wollen also keine Eier, oder?«

Ich schüttelte den Kopf.

»Also dann vier, Baby.«

»Mir ist der Hunger vergangen«, sagte das Mädchen, »und es ist mir schon ganz mulmig im Magen.«

»Tu endlich die Eier in die Pfanne«, befahl Lowry und wandte sich nach ihr um.

Sie schwieg und begann wieder, am Herd zu hantieren.

»Allmählich sehe ich schon klarer«, sagte Lowry nachdenklich.

»Aber wenn du glaubst, daß du auch nur einen Schritt aus diesem Apartment hinausgehen kannst, während er hier ist, bist du wahnsinnig!« schrie sie von der Küchenecke her.

»Das ist es ja, was mich stört«, gab er zu, »aber wie soll ich die Sache schaukeln? Ich möchte mit Bob Elgin sprechen, aber ich möchte nicht, daß er dich hier findet.«

Lowry dachte nach, und es war eine Weile still im Zimmer.

»Wenn ich dir das Schießeisen geben würde, Baby? Du brauchtest nur hier zu sitzen und es auf ihn zu richten ...«

»Ich sage dir eins, ich werde nicht in diesem Zimmer bleiben, wenn du nicht hier bist. Da kannst du mir viele Revolver geben.«

Wieder grübelte Lowry.

»Ich mache Ihnen einen Vorschlag«, sagte ich dann zu ihm, »wenn Sie ihn akzeptieren, können Sie einiges dabei verdienen.«

»Und das wäre?«

»Sie könnten sich vielleicht selbständig machen. Oder wollen Sie ewig so abhängig bleiben? Sie können doch nicht Ihr ganzes Leben damit verbringen, in einem Nachtklub den Rausschmeißer zu spielen.« – Wieder zeigte sich das gutmütige Grinsen auf seinem Gesicht.

»Es ist nun aber mal so auf der Welt, daß man von dem, was man sich wünscht, nicht fett werden kann. Verstehen Sie das?«

»Vielleicht könnten wir gut miteinander auskommen.«

Das Mädchen stellte endlich das Frühstück auf den Tisch. Lowry begann sofort zu essen.

»Nimm dich in acht«, sagte sie, »der ist zu gefährlich.«

»Und was ist das für ein Vorschlag?« fragte er, zu mir gewandt.

»Es stehen achtzigtausend Dollar Versicherungsgelder auf dem Spiel. Die Versicherung möchte natürlich verhindern, daß sie die Achtzigtausend auszahlen muß.«

»Wer würde das nicht?« sagte Lowry und stopfte sich den Schinken in den Mund.

»Ich bin dabei, sie festzunageln. Denn ich bearbeite den Fall aus dieser Sicht. Als ich bei dem Mädchen in der Wohnung erschien, war es gerade beim Ankleiden. Sie sagte mir, ich solle in dem anderen Zimmer warten, bis sie fertig sei. Jemand muß mir gefolgt sein. Vielleicht waren gar Sie es?«

»Was?« kam es von der Rothaarigen. »Nun wollen Sie das einfach auf ihn abwälzen? Wie? Ich war jeden Augenblick bei ihm, nachdem Sie uns den Wagen gestohlen hatten. Erst mußten wir ein vorbeifahrendes Auto anhalten, um etwas Benzin zu bekommen. Dann fuhren wir Ihre Kiste in die Stadt, parkten sie vor Ihrem Büro und nahmen uns ein Taxi nach hier.«

»Dann muß noch ein anderer die Adresse kennen.«

»Welche Adresse?«

»Die Adresse des Mädchens, das ermordet wurde.«

Er grinste. »Da haben Sie sich ja eine nette Geschichte ausgedacht. Hören wir mal, wie sie weitergeht. Sie drangen also in das Schlafzimmer des Mädchens ein, und es war gerade mit Ankleiden beschäftigt. Stimmt's?«

Ich nickte.

»Und das Mädchen küßte Sie, während es noch halb angekleidet war?«

Wieder nickte ich.

»Und dann waren Sie trotzdem zu sittsam, um in dem Zimmer zu bleiben, während sie sich fertig anzog?«

»Sie können es glauben oder auch nicht.«

Er lachte. »Was würdest du zu so einer Frau sagen, Baby?« fragte er die Rothaarige.

»Zieh mich da nicht hinein. Wenn ich an das arme Mädchen denke und den Kerl da vor mir sehe, wird mir ganz schwach.«

»Jetzt ändere ich doch meine Meinung«, begann ich dann plötzlich, »ich möchte ganz gern ein Spiegelei essen. Bleiben Sie nur sitzen, ich werde es mir selbst machen.«

Als ich aufstehen wollte, schob Lowry mich in den Sessel zurück.

»Sie bleiben, wo Sie sind, Lam«, sagte er. »Baby, wenn er ein paar Eier will, so mach sie ihm bitte.«

Sie protestierte. »Ich habe keine Lust, für einen Mörder zu kochen. Warum läßt du es ihn nicht selbst machen?«

»Sein Hunger kommt mir zu plötzlich. Und er wollte selbst kochen; weiß der Himmel, was er sich ausgedacht hat. Womöglich will er uns die heiße Bratpfanne auf den Kopf hauen oder mir das Fett in die Augen spritzen. Was würde dann mit dir geschehen?«

»O ja . . . Ich gehe schon.«

»Mißtrauisch sind Sie ja überhaupt nicht!« sagte ich zu ihm.

»Bei Ihnen hat man allen Grund, mißtrauisch zu sein.« Er grinste. »Nach meinen Erfahrungen sind Sie gar nicht so ohne.«

Ich beobachtete, wie die Rothaarige die Eier in die Pfanne schlug und wie es zu brutzeln begann.

»Nimm den Pfeffer weg, Baby.«

»Ich möchte aber Pfeffer darüber haben«, wandte ich ein.

»Dann werde ich sie Ihnen pfeffern.«

Als ich nach der Kaffeekanne griff, schob er wieder meine Hand zur Seite. »Lassen Sie die Kanne stehen, ich werde Ihnen eingießen. Oder nein, Baby, tu du das, gieß ihm eine Tasse Kaffee ein.«

Lowry rückte seinen Stuhl zurück. »Lam, machen Sie keine unbedachten Bewegungen. Sie würden es bereuen. Ich bin sofort wieder zurück.«

Er ging die paar Schritte zu dem Schlafzimmer hinüber und ließ die Tür offenstehen. Einen Augenblick später kam er schon wieder zurück. Er hielt einen Revolver in der Hand.

»Nun, mein Lieber, das wird Ihnen helfen, nicht auf dumme Gedanken zu kommen, und mir etwa heißen Kaffee oder Pfeffer ins Gesicht zu schütten.«

Ich würgte noch immer an diesen schlecht zubereiteten Eiern herum, aß eine Scheibe Toast und trank Kaffee dazu.

Lowry schwieg und behielt mich weiterhin im Auge.

»Hören Sie«, sagte er dann. »Sie bleiben in diesem Stuhl sitzen, ganz egal, was auch passiert! Verstehen Sie mich?«

»Ja«, sagte ich gequält, »ich hatte nur die Absicht, Ihrer Frau beim Aufräumen des Geschirrs zu helfen.«

»Ihrer Frau«, wiederholte die Rothaarige kichernd.

»Laß ihn nur, Baby. Warum auch nicht?«

»Was dachten Sie eigentlich«, fragte ich ihn, »warum ich heute morgen zu Ihnen gekommen bin?«

»Verdammt will ich sein, wenn ich das weiß.«

»Ich habe mich mit Elgin geeinigt. Es geht um achtzigtausend Dollar! Natürlich kriegen wir nur einen Teil davon, aber es ist immerhin ein nettes Sümmchen. Elgin wird sicherlich bald hier vorbeikommen, das heißt, wenn er nicht die Absicht hat, Sie aus dem Geschäft herauszudrängen. Aber das kann er doch eigentlich nicht, oder?«

Lowry sah mich an, in seinen Augen stand nichts als eiskaltes Mißtrauen.

»Was soll das heißen, mich herauszudrängen?«

»Ich habe Sie ja nur gefragt.«

»Und woher soll ich wissen, was er tun wird?«

Wir saßen und schwiegen. Die Rothaarige ließ Wasser in das Spülbecken ein, und wir beobachteten sie, wie sie das Geschirr spülte und es dann auf ein Ablaufbrett stellte. Sie verrichtete ihre Arbeit mit einer gewissen Anmut. Ich sah auf die Uhr.

»Ich verstehe eigentlich nicht, wo Elgin bleibt. Es ist zu dumm, daß Sie gar nichts von ihm gehört haben.«

»Sagte er denn, daß er kommen würde?«

»Ich erzählte ihm die ganze Geschichte und sagte ihm, daß ich einen Mann brauchte, der für den Ernstfall eine Unterstützung sei. Und ich rechnete ihm auch vor, was er dabei verdienen werde. Dann gab er mir Ihren Namen und Ihre Adresse. Als ich ihm sagte, daß Sie bereits versucht hätten, mich vorher zu treffen, lachte er. ›Leute, die Sie treffen wollen, finden das manchmal gar nicht so angenehm – oder auch umgekehrt!‹ So ähnlich hat er sich ausgedrückt. Ich habe es vergessen. Dann erzählte ich ihm, daß ich Sie aufsuchen werde. Und ich nahm natürlich an, daß er entweder auch herkommen oder doch wenigstens mit mir Verbindung aufnehmen würde.«

Lowry sagte nichts. Und wir schwiegen wieder.

»Sie kennen ihn doch besser als ich. Glauben Sie, daß er uns beide hinters Licht führen will? Wäre er dazu imstande?«

»Zum Teufel, ich bin nicht sein Partner. Ich bin schließlich nur sein Rausschmeißer.«

»Aber Sie nahmen doch an, daß Sie auch einen Anteil bekommen würden?«

»Um welche Summe handelt es sich?«

»Um achtzigtausend.«

»Und woher sollen die kommen?«

»Lesen Sie die Zeitungen von gestern und überlegen Sie es selbst. Dover Fulton wurde tot aufgefunden. Wenn er Selbstmord begangen hat, dann wird die Versicherung nicht ausgezahlt. Seine Witwe bekommt nur die eingezahlten Prämien zurück. Wenn er aber ermordet worden ist, dann müßte die Versicherung zahlen, und zwar die doppelte Summe. Die Police ist auf vierzigtausend Dollar ausgestellt, das Doppelte wären also achtzigtausend!«

»Achtzigtausend!« wiederholte Lowry und leckte seine Lippen.

»Unser Anteil würde so etwa zwanzigtausend Dollar sein. Sie wären sicherlich imstande, mit dem Anteil, der Ihnen zufallen würde, ein eigenes Geschäft aufzumachen. Und außerdem könnten Sie Ihrem kleinen Rotschopf hübsche Kleider kaufen. Sie könnte leicht eine Chance beim Film bekommen.«

»Glauben Sie das wirklich?« fragte sie mich interessiert.

Lowry sagte ärgerlich: »Erst müßten wir einmal über meinen Anteil reden, Lam, bevor Sie anfangen, mein Geld auszugeben. Ich weiß es schon selbst einzuteilen.«

In der Stille, die darauf folgte, konnte man den grellen Ton der Polizeisirenen hören. Das Mädchen hatte inzwischen die Arbeit beendet und hängte das Spültuch an einen Haken auf.

Ich hielt ihr meine Kaffeetasse entgegen, und sie füllte mir den Rest hinein, der noch unten in der Kanne saß.

Plötzlich sprang Lowry auf.

»Ich muß unbedingt sofort mit Elgin telefonieren, Baby.«

»Du wirst mich nicht mit ihm allein lassen, sage ich dir.«

»Sei vernünftig, Baby. Ich gebe dir die Pistole. Du setzt dich ans andere Ende des Zimmers und zielst auf ihn. Sobald er eine Bewegung macht, schießt du ihn nieder. Das wird dir jedes Gericht verzeihen. Er ist ein Mörder, den die Polizei sucht. Und wenn er den Versuch macht zu fliehen, dann mußt du eben schießen. Falls das notwendig werden sollte, sagst du dann eben, ich sei gerade in die Halle gegangen, um die Polizei anzurufen.«

»Ich will es aber nicht«, sagte sie, aber das klang schon wesentlich schwächer.

»Es ist die einzige Möglichkeit, ich muß telefonieren.«

»Laß mich nach unten gehen.«

Er lachte. »Du weißt, was Bob Elgin sagen würde, wenn er wüßte, daß du hier bist.«

»Aber was wirst du tun, wenn Bob dann hierher kommt?«

»Bis dahin mußt du natürlich verschwinden.«

»Dann will ich das lieber gleich tun!«

»Nicht bevor ich telefoniert habe. Du mußt den Burschen bewachen. Ich lasse die Tür offenstehen; ich kann jeden Schrei oder

Schuß in der Halle hören. Und du weißt, wie schnell ich zurück sein werde.«

»Wenn ich an das nette Mädchen denke, und was er mit ihm angestellt hat, dann fällt es mir geradezu leicht, ihn . . .«, sagte sie.

»Sagen Sie, Lowry«, fiel ich ihr ins Wort, »wäre es möglich, daß Bob versuchen könnte, Sie zu übergehen?«

»Das soll er nicht versuchen«, antwortete er verbissen.

»Ich denke dauernd darüber nach. Bob Elgin weiß genau Bescheid, auch über die Affäre im Autohotel. Er wußte, wer hinausfuhr und . . .«

»Moment mal«, sagte Lowry. »Jetzt reden Sie mir zuviel über Bob. Sein Laden ist in Ordnung, er versucht, ihn sauberzuhalten und läßt kein Gesindel hinein. Natürlich kann gelegentlich mal ein Weibsbild dort einen guten Fang machen, aber . . .«

»Na schön, jedenfalls verhielt er sich so, als wisse er alles über diese Affäre. Und er meinte, daß Sie und ich die Sache in die Hand nehmen sollten. Aber womöglich hat er nichts gewußt, und ich habe ihm zuviel erzählt.«

»Nimm die Pistole, Baby, ich muß jetzt mit Elgin sprechen.«

»Glaubst du ihm wirklich, Sam? Vielleicht ist das alles nur Geschwätz. Warum redet er denn immer drum herum und kommt nicht endlich zur Sache?« fragte sie mißtrauisch.

»Also, dann werde ich es Ihnen sagen: Tom Durham und Bob Elgin arbeiten zusammen. Was es genau ist, weiß ich nicht, und es interessiert mich auch nicht. Aber ich weiß, daß beide über die näheren Zusammenhänge des ›Selbstmords‹ genau informiert sind. Und nun bietet sich mir eine Chance. Ich könnte die Achtzigtausend bei der Versicherung herausholen und ein gutes Geschäft dabei machen. Auch Bob Elgin zeigte sich daran interessiert. Er sagte mir, ich solle hierher kommen. – Zum Teufel, allmählich sieht es so aus, als wolle er uns beide übers Ohr hauen. Und ich sitze hier herum und kann nichts dagegen unternehmen.«

»Sie werden höchstwahrscheinlich längere Zeit irgendwo herumsitzen müssen, habe ich das Gefühl . . .«

»Nicht, wenn man mich arbeiten läßt. Ich werde die Achtzigtausend herausholen und beweisen, daß ich nicht der Mörder bin.«

»Sie wollen immer noch behaupten, daß Sie nicht der Täter sind?«

»Ich bin nicht der Mörder.«

»Also Schluß jetzt, ich rufe Bob an. Und du nimmst den Revolver.« – Er reichte ihn dem Mädchen hinüber, und sie setzte sich zwischen mich und die Tür.

»Ich lasse die Tür offen«, sagte Lowry, sah sich noch einmal um und verschwand im Treppenhaus.

Der Revolver war auf mich gerichtet, und ich sah, wie ihre Knöchel an den Fingern ganz weiß wurden, weil sie ihn so fest umspannt hielt.

»Sitzen Sie ruhig«, sagte sie. »Ich könnte Sie glatt niederschießen, Sie Scheusal. Und dabei wirken Sie so harmlos.«

»Wie oft soll ich Ihnen noch sagen, daß ich mit dem Mord nichts zu tun habe! Außerdem war es gar kein Sexualmord.«

»Auf Ihrem Taschentuch hatten Sie Lippenstiftspuren.«

»Sie hat mich geküßt.«

»Und was taten Sie in ihrem Schlafzimmer?«

»Ich wollte mit ihr sprechen.«

»Aber sie war nicht angezogen.«

»Sie forderte mich auf, hereinzukommen.«

»Sie sind ein guter Märchenerzähler.«

Ich griff nach meiner Kaffeetasse, machte eine ungeschickte Bewegung und ließ den dicken Kaffeesatz über das Tischtuch fließen.

Sie reagierte, wie ich es erwartet hatte. Sofort sprang sie von ihrem Stuhl hoch und lief auf den Tisch zu. »Sie tolpatschiger Kerl!« rief sie aus. »Legen Sie etwas unter die Decke, damit es nicht auf die Tischplatte durchgeht.«

Ich nahm mein Taschentuch umständlich heraus und tupfte ein wenig herum.

»Nein, unten drunter«, rief sie ärgerlich, »schnell, bevor es durchsickert.

Und dann kam sie herübergerannt. In dem Augenblick, als sie auf der anderen Seite des Tisches stand, warf ich den Tisch um. Sie stolperte. Schnell ergriff ich ihr Handgelenk und entwand ihr den Revolver.

»Keinen Ton«, sagte ich, »und rasch hinaus zu der Hintertür!«

Sie war zu Tode erschrocken, und das Rouge ihres Make-up stand auf ihrem bleichen Gesicht, ähnlich den roten Bäckchen eines Clowns.

»Los, schnell, wo ist die Hintertreppe?« wiederholte ich.

Sie stand wie gelähmt.

»Wenn Sie schreien, werde ich Ihnen einen Strumpf um Ihren süßen weißen Nacken schlingen! Sie würden sicherlich großartig aussehen, wenn ...«

Mehr brauchte ich nicht zu sagen. Sie begann zu zittern, und der Schrei erstickte in ihrer Kehle. Sie tat mir leid.

»Komm, Baby, geh schon«, sagte ich dann und legte ihr meine Hand auf die Schulter. »Führ mich zur Hintertreppe, und glaub mir, ich habe das Mädchen nicht umgebracht.«

»Bitte«, flehte sie, »bitte erwürgen Sie mich nicht ... Ich ... Ich will auch alles tun, was Sie wünschen ...«

»Sei nicht so blöd«, sagte ich, »ich hab' sie nicht erwürgt, aber ich will hier 'raus, so schnell wie möglich. Und du kommst mit mir, damit du nicht gleich zu Sam hinunterlaufen kannst. Also los!«

Sie führte mich zur Hintertür hinaus in einen grüngestrichenen Treppenflur mit sehr engen Stiegen.

Mit schlotternden Knien ging sie vor mir her. Als wir fast unten waren, begann ich die Patronen aus dem Revolver zu nehmen.

»Jetzt kannst du wieder hinaufgehen«, sagte ich. »Es tut mir leid, Baby, daß ich dich so erschrecken mußte. Aber ich muß hier verschwinden. Und mit der Rundfunksendung hatte ich leider nicht gerechnet ...«

»Sie ... Sie nehmen mich nicht mit, um mich – zu erwürgen?«

Ich lachte. »Vergiß das endlich! Hier ist dein Revolver, er ist leer – und hier sind die Patronen. Es hat keinen Sinn, zu schießen, solange sie nicht drin sind«, sagte ich noch grinsend. »Und bis dahin wirst du es dir überlegt haben, ob du deinen Namen in den Zeitungen lesen willst. Denk daran, Bob Elgin wäre nicht sehr erfreut, wenn er wüßte, daß du hier bist. Auf Wiedersehen, Baby!«

Sie zögerte einen Augenblick. Dann verzogen sich ihre Lippen zu einem halben Lächeln. »Auf Wiedersehen!« sagte sie. »Sie sind ein verdammt geschickter Bursche und trotz allem – ein prima Kerl!«

Ich lief die letzten Stufen hinunter. Als ich mich noch einmal umsah, stand sie noch immer auf demselben Fleck. Sie hielt den Revolver in der Hand, aber sie machte keinen Versuch, ihn zu laden.

14

Dreißig Minuten nachdem ich aus Lowrys Apartment gestürmt war, stand ich wieder vor Claire Bushnells Haus und übte mein Klingelkonzert. Sie ließ mich herein.

»Da bin ich wieder«, sagte ich.

»Ich sehe es, Sie kommen und gehen, wie es Ihnen gerade gefällt.«

»Haben Sie die letzten Zeitungsberichte gelesen?«

Sie schüttelte den Kopf.

»Mit irgendwelchen Leuten gesprochen?«

Wieder verneinte sie. »Ich habe meine Nägel gepflegt, wenn Sie es genau wissen wollen.«

»Okay, Claire, ich arbeite für Sie. Und Sie müssen mich eben ertragen.«

»Was soll das bedeuten?«

»Einige Leute sind hinter mir her. Aber ich will sie nicht sehen. Ich möchte hier bleiben.«

»Und für wie lange?«

»Den restlichen Tag und womöglich auch die Nacht über.«

»Meine Güte, Sie sind also einfach hier eingezogen?«

»Durfte ich das nicht?«

»Sie können nicht über Nacht hierbleiben.«

»Warum nicht?«

»Es gibt schließlich noch mehr Mieter in diesem Haus. Und es würde schlecht aussehen.«

»Wenn es niemand merkt, kann es auch nicht schlecht aussehen.«

Darauf wußte sie keine Erwiderung.

Sie ging zum Fenster hinüber, blieb eine Weile stehen und sah hinaus. Dann wandte sie sich zu mir um und blickte mir ins Gesicht.

»Donald«, sagte sie, »ich weiß alles.«

»Was?«

»Ich habe Radio gehört.«

»Ach so – und was werden Sie jetzt tun?«

Sie kam auf mich zu, während sie mich unverwandt anblickte.

»Sie haben es nicht getan.«

»Danke«, sagte ich nur.

»Warum wollen Sie sich verstecken?«

»Ich muß die Sache aufklären, bevor sie mich fassen. Wenn sie mich verhaften, werde ich in einer Zelle sitzen. Und von dort aus kann ich nichts mehr unternehmen.«

»Und wenn man Sie nicht faßt?«

»Dann werde ich vielleicht in der Lage sein, alles aufzuklären.«

»Wie wollen Sie das machen?«

»Ich könnte es jedenfalls versuchen. Von einer Zelle aus wäre mir jedoch jede Bewegungsfreiheit genommen.«

»Und wer versichert mir, daß ich morgen nicht mit einem Strumpf um den Hals aufwachen werde?«

»Das braucht Ihnen niemand zu versichern. Das wissen Sie selbst.«

Sie kam noch näher und legte ihre Hände auf meine Schultern.

»Donald, sehen Sie mich an.«

Unsere Augen trafen sich. »Werden Sie mir erzählen, wie das mit dem anderen Mädchen, das mit dem ... Nun, Sie wissen schon.«

»Ich kam an das Haus des Mädchens und schnüffelte draußen herum. Dann sah ich, daß sie in ihrem Schlafzimmer stand. Die Vorhänge waren nicht zugezogen, und die Türen standen weit offen. Es war eine warme Nacht. Das Mädchen zog sich gerade an. Dann sah sie mich. Ich ging hinein. Ich glaube, sie war ein wenig erschrocken, als sie mich erblickte.«

»Erschrocken? Vor Ihnen?«

»Das Mädchen hatte mir einen Streich gespielt, und nun tat es ihr vielleicht leid. Außerdem wußte sie etwas und wollte nicht, daß ich es herausbekommen sollte.«

»Was hatte sie denn getan?«

»Sie hatte mir Theater vorgespielt. Und nun verlangte ich, die Wahrheit zu hören. Daraufhin bat sie mich, in dem anderen Zimmer zu warten, bis sie mit dem Ankleiden fertig sei. Und das tat ich.«

»Und das andere Zimmer war das Schlafzimmer der Schwester?«

»Ja.«

»Warum haben Sie dann später nicht auf die Polizei gewartet?«

»Weil man mich dann bestimmt verhaftet hätte und mir keine Chance mehr geblieben wäre, den Fall zu klären.«

»Hätte Ihnen die Polizei nicht dabei helfen können?«

»Das glaube ich nicht.«

»Aber Sie sind sich klar darüber, daß Sie sich mit Ihrem Davonlaufen in eine sehr üble Situation gebracht haben und nun noch weniger Chancen haben?«

»Meine Chancen sind so und so schlecht. Entweder es gelingt mir, die Sache aufzudecken, oder ich werde eben als Mörder zum Tode verurteilt. Außerdem werden sie mir dann sicherlich noch jeden ungeklärten Mord der vergangenen fünf Jahre aufhalsen und mich als eine der übelsten Bestien der menschlichen Rasse anprangern.«

»Und Sie sind überzeugt, daß Sie alles aufklären können, wenn man Ihnen eine Chance gibt?«

»Es ist die Chance eines Spielers, Claire. Aber ich muß sie wahrnehmen. Es ist die einzige Möglichkeit, die mir bleibt.«

»Und wie wollen Sie das anstellen?«

Ich ging zu einem Stuhl und setzte mich nieder. Sie zögerte, aber dann kam sie und nahm mir gegenüber Platz.

»Ich hab' Sie gern, Donald«, sagte sie. »Ich will es darauf ankommen lassen. Aber ich möchte, daß Sie mir alles erzählen.«

»Es begann mit Tom Durham. Sie persönlich setzten mich auf seine Spur. Und daß Sie mir nicht die wahren Gründe angaben, merkte ich bald. Sie ließen ihn in Minervas Auftrag beobachten.«

»Das sagte ich Ihnen bereits.«

»Woher wußte Minerva, daß Durham mit Ihrer Tante verkehrt?«

»Das weiß ich nicht.«

»Ich glaube niemals, daß Durham beabsichtigte, sie zu heiraten.«

»Nein, er wäre ja närrisch.«

»Und ich glaube auch nicht, daß er ihr Aktien verkaufen wollte.«

»Aber irgendwas muß er ja von ihr gewollt haben.«

Ich nickte. »Ich glaube, Tom Durham ist ein Erpresser. Und sehr wahrscheinlich versuchte er, Ihre Tante zu erpressen. Nun überlegen Sie mal, was könnte er von ihr wissen?«

Sie runzelte die Stirn. »Ein Erpresser? . . . Tante Amelia?«

»Fällt Ihnen nichts ein?«

»Tante Amelia würde sich nicht erpressen lassen.«

»Vielleicht hat er es aber versucht?«

»Dann hätte sie sofort die Polizei gerufen.«

»Das glaube ich nicht. Mir scheint es so, als müsse er etwas gewußt haben, oder er bildete es sich vielleicht ein.«

»Aber ich kann mir überhaupt nicht vorstellen, was es sein sollte.«

»Gibt es etwas in ihrer Vergangenheit?«

Sie schüttelte den Kopf. »Vor allem sehe ich deshalb keinen Grund für eine Erpressung, weil sie sich doch vor niemandem verantworten muß.«

»Wie war das mit ihrem verstorbenen Mann?«

»Die Erinnerung an ihn bedeutet ihr nicht viel, er war ihr nur eine Last.«

»Aber sie hat doch sicherlich Geld geerbt?«

»Um die Wahrheit zu sagen, Donald, ich weiß es nicht. Sie war immer ausnehmend schweigsam, was ihre Finanzen betraf. Ich nehme an, daß da etwas Geld war, aber wieviel, weiß ich nicht. Möglicherweise war es eine Lebensversicherung.«

»Und woran starb Ihr Onkel?«

»Er starb sehr plötzlich. Es schien, daß er sich an irgend etwas vergiftet hatte, an verdorbenen Nahrungsmitteln oder so.«

»Das könnte es sein!« sagte ich.

»Donald, wissen Sie, was Sie da sagen?«

»Nein, ich habe nur laut gedacht. Ich versuche, alle Möglichkeiten zu erwägen. Wie lange ist er schon tot?«

»Drei oder vier Jahre.«

»Ich glaube nun wirklich, daß Ihre Tante erpreßt wurde. Wie lange ist dieses Hausmädchen in ihrem Dienst?«

»Susie?«

»Ja.«

»Ach, schon jahrelang.«

»Susie war schon bei ihr, als ihr Mann noch lebte?«

»Natürlich.«

»Und konnte Susie den Mann Ihrer Tante leiden?«

»Susie war Tante Amelia stets ergeben. Es ist eine merkwürdige Beziehung zwischen diesen beiden.«

»Und das Eheleben Ihrer Tante war nicht gerade glücklich?«

»Das kann ich nicht so genau beurteilen, da ich sie damals wenig gesehen habe. Sie irritierte mich – verstehen Sie? Ich wußte, daß sie immer wünschte, frei zu sein – und daß sie kleine Abenteuer liebte.«

Ich stand auf, ging zum Fenster hinüber und blickte auf die Straße hinunter. Dann setzte ich mich wieder in den Sessel und zündete mir eine Zigarette an.

»Warum glauben Sie, daß meine Tante erpreßt wurde?«

»Weil ich annehme, daß Tom Durham ein Erpresser ist.«

»Wenn ich so richtig darüber nachdenke, ja – vielleicht – helfen Sie mir einmal. Vielleicht fällt mir noch etwas ein. Mein Onkel starb sehr plötzlich, das stimmt. Und Tante Amelia hatte keinerlei Symptome, daß auch sie unter einer Vergiftung zu leiden hatte, obwohl sie ja dasselbe gegessen haben mußte. Ich erinnere mich, daß sie mir erzählte, auch sie sei ein wenig krank gewesen, aber gefährlich war das sicherlich nicht.«

»Auch Minerva Carlton ist vermutlich erpreßt worden«, sagte ich dann. »Und ich nehme an, ebenfalls von Tom Durham. Dann vermutete Minerva, daß er das gleiche auch bei Ihrer Tante versuchte, und darum wollte sie sich über ihn informieren. Es ergab sich die günstige Gelegenheit, daß Sie, Claire, zufällig die Nichte dieser Frau waren und uns unter einem Vorwand auf Durham ansetzen konnten.«

»Und wieso glauben Sie, daß auch Minerva erpreßt wurde?«

»Alles deutet darauf hin. Ich . . .«

In diesem Augenblick ertönt die Hausklingel.

»Lassen Sie es nur mal läuten und geben Sie keine Antwort.«

Derjenige, der unten stand und Einlaß verlangte, war jedoch hartnäckig.

Schließlich sagte ich: »Es ist vielleicht doch besser, Sie sehen nach, wer es ist. Falls es die Polizei sein sollte, müssen Sie sie hereinlassen. Glauben Sie, daß es Ihnen gelingen wird, so gut zu lügen, daß Sie meine Anwesenheit nicht verraten?«

»Sie werden staunen!« sagte sie und nahm die vielen Zigarettenstummel, die ich in dem Aschenbecher hinterlassen hatte, heraus und beschmierte die Enden mit ihrem Lippenstift.

Ich lachte und sagte: »Anscheinend haben Sie einige Übung!«

»Worin?«

»Nun eben darin.«

»Ist das nett von Ihnen?«

»Nein«, sagte ich.

Dann ging sie zu der Sprechanlage hinüber.

»Wer ist da?« fragte sie.

Auch ich konnte von meinem Sessel aus Bertha Cools Stimme heraushören. Sie kam wie eine Trompete des Jüngsten Gerichtes durch das Sprechrohr herauf.

»Hier ist Bertha Cool. Ich muß Sie sofort sprechen.«

Claire Bushnell sah fragend zu mir herüber.

»Augenblick«, sagte ich, »sagen Sie ihr – nein, es ist schon gut, sie soll heraufkommen.«

Claire drückte auf den Türöffner. »Und was werden Sie jetzt machen? Sich verstecken?«

Ich nickte. »Ich werde in das Rückteil Ihres Wandbettes hineinkriechen: Und Sie sagen Bertha, daß Sie mich nicht gesehen haben.«

»Gut.«

Claire öffnete rasch die Tür zu dem Gestell, das an der Wand stand. Ich kroch hinein, und sie drückte die Klapptür wieder zu.

Wenige Augenblicke später hörte ich Berthas Stimme. »Hallo, Mrs. Bushnell.«

»Guten Tag, Mrs. Cool, was führt Sie zu mir?«

»Wir arbeiten an einem Auftrag von Ihnen, Sie erinnern sich?«

»Ja, natürlich. Kommen Sie, und nehmen Sie doch Platz.«

Ich vernahm, wie die Dielen unter Berthas Schwergewicht ächzten, dann hörte ich einen Plumps. Offenbar hatte sie sich niedergesetzt.

»Wissen Sie schon, meine Liebe, daß Ihr Scheck geplatzt ist?«

»Was wollen Sie damit sagen?«

»Der Scheck über 200 Dollar, den Sie uns gaben. Er war nicht gedeckt. Zum Teufel, ich hatte es doch Donald gesagt, ich nahm an, daß ich ihn hier finden würde.«

»So was hab' ich ja gern. Dieser Scheck war so gut wie bares Geld.«

Ich konnte zwar Claires Gesicht nicht sehen, aber die Art, in der sie sprach, war gekonnt! Sie war eine gute Schauspielerin. Wenn ich außerdem daran dachte, wie geschickt sie die Zigarettenstummel getarnt hatte, so mußte ich mich fragen, woher unsere Klientin so viel Erfahrung in Vertuschungsmanövern hatte.

»Wir erwarten natürlich, daß Sie die Sache mit dem Scheck in Ordnung bringen«, sagte Bertha.

»Aber Sie können mir glauben, das ist in Ordnung.«

»Ich muß mich nach der Auskunft der Bank richten.«

»Gut, dann werde ich mich mit der Bank auseinandersetzen.«

»Es kümmert mich nicht, was Sie tun werden und was Sie mir sagen«, hörte ich wieder Berthas Stimme, die diesmal sehr energisch klang. »Bevor ich Sie verlasse, möchte ich auf jeden Fall eine Sicherheit von Ihnen haben, eine Sicherheit, die diese Summe von 200 Dollar aufwiegt. Ich nahm Ihren Scheck in gutem Glauben an und ...«

»Natürlich – aber sehen Sie, Mrs. Cool, Sie müssen verstehen, ich bin augenblicklich nicht imstande ...«

»Wenn Sie kein bares Geld haben, werden Sie doch sicherlich auf andere Weise den Wert des Schecks aufbringen können«, sagte Bertha unwillig.

»Es tut mir leid, Mrs. Cool. Ich besitze nichts.«

»Was soll denn das heißen, Sie besitzen nichts?«

»Ja, was meinen Sie denn?«

»In Ihrem Alter, meine Liebe«, sagte Bertha. »Gehen Sie doch zu Ihrem Freund und ...«

»Ich habe keinen Freund.«

»Dann suchen Sie sich einen.«

»Ich – ja gut, Sie sehen, ich ...«

»Haben Sie Donald Lam heute schon gesehen?«

»Nein.«

»Mein Gott«, stöhnte Bertha, »wir sind in einer verteufelten Lage. Die Polizei verbreitet überall, er sei ein Mörder! Dieser Vollidiot!«

»Ein Mörder?« rief Claire erstaunt aus.

»Ja. Er soll das kleine Mädchen umgebracht haben, das man mit dem eigenen Strumpf erdrosselt und dazu noch halbnackt auffand.«

»Aber hören Sie – Mr. Lam schien mir immer so . . . Das hätte ich niemals von ihm gedacht.«

»Nun gut, ich verstehe es auch nicht«, sagte Bertha, ohne für mich Partei zu ergreifen. »Ich habe ihn immer gern gehabt, aber etwas seltsam war er schon. Die Frauen warfen sich ihm geradezu an den Hals, aber ihn rührte das nicht sehr. Und das ist doch eigentlich höchst merkwürdig. Wenn ich anfange, darüber nachzudenken, dann wundere ich mich schon ein bißchen über sein Verhalten.«

»Aber Mrs. Cool! Wie können Sie so etwas von Ihrem Geschäftspartner sagen!«

»Ja, Sie haben recht!« sagte Bertha nachdenklich. »Man redet immer zuviel.«

»Haben Sie nicht eine ganze Menge Fälle miteinander bearbeitet?«

»Sicherlich.«

»Dann müssen Sie doch auch seine Eigenarten kennen und nicht nur seine Arbeitsweise.«

»Himmel und Hölle«, fluchte Bertha, »schließlich war unsere Partnerschaft doch rein geschäftlich.«

»Etwas anderes meine ich ja auch nicht«, erwiderte Claire Bushnell.

»Nun, lassen wir das. Ich hoffte, daß ich ihn hier antreffen würde. Aber Sie haben ihn nicht gesehen?«

»Nein. Waren Sie schon im Büro?«

»Natürlich. Ich mußte nach San Robles fahren wegen einer wichtigen Sache. Und im Wagen drehte ich das Radio an und hörte die ganze Affäre über Donald. Als ich ins Büro zurückkam, wußte jeder bereits Bescheid darüber. Die Mädchen spielten verrückt!«

»Welche Mädchen?«

»Unsere Tippmädchen. Elsie Brand, Donalds Sekretärin, war völlig außer sich. Verstört und mit bleichem Gesicht sagte sie mir, sie würde jederzeit ihren Kopf verwetten, daß Donald absolut unschuldig sei. Außerdem wolle sie ihm ein Dutzend Strümpfe kaufen, sich mit ihm in ein Zimmer einschließen lassen und die Lichter ausdrehen.«

Claire Bushnell benützte die Situation, um mir eins auszuwischen.

»Da sehen Sie, wie man ihm vertraut!« sagte sie, und ich spürte, wie sie sich innerlich belustigte. »Ein bißchen seltsam ist er ja vielleicht. Gestern zum Beispiel kam er reichlich unformell in meine Wohnung, als er mit mir zu sprechen wünschte, und ...«

Wieder schlug die Türglocke an, und zwar permanent und durchdringend. Der Finger auf dem Klingelknopf schien angewachsen zu sein.

Claire Bushnell ging wieder zu der Sprechanlage. »Wer ist da?« hörte ich sie fragen. Dann gab es eine lange Pause.

»Wer ist es denn?« fragte Bertha. »Meine Güte, Sie sind ja bleich wie ein Gespenst. Was ist mit Ihnen?«

»Ein Mann namens Sellers«, sagte Claire. »Frank Sellers von der Polizei.«

»Ach, Frank ist es«, meinte Bertha beruhigend. »Das ist ein netter Kerl, der leitet die Mordkommission. Was will er denn hier bei Ihnen?«

Ich saß ganz still. Schon wenige Sekunden später klopfte Sellers an die Tür. Claire öffnete ihm. Sellers fragte: »Sind Sie Claire Bushnell?«

»Ja, die bin ich.«

»Hallo, Frank!« hörte ich Bertha etwas kleinlaut sagen.

»Hallo, Bertha«, rief Sellers. »Sie dürfen mir glauben, daß es mir nicht leichtfiel, aber die Würfel sind nun einmal auf diese Seite gefallen.«

»Ich mache Sie nicht dafür verantwortlich«, erwiderte sie.

»Wenn das, was durchs Radio kam, stimmen sollte, dann wird ihm nicht mehr zu helfen sein. Diese Menschen mit den überentwikkelten Gehirnen verfallen manchmal auf die absurdesten Ideen. Er war ja immer ein Einzelgänger. Hatte er denn nie normale Beziehungen zu Frauen?«

»Woher soll ich das wissen? Sie sind ja alle verrückt nach ihm. Zum Beispiel diese kleine Sekretärin, die er hat: Sie himmelt ihn an. Und Donald behandelt sie so, als sei sie seine jüngere Schwester. Wenn er ins Zimmer kommt, leuchten ihre Augen auf wie die Scheinwerfer eines Autos, wenn der Fahrer sie aufblendet. Aber Donald nimmt überhaupt keine Notiz davon. Er ist zwar nett zu ihr und versucht, ihr zu helfen, wo er kann. Er ist darauf bedacht, daß ihr Gehalt ab und zu mal wieder aufgebessert wird und daß sie nicht zuviel arbeiten muß.«

»Typische Symptome«, sagte Sellers in dem selbstzufriedenen Ton eines Amateurpsychoanalytikers. »Himmel noch mal, das sollte ich doch eigentlich schon lange gerochen haben.«

»Darf ich mal fragen, worüber Sie sprechen?« fragte Claire Bushnell.

»Über Bertha Cools Partner, Donald Lam«, antwortete Sellers. »Er ist ein Mörder. Was wissen Sie von ihm, Mrs. Bushnell?«

»Ich? Gar nichts weiter.«

»Zum Teufel, reden wir doch nicht so drum herum! Wo steckt er?«

»Was meinen Sie?«

»Sie wissen, was ich meine«, antwortete Sellers. »Sie haben ihn hier versteckt.«

»Wovon sprechen Sie denn jetzt wieder?« fragte Claire Bushnell indigniert.

»Geben Sie es auf, ich wußte genau, daß Donald nicht mehr ins Büro gehen würde, nachdem die ganze Geschichte herausgekommen war. Und ich dachte mir gleich, daß er sich irgendwo verstecken werde, wo man ihn nicht sofort suchen würde, um von dort aus Bertha anzurufen, damit sie zu ihm kommen könne. So bin ich dann einfach immer nur hinter Bertha hergefahren. Und ich weiß nur zu genau, daß sie hierher kam, um Donald zu treffen. Entweder ist er schon hier, oder er wird noch kommen.«

Bertha sagte: »Sie sind verrückt, Frank. Ich habe nicht mit Donald gesprochen. Und ich weiß auch nicht, wo dieser kleine Bastard sich herumtreibt.«

»Sie können mich nicht hereinlegen, Bertha«, antwortete ihr Sellers. »Sie können es glauben, daß er ein Mörder ist, oder Sie können es auch nicht. Aber eins steht fest, er war Ihr Partner. Und Sie werden alles versuchen, um ihn zu sprechen, bevor man ihn verhaftet. Denn Sie möchten ja schließlich von ihm einiges über den Fall erfahren, an dem er gearbeitet hat, damit Sie daran weitermachen und Geld herausschlagen können.«

»Das wäre eine gute Idee. Und wenn ich gewußt hätte, wo ich ihn finden könnte, würde ich ihn auch aufgesucht haben. Aber hierher kam ich, weil diese kleine Lady uns einen Zweihundertdollarscheck gab, der dann platzte.«

»So, so«, meinte Sellers und sah sie durchdringend an. »Dann will ich mich mal ein bißchen umsehen.«

»Tun Sie das ruhig. Und wenn Sie mit mir eine Wette eingehen wollen, so will ich die gern mit Ihnen abschließen: Sie werden ihn hier nicht finden.«

»Was wollen wir wetten?« fragte Sellers.

»Fünfzig Dollar!« sagte Bertha rasch. »Einverstanden?«

Ich spürte geradezu, wie sehr Sellers die Höhe des Betrages beeindruckte.

Er zögerte. »Ich will nicht wetten, aber ich werde mich trotzdem umschauen.«

»Sie können doch nicht so einfach hier herumschnüffeln«, sagte Claire Bushnell.

»Oh, oh«, sagte Sellers, »nicht so rasch, kleine Frau!«

»Wie heißt das doch so schön? Haben Sie einen Haussuchungsbefehl? Woher soll ich wissen, daß Sie wirklich ein Kriminalbeamter sind?«

»Bertha weiß das. Warum wollen Sie nicht, daß ich mich umsehe, kleine Frau?«

»Weil es meine Wohnung ist. Es gefällt mir einfach nicht, daß die Polizei hier eindringt, wann es ihr gerade paßt, und meine Räume durchstöbert!«

»Wollen wir noch immer wetten?« fragte Sellers und sah Bertha an.

Nach einer längeren Pause kam Berthas Antwort: »Also dann zehn Dollar!«

»Sagen wir zwanzig!«

»Nein, zehn!«

»Sie sind bereits um vierzig heruntergegangen, Bertha.«

»Sie haben auch einen anderen Ton angeschlagen«, erwiderte sie.

»Okay«, sagte Sellers, »ich wette zehn Dollar. Gehen Sie mir aus dem Weg, kleine Frau. Was ist denn hinter dieser Tür?«

Ich konnte hören, wie Claire mit Sellers rang. Aber er lachte nur.

»Verdammt noch mal!« sagte Claire Bushnell. »Das dürfen Sie doch nicht.«

»Gehen Sie aus dem Weg«, hörte ich wieder Sellers' Stimme. Die Klapptür des Wandbettes schlug plötzlich auf, und ich wurde an die Innenwand gedrückt.

»Na, sehen Sie nur, wie schön!« sagte Sellers. »Das Zauberwort genügt: Knüppel aus dem Sack! Kommen Sie, Lam.«

Ich trat ins Zimmer.

Bertha sprang auf, ihre Augen sprühten Feuer.

»Du verdammter Kerl!« schrie sie auf. »Das kostet mich zehn Dollar!«

Frank Sellers warf seinen Kopf in den Nacken und stieß ein röhrendes Gelächter aus.

»Das ist gut!« sagte er. »Das ist wirklich gut!«

»Sag mal, du undankbares kleines Subjekt ...« Berthas Stimme überschlug sich vor Aufregung.

Claire schaute völlig hilflos drein.

»Es ist schon gut, Claire, es tut mir leid. Ich kam die Treppen herauf, als Sie wohl gerade zum Telefon gegangen waren. Die Tür war offen. Ich ging hier hinein und wollte auf Sie warten. Aber da läutete die Türglocke. Ich wußte nicht, wer kommen würde, und versteckte mich in dem Bettkasten und zog die Tür hinter mir zu.«

»Sie müssen kurz vor Bertha Cool hier angekommen sein?«

»Das stimmt.«

Sellers hörte auf zu lachen. Er schob sich aus seinem Stuhl hoch und ging zu dem Wandbrett hinüber.

»Zeigen Sie mir doch einmal, wie Sie dieses Ding hier hinter sich zugemacht haben, Lam.«

Ich wußte, daß er mich festgenagelt hatte. Denn innen in der Tür des Kastens war kein Griff. Sellers grinste.

»Verstehen wir uns? Strecken Sie mal Ihre Handgelenke vor, Donald!«

»Sellers, warten Sie doch ... Ich möchte mit Ihnen darüber ...«

»Strecken Sie Ihre Hände aus!« befahl er, und in seiner Stimme klang plötzlich der unangenehme Vorgesetztenton auf.

Ich kannte diesen Ton. Und ich kannte auch das leichte Aufflakkern in seinen Augen. Ich streckte meine Handgelenke vor, und Sellers ließ die Handschellen einschnappen. Dann durchsuchte er mich nach Waffen.

»So, nun können wir uns gemütlich setzen«, meinte er dann.

»Und wenn Sie mir etwas zu erzählen haben, dann fangen sie an. Sie wissen, daß Sie verhaftet sind. Sie werden des Mordes an Lucille Hollister beschuldigt. Alles, was Sie aussagen, kann gegen Sie verwendet werden. Und nun können Sie sich meinetwegen um Ihren verdammten Kopf reden!«

»Ich habe sie nicht getötet«, sagte ich.

»Ja, natürlich, ich weiß. Sie kamen herein und fanden sie tot am Boden liegend. Dann nahmen Sie ihren Lippenstift und schmierten ihn über Ihr Gesicht. Anschließend gingen Sie in das Schlafzimmer der Schwester und warteten auf sie. Ich hätte das nie von Ihnen gedacht, Donald. Daß sie ein sonderbarer Knabe waren, wußte ich immer, aber das hätte ich nicht erwartet.«

»Wollen wir nicht den Fall von Anfang an durchsprechen, Sellers?«

»Wie Sie wollen. Also fangen Sie an.«

»Sie warten ja nur darauf, ob ich etwas sage, was mich belastet. Nun, geben Sie mir doch eine Chance, Sellers. Lassen Sie mal alle Vorurteile beiseite. Vergessen Sie mal, daß Sie ein Kriminalbeamter sind, und hören Sie sich alles unbefangen an.«

»Bitte sehr«, sagte Sellers, »es ist Ihre Party, fangen Sie an und servieren Sie die Erfrischungen!«

»Ich muß Ihnen erst die Vorgeschichte erzählen, Sellers. Lucille Hollister war unglücklich wegen ihrer kleinen Schwester Rosalind. Rosalind hatte ihr Herz an Stanwick Carlton verloren. Und Stanwick Carltons Frau flirtete ein wenig herum – jedenfalls war Lucille dieser Ansicht. Und sie beabsichtigte, Stanwicks Ehe daraufhin auseinanderzubringen.«

»Wer erzählte Ihnen das?«

»Lucille.«

»Wann?«

»Kurz bevor sie starb.«

Sellers' Augen glänzten auf wie die Augen eines Jägers, der die Spur eines Wildes entdeckt hat.

»Dann geben Sie also zu, daß Sie in ihrem Schlafzimmer waren, kurz bevor sie starb?«

Ich blickte ihm gerade in die Augen und sagte: »Ja.«

»Warum töteten Sie Ihre Freundin?«

»Fragen Sie nicht so einfältig, Sellers«, sagte ich, »erstens habe ich sie nicht getötet, und zweitens war es kein Mord aus den Gründen, die mir angedichtet werden. Jemand ermordete sie, um sie zum Schweigen zu bringen.«

»Worüber sollte sie denn nicht reden?«

»Das ist das, was ich Ihnen zu erklären versuche.«

»Sprechen Sie weiter«, sagte Sellers. Dann drehte er sich zu Claire Bushnell um.

»Sie haben gehört, daß er zugegeben hat, bevor sie starb, in ihrem Zimmer gewesen zu sein?«

Claire Bushnell nickte mit bleichem, verstörtem Gesicht.

»Was ich Ihnen bis jetzt erzählte, erklärt das Verhalten von

Lucille Hollister. Sie beobachtete Minerva, aber auf dieser Reise flirtete Minerva überhaupt nicht.«

»Ich verstehe«, sagte Sellers sarkastisch. »Sie ging mit Dover Fulton in das Autohotel, weil er mit ihr ›Schwarzer Peter‹ spielen wollte, und sie zog ihre Bluse aus, damit sie nicht rußig wurde.«

»Minerva Carlton spielte ein gefährliches, hintergründiges Spiel. Sie kam zu Claire Bushnell und gab ihr einen Scheck über 500 Dollar und dazu Anweisungen, was Claire tun solle. Claire erhielt von ihr den Auftrag, über das Detektivbüro Cool & Lam einen Mann beobachten zu lassen, der mit Claires Tante befreundet zu sein schien.«

Sellers warf einen Blick zu Claire Bushnell hinüber.

Sie nickte.

Sellers schien plötzlich sehr interessiert. »Und wie geht dieser Sketch weiter? Fahren Sie fort, Lam!«

»Bertha gab mir diesen Auftrag weiter. Ich verfolgte den Mann bis zum Westchester-Arms-Hotel. Dort wohnte er. Er war unter dem Namen Tom Durham eingetragen. Und warum, glauben Sie nun, wollte Minerva Carlton ihn beobachtet haben?«

»Woher soll ich das wissen? Ich bin doch kein Gedankenleser!« sagte Sellers.

»Als Lucille Hollister mit mir zu dem Autohotel fuhr, vergaß sie in unserem Zimmer ein Päckchen Zigaretten und ihre Streichhölzer. Auf den Streichhölzern stand ›Cabanita Club‹.«

»Ja, und?«

»Und«, fuhr ich fort, »als ich das Zigarettenpäckchen herausnahm, fand ich, daß sie darin ein kleines Stück Papier aufbewahrt hatte. Es war ein Stück von einer Speisekarte des Cabanita-Klubs, und darauf stand ›Kozy Dell Slumber Court‹.«

»Und das war das Hotel, wohin Lucille Hollister Sie geführt hatte?«

»Jawohl.«

»Der Ort, wo Minerva Carlton und Dover Fulton Selbstmord begingen?«

»Der Ort, wo sie ermordet wurden«, korrigierte ich ihn.

»Nur langsam, die Party wird mir etwas anspruchsvoll. Sie glauben, daß sie ermordet wurden, während die Tür von innen verschlossen war?«

»Das behaupte ich.«

»Reden Sie weiter. Vielleicht können wir Ihnen noch zwei

Morde mehr zur Last legen, ich meine, nur für den Fall, daß wir Sie bei dem einen Mord nicht überführen könnten.«

»Die Tür war von innen verschlossen, aber wer weiß, wann sie verschlossen wurde?«

»Worauf wollen Sie hinaus?«

»Es wurden mehrere Schüsse abgefeuert.«

»Das stimmt. Einer ging in den Koffer, die beiden anderen trafen Dover Fulton und Minerva Carlton.«

»Das macht zusammen vier!«

»Vier?« fragte Sellers. »Sind Sie verrückt? Drei!«

»Vier!«

»Was wollen Sie – mit mir streiten?«

»Wieviel Schüsse waren aus Fultons Pistole gefeuert?«

»Drei.«

»Es waren aber nur noch zwei Patronen drin.«

»Ja, das kam daher, weil er die erste Kammer gewöhnlich leer ließ. Viele Leute tun das, weil es sicherer ist.«

»Ich sage Ihnen aber, daß vier Schüsse abgefeuert wurden.«

Sellers sah mich groß an, und ich spürte, wie sein Interesse immer mehr wuchs.

»Natürlich, Sie können recht haben. Was wissen Sie davon?«

»Ich füge nur zwei und zwei zusammen.«

»Und das macht vier!« sagte Sellers und grinste.

»Und das macht vier«, wiederholte ich. »Wenn Fulton die Pistole für einen Doppelselbstmord benutzt hätte, wie konnte er dann den Koffer treffen?«

»Nun, er könnte auf die Frau geschossen und sie mit dem ersten Schuß verfehlt haben.«

»Verfehlt? Auf eine solche Distanz? Der Koffer stand auf dem Boden.«

»Meine Güte, es könnte doch sein, daß sie sich gerade über den Koffer gebeugt hatte, um etwas herauszunehmen, und er entschied sich dafür, sie zu überraschen.«

»Das wäre aber einfach! Sie bückt sich gerade und kniet vor dem Koffer. Dabei schießt Fulton ihr überraschend in den Hinterkopf.«

»Nun, es könnte immerhin so gewesen sein«, meinte Sellers.

»Gut, lassen wir das und das Überraschungsmoment. Angenommen, er hätte sie verfehlt. Was würde sie dann getan haben?«

»Sie wäre natürlich aufgesprungen.«

»Und häte ihm das Gesicht zugewandt.«

»Ja, und was dann?«

»Dann wäre der zweite Schuß in ihren Kopf gegangen.«

»Das ist nicht notwendig. Sie wandte sich nach ihm um, und als sie sah, was er vorhatte, begann sie davonzulaufen.«

»Und dann traf er sie in den Hinterkopf?«

»Warum nicht?«

»Mit anderen Worten also, er verfehlte sie total, als sie auf dem Boden kniete und er dicht vor ihr stand. Als sie ihm aber davonlief, da traf er sie genau in den Hinterkopf!«

Sellers rieb sich seine Backe. »Zum Teufel, ich weiß nicht, was geschah, aber das wäre immerhin eine Erklärung.«

»Es ist eine Erklärung, die nichts erklärt«, sagte ich. »Ich will Ihnen erzählen, was vorging. Die dritte Person, die im Zimmer war, wußte, daß die Polizei über drei Schüsse Nachforschungen anstellen würde, denn es wurden in diesem Zimmer drei Schüsse abgefeuert. So nahm diese Person den Revolver und den Koffer, trug beides hinaus, und zwar weit genug fort, daß man in dem Hotel den vierten Schuß nicht hören konnte, den sie in den Koffer abfeuerte. Dann trug sie den Koffer in die Kabine zurück, legte ihn wieder auf den Boden, drückte Dover Fulton seinen Revolver in die Hand, verschloß die Zimmertür von innen und kletterte aus dem Fenster.«

»Da komme ich nicht ganz mit«, wagte Sellers. »Warum sollte diese Person das alles getan haben?«

»Weil sie für den dritten Schuß Rechenschaft ablegen mußte und ihn deshalb in den Koffer abfeuerte.«

»Aber so, wie Sie es darstellten, sind dann vier Schüsse gefallen.«

»Das wollte ich Ihnen damit beweisen.«

»Und warum mußte ein vierter Schuß fallen, um für die dritte Kugel Rechenschaft abzulegen?«

»Weil die Person das dritte Geschoß bei sich trug!«

Sellers sah mich drei oder vier Sekunden an, er blinzelte mit den Augen, als sei er von dem, was ich ihm erzählt hatte, geblendet. »Das ist eine Theorie, gut«, sagte er dann. »Aber es ist nur eine Theorie.«

»Hören Sie weiter zu, vielleicht ist es doch wesentlich mehr. Wo waren die Kleider der Frau, als Sie die Leichen fanden?«

»Einen Teil hatte sie an, und der Rest ... Moment mal, ich glaube, der Rest war in dem Koffer.«

»Das beweist alles!« sagte ich. »Eine Frau, die sich in einem Hotel auskleidet, in dem sie übernachten will, würde ihre Bluse, die sie gerade ausgezogen hat, niemals zusammengerollt in einen Koffer hineinstopfen. Zu dem Zeitpunkt, an dem die Schießerei stattfand, stand der Koffer geöffnet am Boden. Die Bluse lag auf einem Stuhl daneben. Der Mörder geriet späterhin in Zeitnot, rollte die Bluse zu einem Bündel zusammen, stopfte sie in den Koffer und verschloß ihn dann.«

»Sie scheinen eine Menge darüber zu wissen«, sagte Sellers und fügte bedeutungsvoll hinzu: »Es versteht sich ja auch von selbst. Sie waren zur Zeit des Mordes ebenfalls im Hotel.«

Er dachte dann eine Weile nach. »Immerhin sind wir nun ein gutes Stück vorwärtsgekommen. Ich hoffe, daß die Damen sich an jedes Wort erinnern werden, das er uns erzählt hat. Und wenn es tatsächlich ein Mord war, dann ist er der Mörder.«

»Ich kann es nicht gewesen sein«, sagte ich, »denn, Sellers, sehen Sie sich einmal die Bilder an, die das Innere des Zimmers zeigen, in dem die Leichen gefunden wurden. Beachten Sie die Handtücher, die man im Bad hängen sieht.«

»Und warum?«

»Es hängt nur ein Frottiertuch dort, aber zwei Handtücher.«

»Was wollen Sie damit sagen?«

»Meistens pflegen es zwei Frottiertücher und zwei Handtücher zu sein!«

»Sie verlangen viel von mir«, sagte er sarkastisch, »ich werde nicht dafür bezahlt, Wäschestücke zu zählen.«

»Es würde aber nichts geschadet haben in diesem Fall. Der Mörder wurde verwundet und hat ein Frottiertuch zum Verbinden benutzt. Deswegen fehlt es.«

»Das ist eine kühne Theorie, Lam«, sagte Sellers, aber er wurde zunehmend nachdenklicher.

»Sicherlich ist es das, aber ist sie es nicht wert, daß man daraufhin Nachforschungen anstellt?«

»Das finde ich aber auch«, ertönte Berthas Stimme aus dem Hintergrund. »Nachforschen müßte man auf jeden Fall, Frank, und bedenken Sie, was das für die Versicherung bedeuten würde.«

»Wieso für die Versicherung?«

»Bei einem Selbstmord innerhalb des ersten Versicherungsjahres braucht die Versicherung nicht zu zahlen«, erklärte Bertha. »Aber wenn es kein Selbstmord war, dann müssen sie der Witwe vierzigtausend Dollar auszahlen. Und bei Tod durch Unfall das Doppelte, also achtzigtausend!«

Sellers pfiff durch die Zähne.

»Darum arbeiten wir daran, Frank, verstehen Sie? Ich habe den Auftrag.«

»Sprechen Sie weiter, Lam, was wissen Sie noch?«

»Es war bestimmt eine Liebesnest-Affäre. Minerva Carlton wurde erpreßt. Der Erpresser wollte von ihr eine große Summe, die sie sehr wahrscheinlich nicht aufbringen konnte. Er drohte ihr, daß er sie bei ihrem Mann verraten werde.«

»Nun, das ist so üblich bei Erpressungen«, sagte Sellers.

»So entschied sich Minerva, den Erpresser übers Ohr zu hauen. Sie ging zu Dover Fulton. Er war ihr früherer Chef. Ob sie einmal enger miteinander befreundet waren, weiß ich nicht. Auf jeden Fall ging sie zu ihm, und er war mit ihrem Plan einverstanden. Er wollte die Rolle ihres Mannes spielen. Der Erpresser kannte Stanwick Carlton nicht. Fulton erklärte ihm dann, er sei Minervas Mann und habe ihr alle Fehltritte vergeben. Er küßte sie in Gegenwart des Erpressers und sagte: ›Und Sie scheren sich nun zum Teufel!‹«

»Das könnte so gewesen sein. Aber wo ist der Beweis?«

»Ich habe versucht, den Beweis zu finden, bevor Sie mir diesen reizenden Handschmuck anlegten, Sellers.« Ich streckte ihm meine Hände mit den Handschellen entgegen.

»Die habe ich Ihnen anlegen müssen. Schließlich stehen Sie noch immer unter schwerem Mordverdacht!«

»Ich habe Lucille nicht ermordet.«

»Dann hätten Sie nicht weglaufen sollen, mein Freund! Sie hatten geglaubt, man würde Sie nicht wiedererkennen. Aber mir kam sofort der Verdacht, als ich mich an die Beschreibung erinnerte, die Sie mir von der kleinen Blondine gegeben hatten – die paßte nur zu genau auf das tote Mädchen.«

»Ich habe alles im Radio gehört, auch das über die Fingerabdrücke«, sagte ich. »Ich gab ja auch zu, daß ich dort gewesen bin.«

»Jetzt hat er es zum zweiten Male eingestanden«, sagte Sellers zu Bertha Cool und Claire Bushnell. »Bitte, erinnern Sie sich daran.«

»Es gibt genügend Anhaltspunkte, die darauf hindeuten, daß die Zentrale dieses Erpresserringes sich im Cabanita-Klub befindet. Sie wissen, wie es in diesen Lokalen zugeht. Man geht dort hin, wenn man sich amüsieren will. Gelegentlich sitzen dann so ein paar unauffällige Burschen dort herum, die ein sehr gutes Gedächtnis haben. Und wenn sie einen beobachten, der verheiratet ist und sich dort ein bißchen amüsiert, dann vertiefen sie sich in den Fall etwas mehr. Fast in allen diesen Lokalen sitzen Erpresser, die auf solche Gelegenheiten warten. Meist notieren sie sich dann die Autonummern, das wirft dann oft eine Kleinigkeit ab. Das sind die Gelegenheitsverbrecher. Aber ich glaube, daß die Organisation, in deren Hände Minerva Carlton fiel, das Geschäft ernsthafter betreibt. Tom Durham ist darin verwickelt, und ich bin überzeugt, daß Bob Elgin weiß, wer Durham ist und wo er sich jetzt aufhält.

Durham wohnte in dem Westchester-Arms-Hotel, als ich ihn verfolgte, aber kurz nach dem Mord zog er dort aus. Zunächst hatte ich angenommen, er sei deswegen ausgezogen, weil er sich von mir beobachtet gefühlt habe. Jetzt denke ich anders darüber. Ich würde ihn gern einmal näher ansehen. Denn ich bin überzeugt, daß sich in seinem Körper ein 32er-Geschoß versteckt hat.«

»Gut«, sagte Sellers, »ich werde der Sache nachgehen und sehen, was ich tun kann.«

»Als ich letzte Nacht im ›Cabanita‹ herumstrolchte und nach gewissen Bildern forschte, hatten sie das dort gar nicht gern. Sie versuchten mich zu überfallen. Aber ich hatte Glück und entkam ihnen. Bei mir trug ich einige Bilder und eine Adresse. Es war die Adresse des blonden Mädchens, das ermordet wurde. Ich fuhr hinaus, um sie verschiedenes zu fragen. Jemand muß mir gefolgt sein, oder er muß gewußt haben, wohin ich gehen würde.«

»Das sagen Sie!«

»Und das ist der Grund, weshalb ich diese Sache aufgeklärt haben möchte. Fahren wir doch bei Claire Bushnells Tante vorbei. Überraschen wir sie, und fragen wir sie aus, bevor sie sich eine Geschichte ausdenken kann. Sie wurde bestimmt auch erpreßt! Vielleicht kann sie uns einen Fingerzeig geben, wo Durham zu finden ist. Er wird sich heute sicherlich nicht zeigen, die Verletzung dürfte ihm zu schaffen machen. Frank, geben Sie mir die Chance und halten Sie vor Amelia Jaspers Haus an. Es liegt auf unserem Weg zum Polizeipräsidium.«

»Ja, und dafür riskiere ich dann meinen Posten! Was denken Sie eigentlich, wer ich bin? Ein naiver Draufgänger, der den Hausfrieden einer reichen Tante bricht, um sie zu fragen: ›Ach, gnädige Frau, sagen Sie mir doch bitte, wurden Sie von jemandem erpreßt?‹«

»Das könnten Sie alles mir überlassen, Frank. Ich würde Sie da überhaupt nicht hineinziehen. Sie müßten nur dabeisein.«

Sellers dachte über meinen Vorschlag nach. Dann schüttelte er den Kopf.

»Das ist nur ein Trick von Ihnen. Wir fahren sofort zum Polizeipräsidium.«

»Inzwischen ist dann die Spur verwischt worden, und Sie werden nichts mehr herausbekommen.«

»Ich habe ja einen Mörder erwischt«, sagte Sellers und grinste zufrieden, »das ist genug Arbeit für einen Tag. Kommen Sie!«

»Frank«, sagte Bertha, »ich flehe Sie an, doch wenigstens mir diese Chance ... Erst bringen Sie mir mein Geschäft durcheinander und posaunen Geschichten von meinem Partner derart in der Gegend herum, daß kein Hund mehr ein Stück Brot von mir nehmen wird, und dann nehmen Sie mir auch noch die Chance, die Prozente von einer Versicherungssumme über achtzigtausend Dollar zu verdienen. Wenn das stimmt, was Donald sagt, müßte die Versicherung zahlen.«

Frank Sellers zögerte. Schließlich sagte er: »Wenn Sie versuchen, mich in dieser Sache zu hintergehen, ich ...«

»Wann habe ich Sie schon einmal hintergangen?« fragte Bertha.

Sellers blickte auf mich. »Nein, Sie nicht, Bertha. Aber dieser Bruder. Man weiß bei ihm nie, was er spielt und wozu er noch fähig ist.«

Ich streckte ihm meine gefesselten Hände entgegen. »Und wie geschickt ich bin, das sehen Sie hier!« sagte ich sarkastisch.

»Frank, sicherlich wären wir imstande, Ihnen einen Anteil ...«

»Laß das Geschwätz sein, Bertha«, fiel ich ihr ins Wort, »Frank geht es nicht ums Geld.«

Sellers warf mir einen dankbaren Blick zu, und ich sagte: »Sie haben große Chancen, Frank. Sie könnten den Mord vom ›Kozy Dell‹ aufklären. Sie hätten Gelegenheit, einen Erpresserring auszuheben und könnten außerdem noch herausbekommen, wer Lucille tatsächlich umgebracht hat, wie es geschah, und warum. Wollen Sie sich das entgehen lassen?«

»Eine ganze Anzahl von Leuten wird vielleicht der Ansicht sein, daß ich die letzten Fragen bereits beantwortet habe«, sagte Sellers, aber sein Ton klang nicht mehr so überzeugt wie bisher.

»Und außerdem, vergessen Sie nicht, daß da draußen in San Robles eine Witwe mit zwei Kindern sitzt, die nicht weiß, wovon sie morgen leben wird. Womöglich sollen die Kinder in ein College, und das kostet Geld! Wenn Sie auf meinen Vorschlag eingehen und dieser Frau vielleicht zu den ihr rechtlich zustehenden achtzigtausend Dollar verhelfen würden ...«

»Also gut«, sagte Sellers. »Auf diese Art haben Sie es geschafft. Gehen wir.«

Wir standen auf. »Und was ist mit meinen Handschellen?« fragte ich.

»Die lassen wir ruhig da, wo sie sind!« Sellers lächelte schief. »Machen Sie sich nichts daraus. Wenn Sie die Hände schön brav nach vorn halten, können Sie unbehindert gehen, und es fällt nicht sehr auf.«

»Wäre es nicht vielleicht besser für uns alle, wenn Sie sie mir abnehmen würden?«

»Gut für wen?« stichelte er.

Ich sah ihn von der Seite an. »Das Schlimme an Ihnen ist, daß Sie eben doch nur den Verstand eines Polizisten haben. Also gehen wir.«

»Wie ist die Adresse?« fragte Sellers.

»Korreander Street 226«, antwortete Claire Bushnell.

Sellers fuhr los.

»Ich glaube, Sie stellen die Sirene besser ab!« sagte ich beiläufig. Er warf mir einen ironischen Blick zu und schaute dann auf die Straße. Nach wenigen Minuten hielten wir vor dem weißen Stuckhaus. Wir stiegen aus und gingen die Haustreppe hinauf.

Sellers läutete.

Susie kam mit ihren schlenkernden Bewegungen den Korridor entlang. Sie öffnete die Tür. Ich hatte einen Moment lang den Eindruck, als erbleiche sie beim Anblick von Frank Sellers. Aber dann stand wieder der übliche indifferente Ausdruck in ihrem harten Gesicht.

»Hallo, Susie«, begrüßte Claire das Mädchen. »Ist Tante Amelia da?«

Sellers schlug sein Revers zurück und zeigte die Polizeimarke vor.

»Ist sie da?« fragte er.

»Ja.«

»Also, dann kommt!« Sellers schob Susie zur Seite und ging hinein. Susie sah ihn scheel an und blieb hilflos an der Wand stehen. Kurz bevor wir jedoch zum Wohnzimmer kamen, erwachten ihre Lebensgeister wieder. Mit hoher, unangenehmer Stimme rief sie: »Oh, Mrs. Jasper, Claire und die Polizei sind gekommen.«

Sellers, der mit der rechten Hand meinen Arm hielt, stieß mit der linken die Tür auf, und wir gingen alle hinein. Amelia Jasper saß in ihrem Rollstuhl. Sie blickte uns mit freundlichstem Lächeln entgegen.

»Wie geht es denn?« fragte sie. »Bitte setzen Sie sich doch. Hallo, Claire, Liebes, geht's dir gut?«

»Danke, ja«, antwortete Claire.

»Da ich mich nicht gut bewegen kann, vertritt du mich bitte als Gastgeberin. Ich habe wieder so einen Ischiasanfall, du weißt – von diesem elenden Autounfall her. Und weil ich solche Schmerzen hatte, habe ich zuviel Aspirin genommen – so daß es mir jetzt ganz schwummerig ist. Aber setzen Sie sich doch bitte. Und entschuldigen Sie, wenn ich ein bißchen groggy bin.«

Ihre Augenlider flatterten ein wenig, aber dann nahm sie sich zusammen.

Erst nachdem wir uns alle hingesetzt hatten, sah sie meine Handschellen.

»Aber, Mr. Lam!« sagte sie. »Sie sind doch nicht, ja was ...«

Susie Irwin vollendete den Satz.

»Ich habe es im Radio gehört, Madam ... Aber ich wollte Ihnen nichts darüber sagen. Er ist derjenige, der diese Lucille Hollister in der vergangenen Nacht umgebracht hat. Sie erinnern sich, daß Sie darüber in der Zeitung gelesen haben.«

»Donald Lam tötete sie!« rief Amelia Jasper ungläubig aus. »Ich dachte, er sei so nett. Aber, aber ... Und ihr bringt ihn mir hier in mein Haus!«

»Nur um etwas aufzuklären, was mit seinem Fall zusammenhängt«, erklärte ihr Sellers.

»Aber ich will diesen Mann nicht in meinem Haus haben. Ich wünsche nicht in seine Nähe zu kommen. Ich habe alles über den Mord gelesen, das ist ja schrecklich. Es tut mir leid, aber ...«

»Du sollst uns ja nur ein paar Fragen beantworten, Tante Amelia!« sagte Claire beruhigend. »Je schneller du die Fragen beantwortest, um so eher wird er wieder draußen sein.«

»Aber das paßt mir alles nicht«, antwortete Amelia Jasper nervös. »Und was für Fragen sollte ich schon beantworten können? Ich habe diesen Mann nur einmal gesehen, als ...«

Sellers unterbrach sie. »Wir möchten etwas über einen Mann namens Durham von Ihnen erfahren.«

»Was ist mit ihm?« fragte Amelia Jasper in abweisendem Ton.

»Wir dachten, daß zwischen ihm und diesem Mann hier irgendwelche Verbindungen bestehen könnten.«

»Nun, das ist sicherlich nicht der Fall«, antwortete Amelia Jasper bestimmt. »Mr. Durham ist ein netter junger Mann.«

»Wie lange ist es her, seit Sie ihn zum letzten Male gesehen haben?« fragte ich sie.

Sie sah mich an: »Ihre Fragen werde ich ja wohl nicht beantworten müssen.«

Ich fuhr fort: »Der Grund, warum ich Sie danach frage, ist der, daß ich glaube, daß Durham mit der Geschichte, die draußen im ›Kozy Dell‹ passierte, etwas zu tun hat.«

Sie hob den Kopf in die Höhe und ignorierte mich.

»Und«, fuhr ich unbeirrt fort, »ich bin überzeugt, daß er ein Erpresser ist.«

»Ein Erpresser!« sagte sie zornig.

»Hat er Sie nicht auch erpreßt?«

Wieder ignorierte sie meine Frage.

»Nun geben Sie bitte Antwort!« sagte Sellers drängend.

»Ich sehe nicht ein, warum ich eine Menge Fragen über mein Privatleben beantworten soll, noch dazu in Gegenwart eines Mannes, der wohl der niedrigste Mördertyp ist. Ein Mann, der sich in mein Haus einschlich unter dem Vorwand, ein Schriftsteller zu sein, und der mich angeblich bei meinem Kampf gegen die Versicherungsgesellschaft unterstützen wollte. Guter Gott, es ist wirklich ein großes Wunder, daß ich nicht auf dem Flur liege, mit einem Strumpf um den Hals.«

»Hat Durham versucht, Sie zu erpressen?« unterbrach ich sie.

Sie reagierte nicht.

»Tat er das?« fragte Sellers nachdrücklich.

»Ich weiß nicht, wie Sie auf so etwas kommen?«

»Wenn er Sie nicht erpreßt hat, was wollte er dann von Ihnen? Sagen Sie es doch! Warum wollen Sie uns darauf keine Antwort geben?« fragte ich weiter.

»Wir hatten gemeinsame geschäftliche Interessen, über die wir uns unterhielten.«

»Um was für Geschäfte handelte es sich denn?«

»Um eine Mine.«

»Um was für eine Mine?«

»Um eine Bleimine.«

»Und wo ist die?«

»In Colorado.«

»Wissen Sie genau, daß es eine Bleimine war?« fragte ich und setzte ein triumphierendes Lächeln auf.

Dieses Lächeln irritierte sie. Sie fürchtete, in eine Falle zu gehen. »Ja«, sagte sie, »die Mine soll Blei enthalten, das mit Gold vermengt ist.«

»Und woran wollten Sie Geld verdienen, an dem Blei oder an dem Gold?«

»Das weiß ich nicht. So genau habe ich mich nicht damit beschäftigt.«

»Dann waren Sie also nicht daran interessiert, Kapital hineinzustecken?«

»Nein.«

»Aber warum kam dann Mr. Durham so häufig zu Ihnen?«

»Ich lasse mich doch von Ihnen nicht in meinem eigenen Haus in ein Kreuzverhör nehmen«, sagte sie empört. »Das ist ja unglaublich! Mr. Sellers, ich werde Sie zur Verantwortung ziehen.«

Sellers fühlte sich zunehmend unbehaglicher. Er rutschte auf seinem Stuhl hin und her, sagte jedoch nichts.

Da wandte sie sich mir zu. »Sie widerliche Bestie!« sagte sie. Und wieder zu Sellers gewandt: »Bringt dieser Kerl so ein süßes, junges Ding um, und das in einem Augenblick, in dem sie ihre Hände um seinen Nacken legte und sein Gesicht zu sich herabzog, um ihn zu küssen . . .«

»Moment mal!« sagte ich. »Woher wissen Sie, daß sie ihre Hände um meinen Nacken gelegt hat, um mein Gesicht zu sich herabzuziehen?«

»Das wurde im Radio gesagt.«

»Nein, das ist nicht wahr. Wie können Sie das behaupten. Auch in den Zeitungen stand nichts davon.«

Ich lehnte mich in meinem Stuhl vor und hielt ihrem Blick stand. Sie wurde verwirrt.

»Ich weiß es nicht«, antwortete sie. »Ich habe Ihnen ja gesagt, daß ich zuviel schmerzstillende Mittel genommen habe, ich . . .«

»Ich habe es Ihnen erzählt«, fiel ihr Susie ins Wort. »Ich hörte es im Radio!«

»Aber woher konnte der Ansager das so genau wissen, wie ich geküßt wurde?«

»Ich vermute, daß die Polizei es ihnen gesagt hat. Sehr wahrscheinlich hatte die Polizei einige Zeugen!«

»Das stimmt«, sagte Amelia Jasper. »Susie hat es mir erzählt.«

Langsam lehnte ich mich in meinem Stuhl zurück. »Das ist es also!« sagte ich. »Wie blöd bin ich doch gewesen!«

»Was ist es?« fragte Sellers, allmählich völlig überrumpelt. »Und was das Blödsein betrifft, so bin ich derjenige, der dafür zeichnet. Ich komme mir langsam vor, als hätte ich meinen Kopf in eine Schlinge gesteckt!«

»Haben Sie es nicht begriffen?« fragte ich ihn.

»Begriffen? Was?«

»Durham war ein Erpresser – gut! Aber er war nicht der Kopf dieser Bande. Und fest steht, daß er diese Frau hier bestimmt nicht erpreßte. Holen Sie einen Arzt herbei, Sellers, und lassen Sie mal das Ischiasbein dieser Dame untersuchen. Sie werden feststellen, daß die Schmerzen von dem Geschoß aus einem 32er Revolver herrühren.«

Amelia Jasper schrie wütend auf. »Schaffen Sie auf der Stelle diesen Mann hier hinaus. Ich befehle es Ihnen.«

Sellers zögerte. »Lam, Sie sind närrisch geworden! So können Sie die Sache nun auch nicht drehen. Sie reden nur, um sich selbst zu entlasten.«

»Seien Sie doch kein Narr, Sellers. Durchschauen Sie denn das ganze Spiel noch immer nicht? Dieser plötzliche ›Ischiasanfall‹ ist nur verursacht von dem ersten Schuß, der im ›Kozy Dell‹ abgefeuert wurde und in ihr Bein ging.«

»Mr. Sellers«, sagte Amelia Jasper, und ihr Gesicht war vor Wut entstellt, »ich befehle, daß Sie alle mein Haus verlassen! Und zwar sofort! Es reicht mir nun wirklich! Susie, geh bitte zum Telefon und ruf das Polizeipräsidium an für den Fall, daß . . .«

»Es tut mir leid«, sagte Sellers und stand auf.

Er griff nach mir, packte mich beim Rockkragen und stellte mich auf die Füße. »Kommen Sie, Lam. Sie haben mich mit Ihrer Spitzfindigkeit in eine verteufelte Situation gebracht. Das kommt davon, daß ich Ihnen und Bertha eine Chance geben wollte.«

Er stieß mich herum, so daß ich fast hinfiel und bewußt meine Hände vorstreckte. Der Stahl der Handschellen drang in meine Gelenke ein, und ich stöhnte vor Schmerz auf. Sellers sagte: »Ich hoffe, Sie werden den Vorfall entschuldigen, Mrs. Jasper. Ich wollte nur einige Informationen haben. Aber dieser Bursche hier versuchte nur, die Sache zu seinen Gunsten zu drehen.«

»Öffne ihnen die Tür, Susie«, befahl Mrs. Jasper.

Das Mädchen ging den Korridor hinunter.

»Sellers, Sie Narr, können Sie denn nicht sehen, was . . .«

Sellers schlug mir auf den Mund. »Schweigen Sie«, sagte er erbost.

Er zog mich auf die Tür zu. Claire begann zu weinen, und Bertha Cool kam langsam hinter uns her.

Als Susie die Haustür mit triumphierendem Gesicht für uns offenhielt, drehte ich mich um und rief mit verzweifelter Stimme: »Bertha!«

Sellers schlug mir so heftig gegen den Kopf, daß mir das Genick weh tat.

Aber in dem kurzen Augenblick, in dem ich meinen Kopf umgewandt hatte, bemerkte ich, daß Bertha zurückging. Wir waren schon auf halbem Weg zur Haustür, als der Schrei aus dem Wohnzimmer ertönte. Man hörte, wie ein Stuhl umfiel, vernahm das Geräusch eines Kampfes, dann wieder einen Schrei, und dann rief Amelia Jasper um Hilfe. Bertha Cools Stimme ertönte ebenfalls.

»Das genügt mir«, hörte ich sie sagen, »Sie verdammte Lügnerin. Halten Sie still, oder ich werde Ihnen das Genick brechen. Frank, kommen Sie zurück.«

Sellers stoppte seine Schritte. Dann riß er mich herum, und wir rannten zusammen den Korridor entlang.

Der Drehstuhl war umgekippt. Ein blutgetränkter Verband lag auf dem Boden. Bertha saß seelenruhig auf der Schulter von Amelia Jasper und hielt das verletzte Bein mit eiserner Hand umklammert.

Mit dem gesunden Bein versuchte Amelia Jasper zu treten. Dabei rief sie laut um Hilfe.

Sellers schrie: »Das dürfen Sie nicht machen, Bertha.«

»Das darf ich nicht!« wiederholte Bertha, vor Wut schnaubend. »Es ist bereits geschehen. Schauen Sie sich nur die Einschußstelle an!«

Sellers versuchte, Bertha an den Schultern hochzureißen. Sie gab ihm einen Stoß, so daß er aus dem Gleichgewicht geriet und strauchelte.

In diesem Augenblick erschien Susie Irwin in der Tür. Sie grinste bösartig und hielt einen Revolver in der Hand.

»Hände hoch«, befahl sie, »los, alle!«

Jeder von uns erkannte sofort den entschlossenen Ton in ihrer scharfen Stimme.

»Das gilt auch für Sie, Mr. Sellers!«

Sellers wandte sich schnell um, denn Susie drückte bereits auf den Abzug. Der Knall eines Schusses erfüllte den Raum, und Sellers schaute sprachlos auf seine blutüberströmte rechte Hand herab.

Plötzlich waren sich alle bewußt, wie gefährlich diese Situation war. Susie Irwin verstand dieses Handwerk. Amelia Jasper kam ächzend wieder auf ihre Füße.

»Komm Amelia«, sagte Susie.

Amelie humpelte vorwärts. Man sah, wie sehr ihr jeder Schritt Schmerzen bereitete.

Sellers versuchte, mit der linken Hand seinen Revolver zu ergreifen, aber es gelang ihm nicht. Auch Bertha war wieder auf den Beinen und lief den beiden Frauen nach. Sie sah aus wie ein Tank, der in die Schlacht eingreift.

Susie Irwin hielt an der Haustür noch einmal an und sah sich um.

Ich streckte meinen Fuß aus, und Bertha flog stolpernd auf den Boden nieder. Es gab einen Plumps, der die Wände erzittern ließ. Susie Irwin hatte wiederum die Pistole abgedrückt. Aber die Kugel zischte dort vorbei, wo Berthas breite Schultern gewesen wären, wenn ich sie nicht hätte hinstolpern lassen. Dann fiel die Haustür ins Schloß.

Gleich darauf hörte man das Brummen eines Motors.

Sellers flehte Bertha an. »Holen Sie mir meinen Revolver heraus!«

Claire Bushnell kam ihr zuvor und reichte ihm seine Dienstwaffe. Sellers zog mich wie ein Rasender zur Haustür, den Revolver in der Linken haltend.

Wir kamen noch gerade rechtzeitig genug, um das hintere Ende des Polizeiwagens um die Ecke verschwinden zu sehen.

Völlig überrumpelt und mit wütendem Gesicht blieb er stehen.

Dann drehte er sich zu mir um.

»Dafür sind Sie verantwortlich! Ich werde der Abklatsch des ganzen Polizeipräsidiums sein!«

»Regen Sie sich nicht auf«, sagte ich zu ihm. »Nehmen Sie mir endlich die Handschellen ab. Sie sind auf dem besten Weg, eine Auszeichnung zu bekommen, aber anscheinend fällt bei Ihnen der Groschen noch immer nicht.«

15

Frank Sellers schielte zu mir herüber und wickelte sich ein Taschentuch um seine blutende Hand.

»Das hab ich davon, daß ich Ihnen zugehört habe«, sagte er wütend.

»Na, und was?«

»Ein Weib hat mich hereingelegt, angeschossen und sich in meinem Polizeiwagen davongemacht. Ich bin nun für alle eine Sehenswürdigkeit!«

Ich begegnete Berthas Blick. »Sieh zu, daß du ein Handtuch für ihn findest, das er um seinen Arm wickeln kann.«

»Mir geht es gut«, sagte Sellers. »Lassen Sie nur, Bertha. Rufen Sie lieber ein Taxi herbei, damit wir zum Polizeipräsidium fahren können. Verdammt noch mal, die werden sich dort krank lachen. Von einer Frau angeschossen!«

»Schau nach einem Handtuch, Bertha.«

»Ein Handtuch«, sagte sie. »Es ist nicht gut, wenn man . . .«

»So muß ich es dir also erklären. Du sollst dich nach einem Handtuch umsehen, auf dem ›Kozy Dell Slumber Court‹ eingestickt ist.«

»Das hättest du ja auch gleich sagen können«, sagte Bertha.

»Jetzt habe ich es dir gesagt.«

»Sie holen mir ein Taxi, zum Teufel, oder ich rufe es eben selbst.«

Er ging zum Telefon hinüber und wählte eine Nummer. »Hallo. Hier ist Kriminalsergeant Sellers, ich bin in der Korreander Street 226 und muß sofort ein Taxi haben. Ja, geht das?«

Er lauschte einen Augenblick, brummte etwas vor sich hin und legte den Hörer wieder auf.

Bertha durchstöberte inzwischen das Haus. Man hörte, wie sie mit den Türen knallte. Claire Bushnell bemühte sich um Sellers. Sie war bleich wie ein Gespenst und völlig verwirrt.

»Darf ich mal einen Blick auf Ihre Hand werfen?«

»Glücklicherweise scheint es außer dem Daumen keine Knochen getroffen zu haben«, sagte Sellers, »aber der Daumen sieht übel aus.«

Er wandte sich zu mir. »Ich werde euch beide dafür verantwortlich machen müssen, Lam, Bertha und Sie. Bertha stieß mich, so daß ich fast hinfiel . . .«

»Und rettete dadurch wahrscheinlich Ihr Leben«, fügte ich hinzu.

Er sah mich an, als würde er mir am liebsten den Kopf abbeißen.

Dann hörten wir Berthas Schritte die Treppe herunterkommen, und zwar sehr rasch. Sie schwenkte ein blutiges Frottiertuch, auf dem die Worte ›Kozy Slumber Court‹ eingestickt waren.

»Da haben wir es, mein Schatz!« sagte sie triumphierend. »Ich fand es in einem Wäschesack unter den schmutzigen Kleidern. Es war leichtsinnig, es dort aufzuheben.«

»Sie hat niemals daran gedacht, daß jemand bei ihr nachforschen könnte. Wickle es in Papier ein, Bertha. Aber es ist besser, du schreibst deine Initialen zuerst in eine Ecke, und zwar mit Tinte, so daß du jederzeit bezeugen kannst, daß es das Tuch ist, das du gefunden hast.«

»Machen Sie sich keine Sorgen«, sagte Sellers. »Wenn es ein Beweisstück ist, werde ich es aufbewahren.«

»Wir wollen aber nicht, daß von Ihrem Blut etwas draufkommt, Sellers. Wir wollen das Blut, das auf diesem Handtuch ist, als Beweis.«

Er sah mich an. »Ihnen kaufe ich nichts mehr ab«, sagte er. »Sie gehen mit mir zum Polizeipräsidium. Und dort werden Sie eingesperrt. Das hätte ich gleich mit Ihnen machen sollen. Und dann werde ich mich um diese beiden Frauen kümmern.«

»Tun Sie es doch«, sagte Bertha amüsiert, »wenn es Sie glücklich macht.«

»Nun hören Sie zu, Frank. Wir wollen die Karten auf den Tisch legen. Wenn Sie jetzt zum Polizeipräsidium zurückkehren, kommen Sie in das übelste Schlamassel Ihres Lebens. Sie haben mich zwar verhaftet, aber Sie können mich nicht festhalten.«

»Das sagen Sie!«

»Für eine gewisse Zeit vielleicht, aber inzwischen habe ich genügend Gegenbeweise, so daß mich jeder Rechtsanwalt wieder herausholen kann.«

»Ich weiß nicht, was Sie wollen. Sie haben festgestellt, daß Amelia Jasper ein Schußloch im Bein hat. Was beweist das schon?«

»Gut, bis jetzt glauben Sie noch kein Beweismittel gegen sie zu haben, aber Sie haben auch keins gegen mich.«

»Das stimmt.«

»Die Tatsache aber, daß die Frau ausgesagt hat, das Mädchen habe seine Hände um mein Gesicht gelegt, beweist, daß sie es gesehen haben muß. Also muß sie vor dem Fenster gestanden haben.«

»Hat das Mädchen die Hände um Ihr Gesicht gelegt?«

»Ja. Außerdem ist eindeutig bewiesen, daß Amelia Jasper draußen im ›Kozy Dell‹ gewesen sein muß. Sie war es, die Minerva das Geld abnehmen sollte. Minerva war in eine bedrängte Situation geraten. Und Dover Fulton erklärte sich bereit, die Rolle ihres Gatten zu spielen.«

»Das haben Sie alles schon vorher erzählt.«

»Irgend etwas ging dann schief. Und Dover Fulton zog seine Pistole heraus. Mrs. Jasper und Susie waren in der Kabine, dieses heimtückische Biest schlug Fulton sehr wahrscheinlich etwas über den Schädel, und er drückte versehentlich auf den Abzug. Die Kugel ging in das Bein von Mrs. Jasper. Minerva Carlton wollte weglaufen, aber Susie hatte geschwind die Pistole aufgehoben und schoß ihr in den Hinterkopf. Zu diesem Zeitpunkt war es schon zu spät, um davonzulaufen. Sie mußten auch Dover Fulton erledigen. Und dann entschlossen sie sich, alles als Selbstmord zu tarnen. Sie wußten, daß sie für den Extraschuß Rechenschaft abzulegen hatten, und knobelten sich die Geschichte mit dem Koffer aus. Der Koffer lag geöffnet am Boden und die Bluse entweder obendrauf oder daneben auf einem Stuhl. Minerva hatte die Bluse ausgezogen, damit es so aussehen sollte, als sei sie wieder sehr intim mit ihrem Mann und völlig versöhnt. Amelia Jasper ergriff ein Frottiertuch und wickelte es um die blutende Schußwunde. Sie machte den Koffer zu, aber zuvor stopfte sie die Bluse, die daneben lag, gedankenlos hinein. Die beiden gingen dann hinaus, suchten sich eine Stelle aus, die entlegen genug war, so daß man den Schuß im Hotel nicht hören konnte. Sie schossen einmal in den Koffer hinein, nahmen eine leere Hülse aus der Pistole heraus, so daß es aussah, als habe Dover Fulton die Waffe mit der leeren Hülse bei sich getragen. Dann kehrten sie in die Kabine zurück, stellten den Koffer wieder an seinen Platz, schlossen die Tür von innen zu, kletterten durch das Fenster und verschwanden.«

Sellers sagte in überdrüssigem Ton: »Jetzt habe ich allmählich genug von Ihren Theorien, für die Sie keinerlei Beweise haben.«

»Das ist keine Theorie«, sagte ich. »Das sind die Tatsachen. Und ich erzähle sie Ihnen, weil ich beabsichtige, der Presse ein Interview zu geben, in dem ich darauf eingehen werde.«

»Geben Sie es nur.«

»Es wird aber beweisen, daß Sie auf das falsche Wild Jagd gemacht haben. Anstatt daß Sie die richtigen Mörder von Lucille Hollister verfolgten, gaben Sie einer Frau die Chance, Ihnen in die

Hand zu schießen und Ihren Wagen zu stehlen! Dadurch werden Sie in den Ruf eines prämiierten Trottels kommen. Ich lese schon die Unterschriften der Bilder, die die Presse von Ihnen bringen wird: ›Verdächtige Frau schießt auf Kriminalbeamten und entkommt in seinem Dienstwagen!‹«

Frank Sellers schien darüber nachzudenken. Diese Zukunftsperspektiven gefielen ihm nicht besonders.

»Sie sind nun an einem Punkt angelangt«, fuhr ich fort, »an dem Sie die Sache durchbeißen müssen. Kommen Sie, gehen Sie noch eine halbe Stunde mit mir . . .«

»Meinetwegen«, sagte er müde. »Nun packen Sie schon mit Ihren wilden Plänen aus. Zuhören kann ja nichts schaden.«

»Nehmen Sie mir die Handschellen ab und . . .«

»Auf gar keinen Fall«, sagte er.

»Nun wollen wir mal gemeinsam überlegen. Dieser Tom Durham war in den Fall verwickelt. Wir wissen das, weil Minerva sich für ihn interessierte. Er war der Kontaktmann. Er muß es gewesen sein! Amelia Jasper und ihr Mädchen Susie gehören ebenfalls der Erpresserbande an und sind außerdem des Mordes verdächtig. Sie wollen fliehen. Aber bevor sie das tun, werden sie Tom Durham aufsuchen und ihm eine Geschichte auftischen für den Fall, daß er gefaßt wird. Falls Durham dann aussagen muß, werden die beiden Frauen jedoch zusammenhalten und ihre Aussagen ändern, so daß Durham für alle Morde verurteilt werden muß.«

»Sie reden und reden, Lam! Wo, zum Teufel, bleibt nur das Taxi?«

In diesem Augenblick ertönte draußen die Hupe eines Autos.

Sellers sprang auf. »Also, gehen wir!«

Seine linke Hand umfaßte meinen Arm: »Und wohin fahren wir nun, Sie Stratege?«

»Wenn Sie mitmachen, Sellers, so wie ich es vorhabe, werden Sie ziemlich sicher wieder mit Ihrem Wagen ins Polizeipräsidium zurückfahren können. Sie werden den Mord an Lucille Hollister und die Schießerei von ›Kozy Dell‹ ebenfalls aufgeklärt haben!«

Ich spürte, wie sich seine Finger um meinen Arm krampften.

»Und nun seien Sie vernünftig. Sie haben doch Ihre Pistole. Wenn ich den Versuch machen sollte, zu fliehen, können Sie auf mich schießen. Nehmen Sie mir diese blöden Handschellen ab. Dafür werde ich Sie auch zu Tom Durham führen.« Der Taxifahrer hupte wieder. »Und dahin, wo Ihr Polizeiwagen steht.«

»Sehen Sie, Lam, wenn Sie soviel wissen, dann fangen wir erst mal damit an, daß Sie mich zu meinem Wagen fahren. Die Handschellen stehen Ihnen übrigens sehr gut! Eine von euch Frauen könnte doch dem Fahrer sagen, daß er die Huperei lassen soll.«

Claire Bushnell lief hinaus.

Ich sagte zu Sellers: »Tom Durham verließ an jenem Abend das Westchester-Arms-Hotel gegen elf Uhr. Um diese Zeit konnte er gerade wieder von der ›Kozy-Dell-Expedition‹ zurück sein. Es ist doch ohne Zweifel ein merkwürdiger Zeitpunkt, um aus einem Hotel auszuziehen. Die Fernzüge sind dann schon alle fort. Und auch für die Nachtflugzeuge ist es zu spät. Tom Durham nahm vom Hotel aus nicht einmal ein Taxi. Das hat mir der Portier zuverlässig bestätigt. Er erinnerte sich daran, daß Durham viel Gepäck bei sich hatte, und der Portier war hinterher selbst erstaunt, wohin Durham mit den Koffern, ohne ein Auto zu nehmen, gegangen sein könnte. Er selbst war gerade damit beschäftigt, anderen Gästen in ein Taxi zu helfen. Als er sich umdrehte, war Durham bereits verschwunden.«

»Vielleicht ging er zu einem anderen Ausgang und nahm dort einen Wagen.«

»Das glaube ich nicht.«

»Und was glauben Sie, wohin er gegangen ist?«

»Treffen wir ein Abkommen«, schlug ich Sellers vor. »Falls Ihr Wagen in der Nähe des Westchester-Arms-Hotels steht, nehmen Sie mir die Handschellen ab und lassen mich weiterarbeiten.«

Sellers zögerte. Ich sah ihm an, wie sehr es ihn bedrückte, daß er den Wagen eingebüßt hatte.

»Vergessen Sie nicht, ich habe Ihnen den Wagen versprochen . . .«

»Lassen Sie das Geschwätz und fahren Sie mich zu meinem Wagen«, sagte er. »Wenn Sie ihn finden, dann können wir weiterreden. Ich hasse den Gedanken, daß ich den Wagen als gestohlen melden soll.«

»Also fahren wir los!« sagte ich.

Wir stiegen alle zusammen in das wartende Taxi.

»Westchester-Arms-Hotel«, sagte ich zu dem Fahrer, »und wenn Sie dort hinkommen, werde ich Ihnen sagen, wo Sie halten sollen.«

16

Zwei Blocks von dem Westchester-Arms-Hotel entfernt fanden wir Frank Sellers' Polizeiwagen. Der zufriedene Ausdruck in Sellers' Gesicht bewies mir, wie sehr ihn dieser Verlust bedrückt hatte und daß er nun sein Gleichgewicht wiederfand.

»Halten Sie gleich hier an«, sagte er zu dem Fahrer. Der Wagen stoppte.

Sellers öffnete mit seiner gesunden Hand die Tür. Mit großen Schritten ging er zu dem Polizeiwagen hinüber, sah, daß die Zündschlüssel steckten, nahm sie an sich und kam, übers ganze Gesicht grinsend, wieder zu uns zurück.

»Bertha«, sagte er, und hielt seine verletzte Hand hoch. »Die Schlüssel zu diesen Handschellen sind in meiner rechten Westentasche.«

Bertha schob seinen Mantel zurück und wühlte in der Tasche herum.

Sellers stöhnte auf, als der Mantel auf seine Hand drückte.

Dann fand Bertha den Schlüssel, steckte ihn in das Schloß meiner Handschellen und ließ es aufschnappen. »Wir verstehen uns, Lam, Sie sind noch immer verhaftet, aber ich gebe Ihnen diese Chance.«

Der Taxifahrer fragte: »Von wem werde ich eigentlich bezahlt?«

»Von diesen da«, sagte Sellers und deutete auf uns. Bertha öffnete freiwillig ihre Geldbörse. Das sprach Bände. Sie mußte sich in einem ganz ungewöhnlichen Gemütszustand befinden! Sie zahlte die sechzig Cent, die der Fahrer verlangt hatte, und legte noch fünfzehn Cent Trinkgeld dazu.

»Und was geschieht jetzt?« fragte Sellers. »Warten wir, bis sie zurückkommen?«

»Die kommen bestimmt nicht zurück«, sagte ich. »Die wissen genau, daß die schnellste Möglichkeit, verhaftet zu werden, die ist, einen gestohlenen Polizeiwagen zu fahren.«

»Also, was tun wir?« fragte Sellers ungeduldig.

»Kommt mit mir!« sagte ich.

Nach anfänglichem Zögern kam er hinter uns her.

»Sie wollen hoffentlich keine Dummheiten machen?«

Ich schwieg, und wir gingen auf das Westchester-Arms-Hotel zu.

»Sie glauben doch nicht etwa, daß die hier drin sind?«

»Sie sind gehetzt, und sie sind verzweifelt und werden auf jeden Fall ein Versteck suchen. Auch als Tom Durham aus diesem Hotel auszog, suchte er einen Unterschlupf. Und er verschwand von hier aus mit seinem Gepäck. Genauso können die beiden sich hier irgendwo verborgen haben. Sie müssen bedenken, wir haben es mit einem ganzen Ring zu tun – und da hilft einer dem anderen.«

»Wie Sie meinen – dann gehen wir weiter«, sagte Sellers.

»Kommen Sie, hier herein.«

Ich öffnete die Tür zur Cocktailbar.

Der Manager stand in der Mitte des Raumes. Von dort aus konnte er die Tür zur Hotelhalle und die Tür zu der Straße beobachten.

Er kam uns entgegen und verbeugte sich. Ein Aufblitzen in seinen Augen verriet mir, daß er mich wiedererkannt hatte.

»Ich glaube, Sie erinnern sich an mich?« fragte ich ihn.

Er versuchte, ahnungslos dreinzuschauen.

»Sie verkauften mir mal Wasser mit einer Olive darin, ließen mich aber für einen Cocktail bezahlen.«

»Haben Sie einen Beweis dafür?«

»Kaum«, antwortete ich.

»Dann machen Sie sich doch nicht so wichtig!« sagte er. Seine Augen hingen wie fasziniert an dem blutgetränkten Verband, den Sellers trug.

»Wir wollen gern einen Drink, aber diesmal hoffe ich, daß er anständig ist.«

Ich ging langsam zu der Telefonzelle hinüber. Die anderen drei setzten sich.

Sellers behielt mich scharf im Auge.

Der Manager verschwand hinter einer Tür.

»Gehen Sie ihm nach, Claire, schnell«, flüsterte ich, »und wenn er zu telefonieren versucht, beobachten Sie, welche Nummer er wählt.«

Claire schlüpfte rasch hinter dem Tisch hervor, ging mit suchenden Blicken durch das Lokal, wie es jede Frau tut, die nach dem Waschraum Umschau hält. Sie folgte dem Manager.

»Sie glauben, daß er hier drin ist?« fragt Sellers skeptisch.

»Irgendwas ging hier vor, als ich Tom Durham folgte. Und außerdem saßen Minerva Carlton und Dover Fulton in diesem Raum, kurz bevor sie zum ›Kozy Dell‹ fuhren.«

»Das ist eine verdammt unsichere Sache«, meinte Sellers ärgerlich.

»Immerhin war die Spur so gut, daß Sie Ihren Wagen zurückbekamen.«

Darauf konnte er mir nichts erwidern.

»Ich dachte mir, es müsse hier oder im ›Cabanita‹ sein. Dies versuchte ich zuerst, weil es näher lag und sie den Wagen rascher loswerden konnten. Ich bin nicht sicher, ob wir hier oder im ›Cabanita‹ zum Ziel kommen werden.«

Sellers bewegte seinen Arm, an dem sich der Verband gelockert hatte. Sein Gesicht zeigte, daß die Schmerzen immer stärker wurden.

Bertha schaute ihn mitleidsvoll an. »Sie sollten mal einen anständigen Schnaps trinken«, meinte sie.

»Wo bleibt denn der Kellner?« fragte Sellers.

»Ich werde ihn suchen, was wollen Sie haben?«

»Einen doppelten Kognak«, verlangte Sellers und lehnte seinen Kopf gegen die Wand zurück. Sein Gesicht wurde plötzlich ganz bleich, und er schloß die Augen. Seine Mundwinkel verzogen sich vor Schmerzen. Ich stand leise auf. Aber ich war noch keine zehn Schritte gegangen, als er seine Augen schon wieder öffnete und sich aufrichtete.

»He!« rief er. »Sie sollen hierbleiben, Bertha kann gehen. Kommen Sie zurück.«

Plötzlich hörte man den Schrei einer Frau.

Es war ein unterdrückter Schrei, der aus einem Raum hinter der Bar zu kommen schien, ich machte einen Schritt auf die Bar zu. Der Barmixer sagte: »Da können Sie nicht hineingehen.«

Ich sah eine offene Tür und dahinter eine Treppe. Mit einem Satz war ich an ihm vorbei. Er versuchte, mich an meinem Mantel festzuhalten. Aber ich versetzte ihm einen Stoß in die Kniekehlen, daß er mich losließ, und sprang die Treppen hinunter. Geistesgegenwärtig schlug er dann hinter mir die Tür ins Schloß, so daß man in der Bar nicht hören konnte, was draußen vorging.

Ich kam in einen Vorratsraum mit vielen Gestellen und Flaschen aller Alkoholsorten. Von Claire Bushnell konnte ich jedoch nichts entdecken.

Aber dann sah ich den Manager, der gerade durch eine andere offene Tür am Ende des Raumes verschwinden wollte. Als er mich erkannte, verzerrte sich sein Gesicht vor Wut.

»Was wollen Sie hier?« fragte er scharf.

»Wo ist das Mädchen, das eben geschrien hat?«

»Ich weiß es nicht. Sie lief die Treppe hinauf. Dies hier ist ein Privatraum. Gehen Sie hinaus!«

»Wohin gehen Sie denn?« fragte ich.

Oben auf der Treppe entstand plötzlich Lärm.

»Das ist ja ein Überfall«, sagte er, »und ich werde mich zu verteidigen wissen.«

Seine Hand fuhr unter seine Jacke. Da riß ich eine Champagnerflasche aus einem Gestell und warf sie nach ihm. Ich verfehlte seinen Kopf. Aber die Flasche schlug gegen die Wand, und der Sekt spritzte in sein Gesicht, so daß er einen Moment nichts sehen konnte.

Seine rechte Hand war noch immer unter der Jacke, während er sich mit der linken wütend die Augen rieb. Ich lief auf ihn zu. Hinter mir hörte ich das Knirschen einer Tür, die geöffnet wurde, und dann das Dröhnen schwerer Schritte auf den Treppenstufen.

Der Manager schien plötzlich seine Meinung geändert zu haben. Er zog seine rechte Hand wieder unter der Jacke heraus.

Sellers und Bertha Cool kamen die Stufen herab.

»Was, zum Teufel, geht hier vor?« fragte Sellers; sein Gesicht war weiß wie ein Bettuch.

»Wo ist das Mädchen?« fragte ich den Manager.

»Sie ging die Treppen hinauf«, antwortete er.

Dann erschien Claire Bushnell. Sie war mit Spinnweben bedeckt und kroch hinter einem Flaschengestell hervor. »So ein Blödsinn!« sagte sie ärgerlich. »Ich ging ihm nach und rannte die Stufen wieder hinauf, als er sich umwandte. Dann aber, als er zurückging, kam ich wieder hinter ihm her und versteckte mich hinter den Weinflaschen.«

»Können Sie mir sagen, was das bedeuten soll?« fragte der Manager. »Ich werde mich beim Polizeipräsidium beschweren. Fast hätte ich geschossen, weil ich annehmen mußte, es sei ein Überfall. Dafür muß ich Sie verantwortlich machen, Sergeant!«

Sellers erweckte den Eindruck eines Marathonläufers, der versucht, mit letzter Kraft sein Ziel zu erreichen.

Langsam kam er auf mich zu. »Lam, finden Sie nicht, daß ...«

Rasch drehte ich mich um, schlüpfte unter dem Arm des Managers durch und rannte durch die offene Tür. Sellers bellte mir wütend nach: »Halten Sie ihn! ... Bleiben Sie, Lam!«

Eilige Schritte kamen hinter mir her.

Der Manager schrie: »Da dürfen Sie nicht hineingehen! Warten Sie, ich werde ihn stellen ...«

Ich befand mich in einem Raum, der als Zimmer hergerichtet war, offenbar für einen Angestellten des Hotels. Die Möbel waren schäbig. Der Duft von frischem Tabakrauch hing in der Luft, und im Aschenbecher lag eine brennende Zigarette, von der eine Rauchfahne hochstieg. Sofort bückte ich mich und schaute unter das Bett.

Erst sah ich Kleider, dann das Bein einer Frau, und schließlich blickte ich in Amelia Jaspers entsetztes Gesicht.

Als ich eine Bewegung hinter mir vernahm, drehte ich mich rasch um. Tom Durham wollte gerade mit einer Metallstange auf mich einschlagen. Ich warf mich zur Seite und zerrte an seinen Beinen. Durham stürzte zu Boden, und wir begannen miteinander zu kämpfen. Amelia Jasper krabbelte unter dem Bett hervor und riß an meinen Haaren. Der Manager versetzte mir einen Tritt, aber dann erschien Bertha auf der Bildfläche. Sellers brüllte: »Hört auf, hört auf der Stelle auf!«

Ich sah Berthas Fuß an meinem Gesicht vorüberzucken, er landete mitten in Durhams Visage. Wütend sagte sie: »Das Schlimmste an allem ist, daß man durch diese modernen Kleider so behindert ist.«

17

Bertha Cool sah mir mit prüfenden, ironischen Blicken entgegen, als ich unser Büro betrat.

»Wo, in Teufels Namen, hast du dich nur so lange umhergetrieben?«

»Ich habe versucht, noch einige lockere Fäden zusammenzufügen ...«

»Lockere Fäden!« rief Bertha aus. »Du bist mit diesem Bushnell-Mädchen aus gewesen; sie glaubt wohl, du seist ein Held!«

»Ich dachte, es würde für Frank Sellers besser sein, wenn ich für die Zeitungsleute unerreichbar sei.«

»Ich wußte doch, daß dich ihre Verehrung schwach machen würde ...«

»Was ist denn vorgefallen?« fragte ich.

»Deine Nase war gut. Der Manager der Bar hatte dieses Souterrainzimmer von dem Hotel gemietet. Er gehörte ebenfalls zu der Erpresserbande. – Und es sieht ganz so aus, als sei Bob Elgin mit von der Partie. Diese Nachtlokale bieten zu verführerische Chancen für Erpressungen. Die schmutzigste Arbeit haben sie allerdings immer Amelia Jasper überlassen. Davon hat sie die vergangenen fünf Jahre gelebt.

Höchstwahrscheinlich ist sie über Claire Bushnell auf Minerva Carlton aufmerksam geworden. Claire hat ihr anscheinend über ihre Ferienerlebnisse einige Einzelheiten erzählt, weil sie glaubte, ihre Tante damit ein wenig unterhalten zu können. Amelia hat scharf aufgepaßt und sich alles gut gemerkt, so daß sie . . .«

»Hat jemand gestanden?«

»Und ob Sellers ein Geständnis bekam!« sagte Bertha, und ihre Augen funkelten vor Stolz. »Du hättest Frank erleben sollen, wie er sie bearbeitet hat. Dabei ging es ihm doch wirklich elend genug mit seiner Hand. Aber wie er das hinbekommen hat, war einfach großartig.«

»Und wer plapperte zuerst aus?«

»Der Mann wurde weich.«

»Tom Durham?«

»Ja.«

»Und wie hat es sich nun wirklich abgespielt?«

»Sie erpreßten Minerva Carlton und drohten ihr, daß sie ihren Mann aufklären würden. Tom Durham traf sie im ›Cabanita‹. Minerva versprach, sie werde am Sonnabend abend im ›Kozy Dell‹ sein und die gewünschte Summe zahlen. Sie schrieb den Namen auf die Rückseite der Menükarte. Lucille gelang es, nach ihnen an denselben Tisch zu kommen. Sie riß die Ecke mit dem Hotelnamen von der Karte ab. Beim erstenmal zeigten sie sich nicht, anscheinend wurden sie verscheucht. Minerva traf eine neue Verabredung mit ihnen, wieder an einem Sonnabend. Sie war inzwischen ihrer Sache sicher, denn sie hatte ihren Plan mit Dover Fulton festgelegt. Dover Fulton spielte die Rolle ihres Ehemanns, als die Erpresser erschienen.

Minerva lachte sie aus, und Fulton bestätigte, daß er seiner Frau alles verziehen habe. Er sei unverhofft aus Colorado gekommen, sie hätten sich über alles ausgesprochen und verstünden sich nun wieder ausgezeichnet.

Dann begannen sie zu streiten, weil Durham sich maßlos darüber ärgerte, daß er überlistet worden war. Er versetzte Fulton einen Schlag, worauf dieser seine Pistole zog und schoß. Fulton verfehlte Durham jedoch, traf aber Amelia Jasper in den Oberschenkel. Bevor Fulton noch einmal schießen konnte, hatte Durham ihm die Pistole aus der Hand gerissen.

Fulton machte den Fehler und ging auf Durham los. Da traf Durham ihn zwischen die Augen. Minerva Carlton wandte sich um. Sie wollte zur Tür laufen. Und da schoß er ihr in den Hinterkopf.«

»Und der Koffer?«

»Es war genauso, wie du es angenommen hast. Sie waren sich klar darüber, daß sie für den dritten Schuß auch Rechenschaft ablegen mußten.«

»Und was war mit Lucille Hollister?«

»Sie wollten mit ihr ins Geschäft kommen, da sie bemerkt hatten, daß Lucille ihnen auf ihre Spur gekommen war. Sie beobachteten das Haus, in dem sie wohnte. Sie wollten sie ansprechen, sobald sie herauskam. Da bist du in die Szene hineingeplatzt. Die beiden Frauen folgten dir in den Hof und schließlich in Lucilles Zimmer«, erklärte Bertha.

»Du meinst Amelia Jasper und Susie?«

»Ach, was bist du doch für ein Träumer! Kannst du dich bei solchen Besuchen nicht ab und zu mal umsehen? Du merkst es nicht mal, wenn solche Amateure hinter dir herschnüffeln!«

»Nicht, wenn ein Mädchen so sparsam bekleidet vor einem Schlafzimmerfenster steht!« sagte ich zu meiner Verteidigung und Entschuldigung.

»Das kommt davon, wenn man einen Mann zum Geschäftspartner hat!« sagte Bertha kopfschüttelnd.

»Sie sind mir also nachgegangen?«

»Nein. Sie beobachteten das Haus.«

»Ja, das weiß ich, aber dann, als ich dort ankam?« fragte ich gespannt.

»Dann sind sie dir gefolgt. Sie hatten Angst vor Lucille. Zwar wußten sie nicht genau, wieweit sie von ihr durchschaut waren, aber sie glaubten, Lucille sei ein Spitzel der Polizei. Nachdem sie den Zeitungsbericht über die ›Kozy-Dell-Affäre‹ gelesen hatten, wußten sie auch, daß du dort gewesen bist und eine Frau bei dir war. Sie lasen die Personalbeschreibung und erkannten daraus Lucille, die ständig in den Bars und Klubs aufkreuzte, in denen sie arbeiteten. Sie wußten aber nicht, was sie eigentlich suchte. Als du dich mit Lucille in ihrem Schlafzimmer unterhalten hast, waren sie so nahe, daß sie jedes Wort verstehen konnten. Das Fenster stand ja offen.

Und das Todesurteil über Lucille fällten die beiden, als sie dir mitteilte, daß sie in der Kabine von Minerva Carlton und Dover

Fulton Leute gesehen habe, die sich noch bewegten, nachdem die drei Schüsse gefallen waren.«

Elsie Brand klopfte an die Tür.

»Der Beauftragte der Versicherungsgesellschaft ist eben gekommen. Er möchte mit Mr. Lam sprechen.«

Mit vor Glück strahlendem Gesicht sagte Bertha: »Schicken Sie den Herrn nur herein, Elsie. Es wird gut sein, wenn wir ihn gemeinsam vornehmen.«